btb
Aus Freude am Lesen

btb

Buch

Der Restaurator eines kleinstädtischen Kunstmuseums entdeckt zufällig im Keller des Gebäudes ein außerordentliches Gemälde, offenbar aus der Frührenaissance: Das Porträt einer schönen jungen Frau zieht ihn sofort in seinen Bann. In der Folge arbeitet er wie ein Besessener an der Wiederherstellung des Bildes. Um dieselbe Zeit kommt die junge Kunststipendiatin Laura in die Stadt. Auch sie übt magische Anziehungskraft auf den Museumsangestellten aus. Als dieser zusehends Ähnlichkeiten zwischen seinen beiden Angebeteten entdeckt, beginnt ein verwirrendes Spiel zwischen realer Person und Bild, in dem sich obendrein eine berühmte Liebesgeschichte zu spiegeln scheint: die Romanze des berühmten Renaissancedichters Francesco Petrarca mit Laura de Sade, seiner angebeteten »Donna Laura«. Offenbar hat der Restaurator deren einziges erhaltenes Porträt entdeckt Der Kampf des Restaurators um eine authentische Wiederherstellung des Bildes verbindet sich immer mehr mit seinem Wunsch, sich der lebenden Laura anzunähern …

Autor

Henning Boëtius, geboren 1939, lebt als freier Schriftsteller in Fulda. Seine Romanbiographien über berühmte Schriftsteller wurden von der Kritik ebenso gefeiert wie seine in verschiedene Sprachen übersetzten Romane um den holländischen Ermittler Piet Hieronymus. Mit »Phönix aus der Asche«, seinem zuletzt erschienenen großen »Hindenburg«-Roman, der von Kritik und Lesern in Deutschland begeistert empfangen wurde, feiert Henning Boëtius auch international große Erfolge.

Henning Boëtius bei btb

Ich ist ein anderer. Das Leben des Arthur Rimbaud (72189)
Der Gnom. Ein Lichtenberg-Roman (72408)
Undines Tod. Roman (72225)
Phönix aus der Asche (gebunden, 75046)

Die Piet-Hieronymus-Romane:

Blendwerk (42857) · Der Walmann (72332) ·
Joiken (72548) · Das Rubinhalsband (72639)

Henning Boëtius

Lauras Bildnis

Roman

btb

Umwelthinweis:
Alle bedruckten Materialien dieses Taschenbuches
sind chlorfrei und umweltschonend.

btb Taschenbücher erscheinen im Goldmann Verlag,
einem Unternehmen der Verlagsgruppe Random House GmbH.

1. Auflage
Neuausgabe Oktober 2001

Umschlaggestaltung: Design Team München
Umschlagfoto: AKG Berlin
Satz: IBV Satz- und Datentechnik GmbH, Berlin
MD · Herstellung: Augustin Wiesbeck
Made in Germany
ISBN 3-442-72803-7
www.btb-verlag.de

LAURA

Aus deinen Augen, Laura, blickt Vergessen,
Aus deinen Lippen rieselt feiner Sand,
Aus deinen Fingern wächst die weiße Hand
Um mir den Abschied endlich zuzumessen

Den lange schon mein Herz getragen hat.
Du neigst das schneebedeckte kühle Haupt
Dem, der an seine Liebe glaubt,
Dem schwer sich wie ein Stein das Ende naht.

Nun löscht das Licht sich selbst, nun schließt die Wunde
Sich wie ein Mund, der schweigen muß vor dir.
Die Zeit zerbricht wie Glas die letzte Stunde,

Es fehlt an Liebe und an Leben mir,
Es legt der Sturm sich, raubt dem Meer die Wellen,
Der Tod beschließt, sich zu mir zu gesellen.

Sonett im Stile Petrarcas

Er saß am Fenster und beobachtete, wie der Streifen Sonnenlicht auf dem gegenüberliegenden Dach immer breiter wurde. Er färbte es ziegelrot und ließ das Blau des Himmels über dem Dachfirst unnatürlich wirken in seiner Intensität. Einmal drehte er den Kopf und blickte in sein Zimmer. Der Widerschein des Lichtes verlieh den Wänden und Gegenständen einen warmen Ton. Er mochte diesen karg eingerichteten Raum mit seinen schrägen Wänden, dem Eisenbett, der Staffelei und der blauen Waschgarnitur aus Email.

Sein Blick fiel auf eine Plastikscheibe mit einem Frauenkopf, in dessen geöffnetem Mund sich unmerklich die Achsen zweier Zeiger drehten. Dann sah er wieder hinaus.

Er wartete, bis die nächste Reihe Dachziegel in Sonnenlicht getaucht war. Dann sah er auf die Uhr. Fünf Minuten waren vergangen. Das Dach hatte siebzehn Reihen Ziegel. Es würde also noch über eine Stunde dauern, bis die Sonne das Mauerwerk erreicht hatte. Dann würde er eine andere Maßeinheit berechnen müssen. Vielleicht lohnte es sich, die Blätter der Weinranken zu zählen. Erst wenn die kleine Bank am Fuß der Mauer im Licht lag, würde er hinausgehen und sich dort niederlassen. Es konnte noch zwei Stunden dauern. Er hatte Zeit.

Von draußen kamen Geräusche. Madame Régusse brachte den Kaffee, Brot und etwas Butter. Sie stellte das Tablett auf einen Hocker draußen im Flur. So hatte er es sich erbeten.

Er stand auf, öffnete die Tür und blickte ihr nach. Madame Régusse war schlank und hochgewachsen. Sie bewegte sich elegant. Immer noch wie eine junge Person, fand er. Sie trug eine Brille und hatte graue Locken.

»Bei einigem guten Willen«, dachte er, »könnte man sie für eine Verwandte meiner Freundin halten. Sie hat eine größere Nase und schmalere Lippen. Doch ihre Augen sind genauso grau. Wie ein Regentag am Meer.«

Er ging zum Waschbecken. Da hockte immer noch der Tausendfüßler, der trotz seiner vielen Beine die steilen Emaillewände nicht hochgekommen war. Ins Abflußloch wollte er offenbar nicht zurück.

»So ist es, mein lieber Tausendfüßler«, murmelte er. »Fürs eine zu schwach, fürs andere zu feige. Jetzt hockst du da, und es bleibt dir nichts anderes übrig, als zu verhungern.« Er liebte neuerdings solche Gespräche mit stummen Partnern. Es gefiel ihm, sich wie ein alter Mann zu benehmen.

Heute morgen hatte er bemerkt, daß auf dem Fliegenfänger im Klo sieben Fliegen klebten. Eine mehr als gestern. Die neue bewegte noch ein wenig die Glieder in dem zähen gelben Leim. »Zu spät. Dir ist nicht mehr zu helfen«, hatte er gesagt. »Wenn ich dich befreien wollte, würdest du all deine Beine und Flügel verlieren. Es ist besser, du stirbst komplett.« Er hatte der Fliege zugenickt und war wieder in sein Zimmer gegangen. Die Sonne hatte gerade den gegenüberliegenden Dachfirst berührt.

Es kam ihm vor, als sei er schon lange hier. Er hatte damals von diesem Ort geträumt, als sei er Wirklichkeit. Damals, als er sich zum ersten Mal mit Petrarca beschäftigt hatte. Nun war er in seiner Wirklichkeit, und sie kam ihm wie ein Traum vor.

Petrarca hatte hier viele Jahre gelebt. Die Landschaft hatte sich seitdem nur unwesentlich verändert. Vielleicht gab es ein paar Bäume weniger, aber das Wasser des Flusses war noch genauso klar wie im 14. Jahrhundert. Es hatte Petrarcas Augen nicht mehr Widerstand entgegengesetzt als seinen eigenen. Es war klar bis an die Grenze zur Unsichtbarkeit, und gerade dies verlieh ihm eine optische Gewalt, eine Saugkraft, wie sie von einem Abgrund ausgeht. Man starrte in dieses flüssige Nichts und sah den Boden des Flusses wie unter einer Lupe. Es konnte einem schwindlig werden, obwohl der Fluß kaum einen Meter tief war.

Er war erstaunt, wie rasch sein Lebensrhythmus sich geändert hatte, seitdem er hier war. Alles schien ihm zugleich grenzenlos langsam und grenzenlos schnell zu sein. Die Katze auf der hellen Steinmauer konnte er mit einer Kopfdrehung erfassen. Er nahm jede Bewegung des Tieres wahr, auch wenn sie noch in seiner Unbewegtheit verborgen war. Er sah, wie sich die grünen Augen mit den schwarzen Pupillenschlitzen vor der Sonne schlossen, wie die Vorderbeine sich aus der Wärme in eine kühlere Zone vortasteten und wieder zurückzogen. Nur sehr langsam hingegen ließ es sich die Straße zum Bäcker hinuntergehen, um ein Brot zu kaufen. Es galt, unter Millionen hellgrün leuchtender Platanenblätter hindurchzulaufen, und jedes einzelne war eines Blickes wert.

»Ich muß wieder leben lernen«, dachte er, »wie ein kleines Kind das Laufen lernt. Schritt für Schritt, sich abstützend, greinend, wenn es sich stößt, lächelnd, wenn es vorankommt. Ich habe wohl alles falsch gemacht. Ich wollte auf Stelzen kriechen. Ich glaubte mich hoch über den Dingen und war doch weit unter ihnen. Ich wußte nicht einmal mehr, was Liebe ist. Vielleicht, weil ich es als Kind nicht lernen durfte. Offenbar liebte ich sehr. Doch es war eine kleine Liebe, bei Licht besehen. Zuviel Ängstlichkeit auf beiden Seiten und dazwischen viel Bedürftigkeit. Keine gute Mischung. Aber ich habe das Rauchen aufgegeben. Immerhin.«

Er dachte an Lauras letzten Satz. »Ich werde das Rauchen aufgeben«, hatte sie beim Abschied gesagt. Und er war sich klar darüber, daß ihm keine andere Möglichkeit geblieben war, seinen alten Gefühlen nun in dieser Weise Gerechtigkeit widerfahren zu lassen. Irgendwo auf der Welt war sie jetzt und gab das Rauchen auf. Er tat es hier. Es war wie mit dem Mond, den zwei getrennte Liebende gleichzeitig ansehen, um sich auf diesem Weg einzubilden, sich nahe zu sein.

Oben im Haus sprang der Kühlschrank von Madame Régusse an.

Er schrak zusammen und veränderte seine Sitzhaltung. Er war empfindlich geworden gegen Nebengeräusche. Laute Geräusche kamen ihm hingegen unnatürlich gedämpft vor.

Die Bank lag jetzt in der Sonne. Er ging mit seiner Tasse hinunter und setzte sich. Es war ein schönes Plätzchen, von der Straße aus nicht zu sehen. Hier saß er gerne und lange, nicht, um nachzudenken, sondern um sich von der Sonne ausbrennen zu lassen. Es war ihm eine neue Erfahrung, die Wärme so zu schätzen. Sie trocknete die Gedanken im Kopf ein, ohne dumm zu machen. Vielleicht konnte große Kälte das auch. Gedanken lebten wohl am besten bei gemäßigten Temperaturen, unter bedecktem Himmel.

Der Mistral blies, und im Schatten war es bitterkalt. Aber der Himmel war vom Wind so klar, daß die Sonne hochsommerliche Kraft hatte.

Er trank den Kaffee in kleinen Schlucken. Auch seine Geschmacksnerven waren unnatürlich geschärft. Er schmeckte Süße und Bitternis des Getränks wie zwei getrennte Körper, die sich eng umschlungen hielten. Dabei beobachtete er aus den Augenwinkeln eine Eidechse, die dicht neben ihm auf dem Mauerwerk hockte. Sie hatte den Kopf schiefgelegt und starrte ihn aus einem winzigen, schwarzen Auge an. Sie verhielt sich völlig regungslos. Ihr Körper hatte die Farbe der Steine und glich in seiner Bewegungslosigkeit eher einer Unebenheit der Mauer als einem Lebewesen. Nur das Auge paßte nicht zum Untergrund. Es hatte einen tödlichen Glanz.

Auch er verhielt sich still. Er bewegte nur die Hand mit der Tasse, langsam, wie in Zeitlupe, um das Tier nicht zu verscheuchen. Als er vorsichtig den Kopf drehte, um es bequemer betrachten zu können, war es verschwunden. Es hatte sich in nichts aufgelöst. Nur das Nachbild des Auges glaubte er für einen Moment als kleinen weißen Fleck gegen den hellen Ocker der Steinmauer zu sehen. Wie konnte nur solche Schnelligkeit, der das menschliche Auge nicht zu folgen vermochte, aus einer derartigen Ruhe hervorgehen! Die Bewegungswechsel eines Warmblüters, einer Katze zum Beispiel, konnten auch extrem sein, aber sie wirkten im Vergleich mit dem Fluchtverhalten dieses Urwelttieres behäbig.

»Sie ist ein leibhaftiges Oxymoron«, dachte er. »Mal heiß, mal kalt, mal erstarrt, mal voller Leben, mal Ruhe verströmend, mal schnell wie der Blitz. Sie ist wie meine Freundin Laura.«

Daß er einen solchen Gedanken fassen konnte, bewies ihm, noch nicht lange genug in der Sonne gesessen zu haben. Er ging ins Haus und holte sich von Madame Régusse noch einen zweiten schwarzen Kaffee. Dann setzte er sich wieder auf die Bank, legte den Kopf schief und blinzelte in die Sonne. Bis auf die Trinkbewegungen versuchte er, es der Eidechse an Erstarrtsein gleichzutun.

Es gab auch Rückfälle.

Als er annehmen konnte, daß Laura von ihrer Reise wieder zurück war, schlich er stundenlang um die Telefonzelle herum.

Schließlich stand er drinnen. Es war heiß wie in einem Brutkasten. Am Boden lagen vergilbte, herausgerissene Seiten aus dem Telefonbuch. Spinnweben mit vertrockneten, leergesogenen Insektenkörpern hingen in den Ecken. Es roch nach Pissoir. Er warf eine Münze ein. Als es im Hörer summte, wählte er seine Heimatstadt. Dabei benutzte er aus unerfindlichem Grund nicht den Zeige-, sondern den kleinen Finger seiner linken Hand. Als er Lauras Nummer wählen wollte, geschah etwas Unglaubliches: Sie fiel ihm nicht ein.

Sonst verfügte er über ein ungewöhnlich gutes Zahlengedächtnis. Er hatte viele, auch unwichtige Telefonnummern im Kopf. Jetzt aber schwebte sein ausgestreckter kleiner Finger zögernd über den Löchern der Wählscheibe. Die internationale Auskunft anzurufen war sinnlos, denn Laura war als vorübergehender Gast nicht im Telefonbuch verzeichnet. Es dauerte lange, bis er aufgab. Schweiß stand ihm auf der Stirn. Endlich hängte er ein und verließ die Zelle.

Seine Unruhe legte sich erst abends, als er in die Bar Tabac ging, um sich mit Monsieur Bazin zu treffen. Sie saßen hier fast jeden Abend und an Sonn- und Feiertagen auch vormittags. Sie tranken und führten Gespräche. Nicht immer hörten sie sich dabei zu, aber ihm schien es, daß sie beide eine gute Art hatten, die verstreichende Zeit mit Worten zu begleiten. Er mochte es inzwischen auch, daß Bazin sich offenbar einen Spaß daraus machte, ihn Francesco zu nennen; ja allmählich schien es ihm, daß dies tatsächlich sein wirklicher Name sei.

Monsieur Bazin ähnelte einem Priester oder einem der Kirschpflücker der Gegend. Francesco fand, daß es da wenige Unterschiede gab. In Wirklichkeit war Bazin Aufseher im Petrarcamuseum. Bazin vermißte intellektuelle Ansprache in diesem Ort, den an Wochenenden die Touristenmassen überfluteten. Ins Petrarcamuseum verirrten sich nur wenige. Allerdings gab es dort auch nichts Rechtes zu besichtigen. Einige Stiche und Erstdrucke, das war schon alles.

»Liebe kann man nicht ausstellen«, seufzte Monsieur Bazin. Die Liebe im allgemeinen und Petrarcas Liebe im besonderen waren sein Lieblingsthema. Bazin war Francesco schon am Tag nach seiner Ankunft aufgefallen. Von der Bank im Hinterhof aus konnte man in sein Gärtchen sehen. Hier brachte Bazin nach Dienstschluß und an Feiertagen, ehe er in sein Stammlokal ging, viel Zeit damit zu, Unkraut zwischen Steinritzen herauszuzupfen.

Francesco sah über die Mauer hinweg Bazins runden Buckel. Er bewegte sich fast überhaupt nicht von der Stelle. Monsieur arbeitete auf engstem Raum. Seine schwieligen Finger durchforsteten jeweils nur wenige Quadratzentimeter. Vielleicht wollte er wie Sisyphos nie mit seiner sinnlosen Arbeit fertig werden, weil er sich so an sie gewöhnt hatte, daß er sie für sein eigentliches Leben hielt. Und wahrscheinlich wuchsen die Pflanzen inzwischen genauso schnell, wie Bazin mit ihrer Beseitigung vorankam. Ein natürliches Gleichgewicht hatte sich eingestellt, das Monsieur Bazin den Freiraum verschaffte, in aller Ruhe über das Phänomen der Liebe nachzudenken.

Bei jedem Wetter trug er die gleiche Kleidung. Eine braune Hose mit Bügelfalten, rote Lederschuhe, eine olivgrüne Wolljacke über einem rosa Hemd, eine schwarze Baskenmütze, die meistens so weit zurückgeschoben war, daß sie seine große, braungebrannte und von Denk- und Kummerfalten durchzogene Stirn freigab.

Bazins Gesicht hatte etwas verwirrend Zweideutiges. Einerseits sah er wie ein typischer Hagestolz aus, die Miene leicht säuerlich, verkniffen, asketisch, die Lippen schmal, die Augen skeptisch verengt. Andererseits bekam er im Moment des Redens, auch wenn er sein Glas hob und in erstaunlich kurzen Intervallen trank, etwas Lüstern-Bukolisches. Er erinnerte dann an einen Faun, der in anstößigen Phantasien schwelgt.

»Als Ihr Namensvetter Francesco seine Laura im Jahre 1327 in der Kirche der Clarissinnen zu Avignon kennenlernte, war er ganze dreiundzwanzig Jahre alt. Ein höchst entflammbares Alter, wie Sie wissen. Man hat sich bereits die Finger an der Liebe verbrannt, ohne sich schon an ihr Feuer gewöhnt zu haben. Als Italiener neigte Francesco sowieso zu übertriebenen Gefühlswallungen. Bedenken Sie, er stammte aus der Toscana. Dort wurde die schönste, die klarste Sprache des Landes gesprochen, aus dem einfachen Grunde, weil es die sinnlichsten und unklarsten Gefühle zu verbergen galt. Weniger sinnliche Menschen neigen eher zur Schweigsamkeit oder zum stümperhaft normalen Reden.« Monsieur Bazin lehnte sich genießerisch zurück und hob sein Weinglas gegen das Licht.

»Haben Sie, Francesco, schon mal den Wein der Toscana gekostet? Ich sage Ihnen, ein wahres Teufelszeug, es ähnelt dem Blut des Liebeskranken, dickflüssig, dunkel und süß.«

Bazin verdrehte die Augen und ließ sich noch einen einheimischen Roten kommen. Er trank und verzog das Gesicht. »Unser Zeugs hingegen ist sauer. Es fördert die Liebe nicht, es hilft eher, sich von ihr zu befreien. Es ist etwas für Mönche und Junggesellen wie mich.«

Er zündete sich eine Zigarette an und formte eine Serie von Heiligenscheinen aus blauem Rauch. »Es ist anzunehmen, daß unser junger Emigrant hell entflammt war, als er Donna Laura zum erstenmal sah. Wahrscheinlich belauschte und beobachtete er sie, hinter einer Säule versteckt, wie sie das Abendmahl nahm. Ein Augenblick höchster Intensität. Der Priester legt die weiße Oblate auf eine Frauenzunge. Donna Laura trug übrigens bei dieser Gelegenheit ein grünes Kleid.«

Monsieur Bazin schloß die Augen, als mache er den Versuch, das von ihm beschriebene Bild in der Dunkelheit seines Kopfes zu betrachten.

»Laura war damals zwanzig. Sie litt an dem bitteren Los, mit einem um viele Jahre älteren Mann verheiratet zu sein. Solche Mesalliancen des Fleisches waren damals noch häufiger als heutigentags. Bedauernswerte Laura. Ihr Sklavenhalter war noch dazu einer der de Sades. Dieses Geschlecht hatte immer schon einen schlechten Ruf. Verknöcherte, ängstliche, impotente Burschen. Ihre Geilheit war nichts als eine Maske ihrer sexuellen Unfähigkeit. Ich bitte Sie, Francesco, ein blühendes Mädchen wie Laura ausgerechnet in den Händen eines solchen Veteranen der Langeweile. Er wird sie gequält haben, seelisch und physisch. Ach, es ist ein Jammer!«

Monsieur Bazin fuhr sich sichtlich bewegt über die Stirn und rückte dabei seine Baskenmütze um etliche Zentimeter nach hinten. »Als sie nun da kniete, in der kühlen, nach Weihrauch duftenden Kapelle, sah Francesco, daß sie apfelgleiche Brüste hatte. Denn sie beugte sich vor, um den Segen des Priesters in Empfang zu nehmen. Armer Francesco! Er war verloren. Er war ihr fortan in heißer Sinnenglut verfallen, und darum zog er sich an diesen Ort des kühlen Wassers zurück. Hier badete er seinen brennenden Leib oft in dem kristallklaren, kalten Wasser, das nie wärmer als zwölf Grad ist; hier schrieb er Sonette, nachdem das toskanische Blut in seine abgestorbenen Glieder zurückgekehrt war. «

Bazin machte erneut eine Pause, um seine Worte wirken und einen neuen Roten bringen zu lassen. Dann fuhr er fort, wobei er sich in die Pose schärfsten Nachdenkens warf: »Wissen Sie, Francesco, vielleicht sind Sie mit ihren fünfzig Jahren immer noch zu unreif, um die Wahrheit zu begreifen, die Petrarca bereits mit dreiundzwanzig Jahren dämmerte: Große Liebe ist nichts anderes als hundert Prozent körperliche Leidenschaft, verbunden mit ebensoviel Prozent Enthaltsamkeit. Dies ist die platonische Leidenschaft, die allein den Namen Liebe verdient. Alles andere ist Stümperei, ist Kompromiß, der weder dem Körper, der Seele, noch dem

Verstand bekommt.« Nachdem er diese Erklärung abgegeben hatte, erhob sich Bazin und ging. Er ließ ein halb geleertes Glas Rotwein und einen vollen Aschenbecher zurück. Und einen nachdenklichen Francesco. Wie ein guter Schauspieler hatte sein Freund ein feines Gespür für den richtigen Zeitpunkt eines Abgangs.

In diesen Wochen, die Francesco in Fontaine de Vaucluse verbrachte, kam ihm zuweilen der Verdacht, daß seine Freundin eine Phantasiegestalt war, die ihre Anziehungskraft aus einer Täuschung der Sinne bezog: So fern sie ihm in der Wirklichkeit erschien, so sehr sie durch ihre leibliche Abwesenheit zum Gegenstand seiner Sehnsucht und seines Verlangens wurde, so nah war sie seinem Gefühl. Laura war ihm näher als ein Mensch, den man berühren kann. Denn sie war in ihm. Sie war ein Teil seiner Wünsche und Träume, ein Bild, das nur in seinem Inneren existierte.

Dies war tröstlich und peinigend zugleich. Tröstlich war, daß Laura ihm nun nicht mehr verlorengehen konnte, peinigend, daß er, um sie zu lieben, sich nun selbst lieben mußte, oder doch wenigstens einen Teil von sich. Und dies fiel ihm in Abwesenheit der wirklichen Laura schwer.

»Sie müssen sie vergessen, dann kommt sie auf irgendeine Weise zu Ihnen zurück«, sagte Monsieur Bazin, als er merkte, daß sein Freund wieder einmal von einer Traurigkeit war, die ihn verstört wie ein verlassenes Kind wirken ließ.

»Ich lade Sie zu einem Ausflug ein, der Sie auf andere Gedanken bringen wird. Ihr großes Vorbild hat ihn vor ungefähr sechshundertfünfzig Jahren ebenfalls gemacht. Allerdings auf eine etwas unbequemere Art, wie Sie sehen werden.«

Nach diesen Andeutungen hüllte sich Monsieur Bazin in Schweigen, paffte seine schwarze Zigarette, leerte sein sechstes Glas Rotwein und ging.

Bazin hatte offenbar einen freien Tag, denn am nächsten Morgen sah man seinen Buckel über der Gartenmauer. Monsieur Bazin zupfte Unkraut.

Es war schönes Wetter. Sonnig und weniger Wind als in der letzten Zeit. Francesco setzte sich mit seiner Kaffeetasse auf die Bank und wartete. Da der andere in seiner Tätigkeit fortfuhr, ohne ihn zu beachten, sagte er: »Guten Tag. Schönes Wetter haben wir.«

Monsieur Bazin hob den Kopf. »Das ist wahr. Allerdings nur von einem gewissen Standpunkt aus. Für die Pflanzen ist es zu trocken. Eine Pflanze würde es schlechtes Wetter nennen.« Sein Nachbar bückte sich wieder und jätete weiter mit den Händen.

Francesco spürte die Sonne im Gesicht. Es war ihm beinahe friedlich zumute, wäre da nicht dieser Druck gewesen, der nun schon seit Tagen wieder zunahm.

»Was ist mit unserem Ausflug?« fragte er, nachdem er einige Zeit hatte verstreichen lassen, denn er fand es unpassend, Monsieur Bazin zu drängen.

»Ich habe ihn nicht vergessen. Ich wollte Sie nur in Ruhe Ihren Kaffee trinken lassen. Ich werde jetzt meinen Wagen holen und Sie bitten, sich in der Zwischenzeit eine warme Jacke zu besorgen. Wir werden rückwärts fahren durch die Jahreszeiten, oder vorwärts, wie Sie wollen. Es hängt von Ihrem Standpunkt ab. Jedenfalls werden wir bis zum Winter gelangen. Zum letzten oder zum nächsten.« Monsieur Bazin verschwand.

»Er hat eine wirklich verblüffende Art, sich in Luft aufzulösen, wenn es die Regeln der Rhetorik verlangen«, dachte Francesco.

Ihn hatten die letzten Worte Bazins getroffen. Im vergangenen Winter war er mit Laura glücklich gewesen. Im nächsten würde es für ihre Liebe vielleicht nur noch eine Form geben: die Erinnerung.

Wenig später wurde er in Monsieur Bazins verrostetem und verbeultem Auto durch die Gegend geschaukelt. Es ging auf engen, kurvenreichen Straßen durch eine karge Berglandschaft. Hier wuchs nur noch stacheliges Unkraut, das niemand je auszupfen würde. Man sah dem Boden an, wie ausgelaugt er von jahrhundertelangem Wechsel von kurzen Regengüssen und anhaltender Sommerhitze war.

Sein Nebenmann rauchte und schnippte die Asche in den übervollen Aschenbecher. Sie fuhren nach Norden. Wenn Francesco auf der Außenseite der schmalen, unbefestigten Straße saß, sah er oft den Boden nicht mehr. Normalerweise hätte er Angst gehabt, aber nicht jetzt. Die ganze Fahrt kam ihm wie eine mit dem Schicksal abgeklärte Angelegenheit vor. Sollte dabei der Tod vorgesehen sein, hatte es keinen Zweck, sich zu sträuben.

Seltsam: Plötzlich kam ihm Bazin wie der einzige Mensch auf der Welt vor. Und er war sein Freund. Er spürte das Bedürfnis, seine Hand auf Bazins Oberschenkel zu legen, so wie er es noch vor Monaten bei Laura getan hatte, als sie über die Autobahn gefahren waren.

War die Liebe denn nichts anderes als die Rückseite der Erfahrung, einsam zu sein? Eine grenzenlose Einsamkeit, die sich als Zärtlichkeitsbedürfnis äußerte. Als Sehnsucht zweier Menschen zueinander. Beider Sehnsüchte hoben sich dabei auf zu dieser unbeschwerten Trauer, die er im Augenblick in sich fühlte.

Bazin drückte seine Zigarette aus. Francesco sah, daß die Finger seines Freundes zitterten. Er sah auch, daß es eine schöne Hand war, wie geschaffen für Zärtlichkeit.

»Die Liebe ist der schrecklichste Wahn, der einen Menschen befallen kann«, sagte Bazin unvermittelt. »Da jeder

Liebende glaubt, daß Körper und Geist bei ihm eine Einheit bilden, befällt er beides, sowohl seinen Körper wie seinen Geist. Und genau dadurch entsteht sie überhaupt erst, diese ominöse Einheit. Sie ist nicht Ursache, sondern Folge des Liebeswahns, lieber Francesco. Sie sind ein gutes Beispiel.«

Er drehte ihm das Gesicht zu und lächelte ihn an. Dabei kamen sie dem Abgrund bedenklich nahe, so daß Francesco aus dem Seitenfenster in schwindelnde Tiefen sah. Seine Hände krampften sich zusammen. »Ich sehe, daß Sie immer noch am Leben hängen«, fuhr Bazin fort. »Das zeigt, daß in Ihrem Fall noch Hoffnung auf Heilung besteht. Sie müssen diesen Wahn, Ihre Laura zu lieben und von ihr geliebt zu werden, aus sich herausbrennen. So hat man früher Wunden behandelt, damit sie sich nicht entzündeten. Ein schönes Bild, nicht wahr? Man brennt etwas heraus, damit es sich nicht entzündet.«

Vor ihnen war ein Berg aufgetaucht. Eine mächtige Kuppe mit einer weißen Haube aus Schnee. »Das ist er. Unser Ziel. Der Berg des Windes! Petrarca war der erste denkende Mensch, der ihn bestiegen hat. Es war im Jahr 1336. Damals galt dieser Gipfel als unbesteigbar. Ein Sitz der Götter und Dämonen. Es gab natürlich auch keine Straße hinauf. Petrarca ging zu Fuß, mit seinem Bruder und zwei Dienern, die eine beträchtliche Menge an Wein und kaltem Fleisch mit sich schleppten. Nach einigen Stunden war er, im Gegensatz zu den anderen, müde und erschöpft.

Um Kräfte zu sammeln, wich Petrarca vom geraden Weg nach oben ab. Er ging schräg zum Hang und querte dabei einige Täler, die vom Gipfel nach allen Seiten hinabführten. Hierbei machte er eine interessante Beobachtung: Das Abweichen vom geraden Weg versetzte ihn zuweilen in die scheinbar glückliche Lage, bergab zu gehen, wenn er in eine dieser Rinnen geriet. Es war eine Lust, der Schwerkraft nachgeben zu dürfen. Doch er hatte sie teuer zu bezahlen, denn er mußte ja aus dem Längstal wieder hinaus. Er erkannte, daß es nutzlos, ja schädlich ist, vom geraden oder direkten Weg abzuweichen. Das Auf und Ab war schlimmer als die gleichbleibende und lästige Mühe des Aufstiegs.

Bald war er zudem allein. Er hatte den Bruder und die zwei Begleiter aus den Augen verloren. Verzweiflung packte ihn. Manchmal warf er sich auf den kargen Boden und flehte die Götter an, ihm beizustehen, ihm neue Kraft zu geben und den rechten Weg zu zeigen. Die Götter, sagte ich? Nein, das ist nicht richtig. Es gab für Petrarca nur einen Gott: seine Liebe zu Laura.

Als er Stunden später im Abendlicht völlig erschöpft den Gipfel erreichte, hatte ihm dieser Gott geholfen. Unter einer Bedingung: Petrarca mußte fortan die Erkenntnis von der Lust und Gefahr seitlichen Abweichens vom Ziel auf sein eigenes Leben anwenden. Dies ist ihm wahrlich bitter angekommen. Aber nur so ließ der Gott der Liebe sich gnädig stimmen.

Bald nach der Besteigung des Mont Ventoux gab Petrarca seine heimlichen Treffen mit der Geliebten auf. Vorher fragte er sie jedoch, ob sie ihren Mann verlassen würde, um mit ihm zu leben. Dies war der gerade Weg.

Donna Laura hingegen zögerte. Sie war hin- und hergerissen zwischen ihrem starken Gefühl und ihrem Sinn für Realität. Beides war bei ihr sehr ausgeprägt. Darin war sie eine typische Frau. Was sollte sie also tun! Sie liebte diesen stürmischen Francesco. Sie mochte die Art, wie er in Bildern und Widersprüchen redete. Er war unendlich unterhaltsamer als ihr verknöcherter Mann, und er verstand es auch, sie richtig anzufassen. Dieser jedoch verfügte über eine angesehene Stellung in der Gesellschaft, während ihr Geliebter ein Bohemien war, ein Paradiesvogel, mit dem sich die Adligen und Geistlichen der Region gerne schmückten, ohne ihn auf ihre Stufe zu heben.

Petrarcas ganze angebliche Ruhmsucht hängt mit dieser bedürftigen Situation zusammen. Ihn interessierte eigentlich der Ruhm, der Erfolg überhaupt nicht, doch er brauchte ihn, um so leben zu können, wie es seinem Schreiben angemessen war. Finanziell unabhängig. Unabhängig von Intrigen, von politischem Druck. Es war ein harter und steiler Weg. Er wußte, daß ihn eine Frau aus besseren Kreisen nie auf diesem Weg begleiten würde. Deshalb nahm er sich später ein einfaches Bauernmädchen ins Bett und zeugte zwei Kinder mit ihr. Es tat seiner Liebe zu Laura keinen Abbruch, auch in den folgenden Jahren nicht, in denen sie keinen direkten Kontakt mehr miteinander hatten.

Als die Woche Bedenkzeit um war, die Donna Laura sich erbeten hatte, verwandelte ihr Freund die Kälte seines Begehrens in das Feuer einer platonischen Leidenschaft. Eine mühsame und qualvolle Verwandlung, die erst nach vielen Jahren gelang. Freundschaften, Reisen, Erfolg brachten Linderung, aber es gab auch Krisen, die Petrarca an den Rand der Lebensfähigkeit führten. Zum Abschied bat er Laura übrigens um eine Gunst, die sie ihm nach kurzem Zögern bewilligte. Er ließ sie auf seine Kosten von einem der größten Maler porträtieren. Die Sitzungen fanden heimlich statt. Petrarca hatte nun wenigstens ein optisches Äquivalent von Lauras Schönheit. Bedauerlicherweise ist das Bild verschollen.

Wissen Sie, wie es weiterging? Einundzwanzig Jahre währte ihre Liebe bereits, als Donna Laura an der Pest verstarb. Schon vorher war ihre äußere Schönheit verwelkt. Ihr bekam die platonische Leidenschaft nicht so gut wie ihrem Geliebten.«

Monsieur Bazin seufzte schwer und machte ein bekümmertes Gesicht. Sie fuhren auf Serpentinen immer höher. Wetter und Landschaft hatten sich völlig verändert. Es gab Wald rechts und links der Straße. Mächtige schwarze Tannen, durch die der Wind Nebelschwaden trieb. Wolken verdunkelten die Sonne. Die Sicht wurde immer schlechter.

»Sie sehen, Francesco, ich habe nicht zuviel versprochen, als ich sagte, wir fahren durch die Jahreszeiten. Jetzt sind wir im Spätherbst.«

Bazin hielt. Sie stiegen aus und gingen ein paar Schritte in den Wald hinein. Die Bäume bogen sich unter den Windstößen. Der ganze Wald rauschte wie ein Wasserfall.

»Kein Wunder, daß der Berg als unbesteigbar galt«, sagte Bazin. »Als Petrarca damals unterwegs war, trafen sie einen Schäfer, der ihnen aufs dringlichste abriet, den Aufstieg fortzusetzen. Es war wegen dieses schwarzen Waldes, der den Gipfel wie ein finsterer Gürtel umgibt. Hier ist es nicht geheuer. Hier hat der christliche Gott nicht viel zu sagen. Und auch den antiken Gottheiten ist es hier zu zugig und zu unheimlich.«

Sie hielten sich nahe beieinander, denn die Wolken, die sich in den Bäumen verfingen, begrenzten die Sicht auf nur wenige Meter. Schließlich kehrten sie zum Auto zurück. Bazin hatte eine Thermoskanne und zwei Gläser dabei. Ehe sie weiterfuhren, schenkte er heißen Rotwein aus. Bazin war sprühender Laune. Er spürte, daß sein Begleiter höchstes Interesse zeigte. Der sagte zwar kaum etwas, doch die Art, wie er zuhörte, versetzte den einsamen Monsieur Bazin in wachsende Begeisterung.

»Es heißt, Petrarca sei nach Vaucluse gezogen, weil er die Einsamkeit liebte und das karge Leben. Das ist nicht richtig. Er liebte sehr wohl den Umgang mit Menschen, er liebte den Wein und das gute Essen. Doch in Avignon konnte er es nicht riskieren, sich mit Laura heimlich zu treffen. Vaucluse war der richtige Ort. Die Städter kamen bereits damals oft, um dieses Naturwunder zu sehen, dessen Wasser als heilkräftig galt. Petrarca hatte bemerkt, daß er in diesem engen Tal wie zwischen den Beinen einer steinernen Frau lebte, an einem locus amoenus, einem Ort der Liebe. Wenn er in vielen Gedichten Lauras Körper mit einer Landschaft verglich, so war es in diesem Fall umgekehrt. Es kam vor, daß das klare Wasser der Sorgue, das am Ende des Tales aus der Tiefe kommt, sich plötzlich rot färbte. Man sah es als ein Wunder an. Manche hielten es für ein schlechtes Omen. Petrarca sah darin die Regelblutung einer Frau. Heute wissen wir, daß solche Verfärbungen auf unterirdische Höhleneinbrüche in Gegenden mit roter Erde zurückzuführen sind.«

Sie kamen jetzt aus der Waldzone heraus. Auch die Wolken lagen unter ihnen. Der Himmel war von einem metallischen Blau. »Es ist die gleiche Farbe, die die Quelle hat«, sagte Bazin. »Ein Phänomen der unendlichen Tiefe. Petrarca faszinierte die Bodenlosigkeit dieses engen Schlundes. Es war eine sexuelle Obsession. Nur die Blindheit der Historiker und Geisteswissenschaftler kann dies übersehen. Schreibt er nicht: In der Hoffnung, ich könnte in diesen kühlen Schatten die Glut der Jugend mäßigen, habe ich mir schon als junger Mann angewöhnt, hierher zu flüchten, wie in eine uneinnehmbare Festung. Ich ahnungsloser Tor! Aus der erwarteten Linderung wurde mein Verderben. Denn jene feurigen Gedanken, die ich in diese Einöde mitbrachte, wo es für die Feuersbrunst keine Abhilfe gab, verzehrten mich um so wilder; und so hauchte mein Mund die Glut meines Herzens aus, und durch die Täler hallte mein trostloses und doch, wie manche meinen, melodisches Klagen.

Das sind genauso schöne wie deutliche Worte, mein lieber Francesco. Es fällt mir nicht schwer, mir den großen Poeten am Ufer der Quelle in einer Situation vorzustellen, die in der Öffentlichkeit als anstößig gilt. Er hat bestimmt versucht, diese Frau zu schwängern. Sie sollte ihm Kinder gebären.

›Seht den großen Felsen bei dem Quell
und erblickt ihn dort wie zwischen Gras und Wasser
er in deinem Angedenken und am Schmerz sich weidet.

Nahe bei dem Quell der dich beherbergt
und der unsere Liebe uns gebar ...«

Sind das nicht klare Worte? Man muß sie nur zu lesen verstehen!«

Monsieur Bazin hätte wohl am liebsten bei seinem Vortrag mit den Händen gefuchtelt, aber er mußte das Steuer festhalten, so heftig blies jetzt der Wind. Die Schneewände rechts und links der Straße wurden immer höher. Die Wärme der Sonne und die Kälte des Windes schienen sie in einem Zustand zu halten, bei dem Tauen und Frieren zugleich geschehen und die Oberfläche des Schnees mit einer Glasur versehen wird, die ihm die Schönheit eines Kunstwerks verleiht, Landschaften aus weißem, poliertem Marmor, vom Sonnengott und vom Gott des Windes modelliert.

Kurz vor dem Gipfel hielten sie an. Die Straße war gesperrt. Sie stiegen auf der windabgewandten Seite des Wagens aus und kämpften sich tief gebückt und manchmal auf allen vieren zum Grat vor. Dort gab es Schneestangen, an denen sie sich festhalten konnten. Sie versuchten, nach Norden zu sehen. Die Gipfel der Alpen lagen im Sonnenlicht. Doch an der Kante des Gipfelgrats war der Schwall eisiger Luft, die von Norden heranflutete, so heftig, daß sie die tränenden Augen schließen mußten. So waren sie im Angesicht der schönsten Ferne blind. Bald spürten sie auch einen heftigen Schmerz an den Ohren und im Gesicht. Dann betäubte die Kälte, die Ursache des Schmerzes, ihre eigenen Folgen. Ihre Gesichter wurden starr und fühllos wie die von Statuen.

Francesco versuchte, an Laura zu denken. Doch diesmal

gelang es ihm nicht, sie aus der Ferne von Raum und Zeit zu holen. Später, im Auto, rieben sie sich die Gesichter mit Schnee, bis das Blut schmerzhaft in seine Gefäße zurückkehrte. Dann tranken sie den Rest des heißen Rotweins und machten sich auf den Rückweg.

»Übrigens bewohnte Donna Laura in Avignon ein Zimmer, dessen eines Fenster nach Süden und dessen anderes nach Norden ging. Das eine empfing den warmen Strahl der Sonne, das andere den Eishauch des Windes vom Mont Ventoux. Ich vermute, wie Sie sich denken können, daß in diesem Zimmer das Porträt der Donna Laura entstand. Ich gäbe etwas darum, es sehen zu können. Doch vielleicht ist es besser, sich mit dem Gedanken zu trösten, daß es verloren ist und den Blicken der gefühllosen Stümper auf immer entzogen.« Monsieur Bazin seufzte und schwieg den Rest der Fahrt.

Als sie in Fontaine waren, gingen sie direkt in die Bar Tabac. Sie waren wieder im Sommer gelandet und genossen es, ihren Durst mit Wasser und kühlem Wein zu stillen.

»Woher wissen Sie, Monsieur, daß Petrarca sich heimlich mit Laura an der Quelle der Sorgue getroffen hat?«

»Es liegt auf der Hand, wenn man sich die Situation klarmacht. Darüber hinaus habe ich jedoch einen echten Beweis. Niemand außer mir hat ihn gesehen. Vielleicht werden Sie der erste sein, den ich in mein Geheimnis einweihe. Dazu müssen Sie aber erst ruhiger werden, Francesco. Viel ruhiger.«

Bazin legte seine Hand auf Francescos Unterarm. »Ich möchte Ihnen einen Vorschlag machen. Sie erzählen mir Ihre ganze Geschichte. Sie reden sie sich einfach von Leib und Seele. Vielleicht bringt Ihnen das Ihren Frieden wieder.«

Bazin lehnte sich zurück und schnappte mit der Hand nach einer der zahllosen Fliegen, ohne sie jedoch zu erwischen. »Nur weil sie keinen Verstand und keine Seele haben, sind diese Biester so schnell. Ein ungeheurer Vorteil, wenn es ums Überleben geht.«

»Aber weil sie dumm sind, gehen sie auf den Leim.«

»Was halten Sie von meiner Idee, Francesco? Nur heraus mit der Sprache!«

»Die ganze Geschichte?«

»Den ganzen Bogen, vom Kennenlernen bis zur Trennung.«

»Sie werden sich einige Zeit nehmen müssen. Es ist eine lange Geschichte, wenn auch der Dauer nach kurz. Kommen Sie zu mir? Eine Reihe von Abenden?«

»Das möchte ich lieber nicht. Kein künstlicher Ort bei einer Geschichte voller künstlicher Gefühle. Erzählen Sie mir Ihre Affäre lieber an einem natürlichen Ort. In einem versteckten Winkel des Tales. Die Abende sind warm und schön. Die Felswände speichern das Sonnenlicht. Es ist ihre Form der Erinnerung an den Tag. Niemand wird uns stören. Sie werden nicht durch Zimmerwände verleitet, Ihre Geschichte zu verfälschen. In den Pausen wird es still sein. Wir werden nur die Zikaden und die Frösche hören. Die Zikaden sind zuständig für die Poesie, die Frösche aber für die Wirklichkeit. Die Mischung wird eine gute Musik ergeben. Morgen, kurz nach Einbruch der Dämmerung, hole ich Sie ab. Und vergessen Sie die Flasche Rotwein nicht.«

Bazin erhob sich und reichte Francesco die Hand. Der sagte: »Ich würde gern Madame Régusse mitbringen. Weibliche Ohren können bei meiner Beichte nicht schaden.«

Bazin ließ seine Hand los und schüttelte den Kopf. Ein schmerzlicher Ausdruck lag auf seinem Gesicht. Er öffnete den Mund, als wollte er etwas sagen, aber dann wandte er sich mit einer heftigen Bewegung ab und ging, für ihn ungewöhnlich, mit schnellen Schritten davon.

Erster Abend

Es war nicht zu übersehen, daß Francesco sich schwertat, mit seiner Geschichte zu beginnen. Er rutschte auf dem Stein hin und her, auf dem er Platz genommen hatte, und trank hastig sein Glas leer.

Vor ihm saßen zwei graue Schatten, die im Licht der Dämmerung mit der Felswand zu verschmelzen schienen. Der Abstand zwischen ihnen war so groß, wie es die Abmessungen der Höhle erlaubten. Madame Régusse saß halb abgewandt und blickte zum Höhleneingang hinaus. Bazin saß am tiefsten Punkt des Raumes. Er rauchte. Immer wenn er an seiner Zigarette sog, glühte sein Gesicht rötlich auf. Francesco sah, daß er die Augen geschlossen hielt. Es regnete. Vom Rand des Höhleneingangs hingen Tropfenschnüre. Frösche und Zikaden waren nicht zu hören.

»Ich muß um Ihre Geduld bitten«, sagte Francesco. »Ich habe mir bisher noch nicht die Mühe gemacht, in meine Erinnerungen so etwas wie eine Ordnung zu bringen. Wahrscheinlich ist ein solcher Versuch auch unangemessen. Wenn ich mich meinem Gedächtnis anvertrauen soll, werde ich es bald mit Widersprüchen und Ungereimtheiten zu tun haben. Ich muß Sie genauso wie mich bitten, dies in Kauf zu nehmen. Schließlich gehört es zum Ethos meines Berufes, niemals die Subjektivität, die eigene Perspektive dominieren zu lassen. Ein Restaurator darf unter keinen Umständen in die originalen Teile eines Bildes eingreifen, mögen sie ihm auch wenig gelungen erscheinen. Niemals darf er die Retusche so weit treiben, daß sie die Aura des Gemäldes verfälscht.

Wenn ich Ihnen meine Geschichte erzähle, ist dies ein Versuch, gegen das Vergessen anzukämpfen, gegen das Vergilben der Vergangenheit. Wie Sie wissen, bin ich Restaurator. Ich bin also in meiner gewohnten Rolle. Jemand, der gegen die Schäden ankämpft, die die Zeit einem alternden Bild zufügt.

Ich habe Angst zu vergessen, Monsieur Bazin. Und ich habe zugleich Angst, meine Zeit mit Laura allzu frisch in Erinnerung zu behalten, Madame Régusse. Dies ist der Widerspruch, in dem ich mich seit meiner Trennung von Laura befinde.

Ich denke, daß es zweierlei Formen des Vergessens gibt. Ein Geschehen kann in seiner Gesamtheit an Leuchtkraft verlieren. Man kann dies mit dem natürlichen Vergilben eines Firnisses vergleichen. Hiergegen hilft nur die mühselige Arbeit einer Firnisabnahme.

Die zweite Form des Vergessens ist selektiv. Einzelne Bildpartien werden unterschiedlich geschädigt, manche verschwinden unter ungünstigen Umständen ganz und gar. Bei alten Gemälden sind hauptsächlich die dunklen Partien von solchem Totalverlust bedroht. In unserer Lebensgeschichte scheint es nicht anders zu sein. Um in solchen Fällen wenigstens den Gesamteindruck eines Bildes zu retten, müssen wir zu einem Mittel greifen, das ich die ›integrierende Retusche‹ nenne.

Man geht dabei folgendermaßen vor: Die Fehlstellen eines Bildes werden konturenlos im Farbton ihrer Umgebung ausgemalt und auf diese Weise behutsam ins Bildganze integriert. Dies bedeutet, daß man gestaltendes Eingreifen, interpretierendes Erfinden vermeidet und dennoch das Kunstwerk als ganzes erfahrbar macht. Ähnlich werde ich bei meiner Geschichte vorgehen. Meinem Gedächtnis verlorengegangene Teile jener Zeit werde ich mir nicht neu ausdenken. Ich werde sie vielmehr so exakt wie möglich im Ton ihrer Umgebung einfärben und ihre Formen dabei verschwimmen lassen.

Wenn Sie ein solchermaßen retuschiertes Bild aus einer gewissen Entfernung betrachten, werden Sie die Eingriffe des Restaurators nicht bemerken können. Sie werden überzeugt sein, es mit einem unbeschädigten Original zu tun zu haben. Ob mir mein Vorhaben gelingt, das zu beurteilen, überlasse ich Ihnen beiden, denn so, wie ich Sie zu kennen glaube, werden Sie sich weder durch ein Übermaß an Sympathie noch an Mißgunst zu einer Fehleinschätzung verleiten lassen.«

Francesco hielt inne und wirkte ein wenig ratlos. Er spürte, daß die Umständlichkeit seiner Rede weniger mit den Schwierigkeiten zu tun hatte, sich in einem fremden Idiom ausdrücken zu müssen, als mit seiner Furcht, sich dem eigentlichen Gegenstand seines Erzählens zu nähern. Die Dunkelheit hinderte ihn, in den Gesichtern seiner beiden Zuhörer zu lesen. Monsieur Bazin und Madame Régusse schwiegen unerschütterlich. Es blieb Francesco nichts anderes übrig, als seinen Faden wiederaufzunehmen.

»Ich arbeite seit fünf Jahren in einer Gemäldegalerie, deren Sammlung von einer beachtlichen Qualität ist. Ich darf sagen, daß ich Karriere gemacht habe. Ich verdanke sie einem Zufall. Als junger und unbekannter Restaurator, der gerade seine erste Stelle in einem Museum angetreten hatte, war ich Zeuge eines Säureattentates auf ein berühmtes Bild. Ich konnte nicht nur das Fehlverhalten der Aufseher verhindern, die oft unsachgemäß mit einem solchermaßen verletzten Werk umgehen, ich konnte auch den Täter festhalten. Es war eine junge Frau, die sich zwanghaft in die dargestellte Persönlichkeit verliebt hatte und durch ihr Attentat von dieser Fixierung offenbar loszukommen hoffte. Ich leitete die Erste-Hilfe-Maßnahmen, und mir wurde auch die langwierige und schwierige Restauration des furchtbar zugerichteten Gemäldes übertragen. Sie gelang so gut, daß ich fortan einen Namen in der Fachwelt hatte und die Museen sich um mich rissen.

Ich entschied mich für die Galerie einer großen Stadt. Ich traf meine Wahl aus einem einzigen Grund: dem der Qualität der Exponate. Ich wollte in der Nähe der besten Bilder arbeiten. Ich nannte sie innerlich ›meine Kinder‹, und ich hatte das Gefühl, an ihrer Wahrheit teilzuhaben, wenn ich sie betreute und die Schäden beseitigte, die ihnen die Vergänglichkeit beibrachte. Heute denke ich, daß es mir um ein wenig geliehene Ewigkeit in den großen Kunstwerken ging.

Das Gebäude, in dem ich arbeitete, hat eine eigentümlich bedrückende Atmosphäre. Es ist ein neoklassizistischer Bau von ungeheuerlichen Dimensionen. Betritt man ihn durch den Haupteingang, empfängt einen die breit ausladende Treppe und einiges an Dekor, an Säulen und Simsen, das die Erinnerung an das Äußere des Gebäudes aufrechterhält. Betritt man es jedoch, wie die Angestellten, durch einen Nebeneingang, fühlt man sich auf undefinierbare Weise im Stich gelassen. Die prunkvolle Fassade ist nicht nur verschwunden, sie ist gleichsam undenkbar geworden. Man fühlt sich in diesem kahlen, schlauchähnlichen Flur – in dem es bereits nach Lösungsmitteln riecht, obwohl es noch ein weiter Weg bis zu den Schränken ist, in denen solche Substanzen aufbewahrt werden – gefoppt und betrogen. Man hat das Gefühl, in einem gefälschten Raum zu sein. Ein Gebäude ohne Außenwände, eine optische Täuschung wie ein Spiegeltrick aus dem Varieté. Ein Mensch wird in der Kiste zersägt und geht hinterher unverletzt davon. So fühlte ich mich manchmal, wenn ich nach Dienstschluß unser Haus verließ.

Ich hatte einen besonders weiten Weg durch das Labyrinth dieser Flure zurückzulegen, um in meine Werkstatt zu gelangen. Ich mußte viele schwere Eichentüren öffnen und aus Sicherheitsgründen sorgfältig wieder verschließen, um meinen Arbeitsplatz zu erreichen, den eine Reihe vom Staub fast blinder Bogenfenster erleuchtete. Ein jedesmal aufs neue irritierender Hinweis auf die unglaubliche Tatsache, daß dieser saalähnliche Raum nicht tief im Erdinnern, sondern hinter einer Außenmauer lag.

Jedesmal, bevor ich zu arbeiten begann, mußte ich nach diesem Weg mit einem Zustand seelischer und körperlicher Erschöpfung kämpfen. Es kam vor, daß ich auf meinem Arbeitsstuhl einschlief und erst vom Läuten des Telefons erwachte. Dennoch kann ich nicht sagen, daß ich mich unwohl in meiner Werkstatt fühlte. Es war eine künstliche Welt, abgekapselt von der Wirklichkeit draußen. Dies hatte einen beschützenden Effekt. Wenn ich mich gesammelt hatte und mit meiner Arbeit begann, konnte ich mich hier besser konzentrieren und, wie mir schien, genauer über Probleme nachdenken als anderswo.

Der Park vor meinen Fenstern wirkte ganz und gar irreal. Vielleicht war es die ewige Staubschicht auf dem Fensterglas, die ihm die Wirkung der räumlichen Tiefe raubte und ihn eher wie ein mittelmäßiges Bild mit stark gealtertem Firnis aussehen ließ.

In den ersten Wochen nach meiner Anstellung habe ich mich oft verirrt in diesem Bau. Ich kam mir vor wie ein verwirrter Theseus im knossischen Labyrinth, nur daß es hier keine Jünglinge und Jungfrauen gab, die an den Stier des Minos verfüttert wurden. Es gab nur alte Leute, die ich nach dem Weg fragen konnte. Alle wirkten sie muffig und angegriffen von jener unheilbaren Auszehrung, die Dinge befällt, die man zu lange unter Luft- und Lichtabschluß hält. Die Auskunft war verwirrend einfach. »Gehen Sie geradeaus durch diese Tür, und dann durch den Sitzungssaal, immer geradeaus. Dann durch den zweiten Flur, über den Lichthof. Sie können nichts falsch machen, wenn Sie immer nur geradeaus gehen.«

In der Tat glich der Weg zu meiner Werkstatt einem Irrgarten, den jemand an seinem Ein- und Ausgang gepackt hat, um ihn wie ein kompliziert gewickeltes Knäuel wieder geradezuziehen. Ich konnte mich wirklich nicht verlaufen, wenn es mir nur gelang, die einmal eingeschlagene Richtung beizubehalten, und dies ist, wie man weiß, so einfach, daß es kaum einem Menschen auf Anhieb gelingt.

Ein im Gegensatz zu meiner Werkstatt wirklich schwer zu findender Raum war das Depot. Hierzu mußte man die richtigen Treppen steigen und um die richtigen Ecken gehen. So war es für mich anfangs ein Glück, daß man der Vorschrift nach nur zu zweit ins Depot gehen darf. Ich hatte immer einen der alteingesessenen Kollegen dabei, die diesen Weg im Schlaf zu finden schienen, während ich ihnen keineswegs so ohne weiteres zutrauen mochte, bei Tageslicht eine ganz normale Straße zu überqueren.

Am liebsten arbeitete ich mit Dr. Labisch zusammen. Er ist das Musterbeispiel eines Museumsangestellten, Fachmann für das 19. Jahrhundert, eine Zeit, die wohl die schlechtesten Maler und die verderblichsten Bilder hervorgebracht hat.

Damals wurde viel mit Asphalt als Untermalungsschicht gearbeitet, da sich so die goldbraunen Töne alter Meister imitieren lassen. Ein verhängnisvoller Weg. Denn Asphalt trocknet niemals vollständig durch. So kommt es, daß sich in den darüberliegenden Malschichten tiefe Schwundrisse bilden. Dies war Dr. Labischs ganzer Kummer. Die schlechten Bilder und ihr schlechter Zustand. Aber er widmete sich diesem Elend mit einer Hingabe, einer Liebe förmlich, die man nur als Versuch einer Sühne jener Verbrechen an der Malerei werten konnte.

Dr. Labisch war selbst in einem schlechten Zustand, vergilbt und rissig wie seine Bilder. Er ging vornübergebeugt in einer Haltung, als könne er jeden Moment fallen. Sein großer blasser Mund seufzte beständig. Die Augen waren glanzlos, und die Pupillen zerflossen in der Iris, wie es bei minderwertigen Porträts oft der Fall ist.

Das Wissen Dr. Labischs war ungeheuer. Aber es war sozusagen ein negatives Wissen. Er wußte alles über schlechte Malgründe, miserable Bindemittel, dilettantische Maler, die Fehler der im 19. Jahrhundert aufkommenden industriell hergestellten Leinwände. Sich mit Dr. Labisch längere Zeit zu unterhalten bedeutete, selbst unweigerlich in Depressionen zu verfallen. Unvorstellbar, daß dieser Mensch auch ein Leben außerhalb unseres Hauses führte. Unter freiem Himmel, in frischer Luft würde er vermutlich schnell an den natürlichen Klimasprüngen sterben. Hier aber konnte er ewig leben im Halbdunkel der Räume und der sorgfältig klimatisierten Innenluft.

Am besten schien es ihm im Depot zu gehen. Dieser Raum tief im Inneren des Hauses verfügt über keinerlei natürliche Lichtquellen oder Außenwände. Er ist, wie ein guter Weinkeller, das ganze Jahr über fast gleichbleibend kühl und feucht. Hier hängen an großen Stahlgittern zahllose ausgerahmte Bilder. Es sind die Museumsleichen: Kunstwerke, die oft nicht schlecht sind, jedoch wiederum nicht gut genug, um andere Bilder aus den vollen Ausstellungsräumen verdrängen zu können. Es sind tragische Fälle darunter, nur wenig mißglückte Arbeiten berühmter Künstler oder hervorragende Leistungen nicht wirklich großer Maler. Bilder, die niemals aus dieser Krypta herausfinden werden. Die nie ein neugieriges Augenpaar mehr betrachten wird. Nur die Wissenschaftler und wir Restauratoren bekommen sie hin und wieder zu Gesicht. Aber wir sehen sie lieblos an, denn wir kennen ihre Mängel nur zu gut.

Dr. Labisch machte da eine Ausnahme. Er sah seine Schäfchen mit der verbräunten und oft räudigen Wolle voller Mitleid und Anteilnahme an. Er archivierte sie und beschrieb sie langatmig in seinem Katalog, an dem er seit Jahren arbeitete oder vielleicht seit Jahrzehnten. Es war sein Lebenswerk: ein unlesbares Buch voller genauester Maßangaben, Datierungen und Mängellisten.

Zufällig war Dr. Labisch damals dabei, als jener Vorfall geschah, der mein Leben so nachhaltig verändern sollte. Es war einer der üblichen Routineaufträge. Ich sollte drei Bilder eines wenig bekannten Expressionisten auf ihre Transportfähigkeit hin begutachten. Ich weiß noch, daß ich mich über die Bitte wunderte, sie trotz ihrer Mittelmäßigkeit für eine Ausstellung zu reklamieren.

Wie immer ging mein Begleiter voran. Er hatte mit seiner dem Fallen verwandten Gangart keinerlei Schwierigkeiten, den verwinkelten Weg zum Depot zurückzulegen. Dr. Labisch schloß auf und ließ mich dann ganz gegen die Vorschrift allein. Es handelte sich um Bilder des 20. Jahrhunderts, die in seinen Augen offenbar jeder Existenzberechtigung entbehrten.

Ich sah in der Kartei nach und ermittelte die Standortnummer der Gemälde. Dann betätigte ich den Knopf der elektrischen Hubanlage. Die eiserne Gitterwand mit den auf beiden Seiten befestigten Bildern glitt langsam und lautlos herab.

Solche platzsparenden Anlagen gibt es nur in wenigen Museen auf der Welt. So verrottet und altmodisch unsere Ausstattung sonst auch sein mochte, in diesem Fall war nicht geknausert worden. Die meisten Bilder, die hier hängen, taugen nicht viel, aber ihre Versorgung und Aufbewahrung ist erstklassig. Man wird an modernste Bühnentechnik erinnert, wo sich auf Knopfdruck die unterschiedlichsten Kulissen vom Schnürboden herabsenken lassen, um auf der Bühne immer neue Scheinwelten zu erzeugen.

Eines der Bilder, das ich suchte, trug laut Kartei den Titel ›Liegendes Mädchen. Nackt‹. Ich erwartete eine halbherzig stilisierte Malerei und hoffte, wenigstens dieses Motiv gleich zu erkennen. Mein Blick wurde jedoch bald von etwas anderem unwiderstehlich angezogen: Vom Theaterhimmel unseres Depots glitt eine Farbe herab, die in ihrer Intensität alles in ihrer Nachbarschaft verblassen ließ. Welch ein Grün! Ein Grün mit hohem Blauanteil. Es war undurchsichtig und hatte dennoch Tiefe. Ja, es reizte, den Finger hineinzustecken. So etwas kenne ich vom Meer. Oder von den Bruchkanten großer Glasflächen. Ein Grün, das durch die Überlagerung vieler fast durchsichtiger Schichten entsteht. Wassergrün, glasgrün, meergrün. Es war kein Meeresbild, sondern ein Porträt, das dort in mein Blickfeld schwebte. Obwohl ich anfangs glaubte, Wellen zu sehen, waren es die Falten eines Kleides aus meergrüner Seide, Atlasseide, wahrscheinlich feinste Qualität, sechzehnschäftige Atlasseide, deren metallischer Glanz einem sonnenbeschienenen Wasser unendlicher Tiefe zugehören könnte.

Welch einen Kontrast zu diesem Grün bildeten die zartrosa Töne der gemalten Haut! Ich sah sofort, daß es sich um ein Inkarnat von ungewöhnlicher Qualität handelte. Der Maler hatte es verstanden, durch Lasur mehrerer Schichten unterschiedlicher Mischungen von Bleiweiß und Zinnober der Haut eine Wärme und Weichheit zu verleihen, wie sie einer jungen Person von großer Schönheit im wirklichen Leben eigen ist. Verstärkt wurde diese Wirkung noch durch den hauchdünnen Schleier, der mit dem Kleid vernäht war und der das Dekolleté zu gut zwei Dritteln bedeckte. Er war so perfekt, so täuschend echt gemalt, daß er sich über der

Brust zu spannen schien und die tieferliegenden Partien des Ausschnitts nicht berührte. Sie atmete, wie mir schien. Kaum merklich, wie die Brust eines Menschen im tiefsten Schlaf, wenn selbst die Träume erloschen sind und ihn nur noch der Hauch eines schwachen und regelmäßigen Luftholens vom Tode trennt.

Als die Bilderwand mit einem Ruck zum Stehen kam, trat ich einen Schritt zurück. Ich wollte das Gemälde aus einer optimalen Entfernung betrachten, um die Qualität der Komposition auf mich wirken zu lassen. Sie war in der Tat außerordentlich. Die Haltung der Dargestellten drückte Würde aus, der jenes Quentchen Koketterie beigemischt war, das gerade ausreichte, dem offiziellen Stil des Bildes einen Hauch von Intimität zu verleihen.

Es handelte sich um eine Gentildonna, eine vornehme Dame. Dies bedeutet keineswegs, daß sie von Adel sein mußte. Es konnte auch eine Kokotte sein, die ihren hohen gesellschaftlichen Rang mit anderen Mitteln als denen der Blutsbande erreicht hatte.

Sie saß da vor einem grünen Vorhang und neigte das Haupt ein wenig, so als kniete unmittelbar vor ihr ein Verehrer. Ja, der leicht abwärts geneigte Blick aus diesen grauen Augen zwang den Betrachter förmlich in eine anbetende Position. Ihre Hände lagen in ihrem Schoß. Sie berührten fast den unteren Bildrand. Die rechte Hand hielt ein paar spitzenbesetzte, halb durchsichtige Handschuhe. Die linke hielt zwischen Daumen und abgespreiztem Zeigefinger ein zepterähnliches Utensil. War es ein ironischer Hinweis auf jene Macht, die eine schöne Frau über gesellschaftlich weit über ihr stehende Männer auszuüben versteht?

Im Hintergrund, links neben ihrem Kopf, erblickte man eine Phantasielandschaft. Ihre Umrandung war so gemalt, daß man nicht genau wußte, ob es sich um ein gemaltes Bild oder ein Fenster handelte. Es war eine südliche Landschaft, die alles enthielt, was es an hervorstechenden Merkmalen der Natur gibt. Das Meer, Berge, Wälder, einen Fluß, einen Wasserfall. Ich entschied mich für die Deutung, diesen Teil des Bildes für ein Fenster zu halten. Die Landschaft war von einer solchen Tiefe, daß sie den Blick förmlich ansaugte, wodurch für den Betrachter ein Interessenkonflikt entstand, denn eigentlich sollte nur die Schönheit des Frauengesichtes seine Augen fesseln.

Ich blickte der Gentildonna endlich voll ins Gesicht. Dies war keineswegs einfach wegen der erwähnten Stellung ihrer Augen. Sie waren nicht nur abwärts, sondern auch leicht zur Seite gewandt. Dennoch befand man sich nahe der optischen Achse ihres Blicks, ja man konnte sich durchaus noch im Schärfebereich ihres Sehfeldes wähnen, übersehen und zugleich heimlich begutachtet.

Welch einen Mund hatte sie! Die Lippen waren auffallend asymmetrisch. Ich deckte mit der Hand mal die eine, mal die andere Hälfte des Mundes ab. Als ich dabei flüchtig die Leinwand berührte, durchfuhr es mich wie jener süße Schmerz, der mit der allerersten Berührung zweier Liebender verbunden ist.

Mein Experiment machte es deutlich: Dieser Mund hätte zwei Personen gehören können. Einer sanften und warmherzigen und einer kühlen und spöttischen. Das Lippenpaar war ein wenig geöffnet. Setzte sie zum Reden an oder zum Schweigen? Der Reiz des Bildes schien nicht zuletzt in all diesen widersprüchlichen Deutungsmöglichkeiten der Physiognomie zu bestehen. Welch ein Geheimnis verbarg sich hier oder welch eine Banalität?

Der Eindruck des Geheimnisvollen überwog allerdings, vielleicht wegen eines Details, das mir erst spät ins Auge fiel: Die Gentildonna hatte eine tiefe Narbe auf ihrer sonst so reinen und kindlich gewölbten Stirn. Eng neben der linken Schläfe zog sie sich bis zum Haaransatz. Ich trat dicht an das

Bild heran und leuchtete wie ein untersuchender Arzt mit meiner kleinen Taschenlampe schräg gegen die Stelle. Streiflicht nennt man dies. Es gehört zu den klassischen Untersuchungsmethoden unseres Berufs. War es eine gemalte Verletzung, oder war es eine Verletzung der Malerei? Die Stirn wirkte ein wenig eingedellt. Dies konnte durchaus auch die Folge einer Unebenheit im hölzernen Bildträger sein. Klarheit würde hier erst eine Infrarotuntersuchung bringen.

Eines stand für mich fest: Ich hatte einen sensationellen Fund gemacht, wie er in den Depots heutiger Museen selten geworden ist. Es handelte sich um ein hervorragend gelungenes Tafelbild der Frührenaissance. Es schien mir in einem außergewöhnlich guten Zustand zu sein. Die Kraft der Temperamalerei war in diesem Falle nicht oder kaum durch die Pfuschereien späterer Restauratoren geschwächt worden.«

Francesco erhob sich von dem Stein, auf dem er saß, und ging eine Weile hin und her. Die niedrige Höhlendecke zwang ihn, den Kopf einzuziehen. Bei seiner Wanderung machte er jeweils vor Monsieur Bazin oder Madame Régusse kehrt, als wolle er mit seiner Bewegung eine Verbindung zwischen beiden herstellen. Seine beiden Zuhörer stellten keine Fragen.

Der Regen hatte aufgehört. Und endlich waren auch vereinzelt Frösche und Zikaden zu hören. Schließlich setzte sich Francesco mit einem Seufzer. Erst nachdem er sich mit einem großen Schluck aus der Rotweinflasche gestärkt hatte, fuhr er fort.

»Das Bild war nicht signiert. Dies ist nichts Ungewöhnliches für ein Gemälde jener Zeit. Selbst bei ihren größten Meistern war ein Künstlerbewußtsein im heutigen Sinne erst rudimentär entfaltet. Die Genies empfanden sich, genauso wie die unbedeutenderen Maler, noch als anonyme Sachwalter einer göttlichen Fähigkeit der Pinselführung. Also gab es noch nicht jene Eitelkeit und Ichbezogenheit, die den Künstler dazu treibt, sein Bild mit seinem Namen zu markieren, ganz so, wie es Hunde mit ihren Revieren zu tun pflegen. Ja, es war beinahe so, daß eine Signatur damals eher ein Zeichen von Unsicherheit, von mangelndem Selbstbewußtsein war.

Nachdem sich meine erste Verblüffung gelegt hatte, beschloß ich innerlich, alles dafür zu tun, um dieses Bild aus seinem Schattendasein im Hades unseres Depots zu befreien. Ich wollte es gründlicher untersuchen, als ich es je mit einem Bild gemacht hatte, und ich wollte es mit einer Sorgfalt restaurieren, die es der Umklammerung der Zeit für immer entriß.

Unsere Kunsthistoriker würden von mir jede nur erdenkliche technische Hilfestellung bei der Ermittlung des zweifellos genialen Urhebers erhalten. Und ich würde unseren Direktor davon überzeugen, daß dieses Meisterwerk an einen exponierten Platz in unseren offiziellen Räumen gehörte. Heute habe ich den Verdacht, daß ich schon damals all diese Impulse nicht aus wissenschaftlichen oder beruflichen Gründen verspürte, sondern um jener unbekannten Gentildonna willen. Konnte ich sie so von der Anonymität eines in Vergessenheit geratenen Lebens befreien? Konnte ich sie durch eine Zuweisung des Porträts aus ihrem jahrhundertelangen Dornröschenschlaf erlösen?

Eines ist im übrigen sicher: Ich stellte all diese Überlegungen nicht im eigentlichen Sinne an. Ich war ihnen vielmehr ausgeliefert und im Grunde völlig durcheinander, wie betäubt von jenem Rausch der Sinne und Vorstellungen, den Liebe auf den ersten Blick bewirkt.

Ich hatte inzwischen meinen eigentlichen Auftrag, die Suche nach den drei Bildern des mittelmäßigen Expressionisten, völlig vergessen. Ich hatte nur einen Wunsch: das Bild in meine Werkstatt bringen zu lassen. Vielleicht konnte ich es mit Dr. Labisch zusammen hochtragen. Jetzt bedauerte ich es, daß er nicht da war. Ich riß mich vom Anblick der Gentildonna los, um gleich darauf in eine tiefe Nacht zu stürzen.

Später sah die Geschichte recht banal aus. Ich war in meinem verwirrten Zustand gegen einen jener scharfkantigen Eisenträger gelaufen, die die Führung der Bilderwände abgeben. Sie enden in einsachtzig Meter Höhe und sind für alle größeren Leute eine echte Falle, da sie wie ein umgekehrter Palisadenzaun in Abständen von ungefähr fünfzig Zentimetern von der Decke herabragen. Ich hatte mir eine leichte Gehirnerschütterung und eine üble Fleischwunde in der Nähe der linken Schläfe zugezogen. Dr. Labisch hatte mich ohnmächtig und blutend auf dem Steinboden des Depots liegend gefunden. Ich verbrachte einen Tag im Krankenhaus. Die Schmerzen wurden nicht unerheblich durch den Gedanken gelindert, vermutlich eine Narbe an der gleichen Stelle wie die Dame auf dem Bild zurückzubehalten.

Als ich wieder in meiner Werkstatt war, bestand meine erste Amtshandlung darin, das Porträt der Gentildonna dorthin bringen zu lassen. Ich stellte es in die große Staffelei und schob sie in die Nähe der staubigen Fenster. Dann sagte ich der Zentrale Bescheid, daß ich wegen einer kritischen Arbeit nicht gestört werden wolle. In Wirklichkeit setzte ich mich in den verschlissenen Ledersessel und betrachtete das Bild. Ganz gegen meine Gewohnheit zündete ich mir eine Zigarette an – Rauch ist ein Gemäldetod, Restauratoren rauchen deshalb nie an ihrem Arbeitsplatz – und versenkte mich in den Anblick der Gentildonna. Ich hatte Kopfschmerzen, und meine Wunde brannte. Doch ich fühlte mich glücklich wie schon seit langer Zeit nicht mehr.«

Wieder machte Francesco eine Pause. Er fuhr sich mit der Hand durch die Haare und bat Monsieur Bazin um eine Zigarette, die er jedoch nicht anzündete, vielmehr nervös zwischen den Fingern rollte. »Ich will damit nicht sagen, daß ich mich in den vergangenen Jahren unglücklich gefühlt habe. Nein, ich würde mich sogar als überwiegend zufrieden bezeichnet haben. Doch es war ein anderes Glück. Es war feiner verteilt, gleichmäßiger wohl, von weniger Schwankungen betroffen. Ich lebte wie in einem Aquarell, mit blassen, ineinander verlaufenden Farben, nicht wie in einem Ölbild, das kraftvoller ist in seinen Ausdrucksmitteln. Vielleicht hing dies mit dem Alltagstrott meines Berufes zusammen, vielleicht auch mit der Art meiner Ehe. Ich habe davon noch nicht erzählt, aber nun wird es nötig sein. Ich führte seit etlichen Jahren eine durchaus gute Ehe. Anfangs hatten wir den klassischen Fehler aller Paare gemacht, uns zu sehr aneinander zu klammern. Inzwischen hatte uns die Erfahrung gelehrt, souveräner mit dem Leben umzugehen. Meine Frau war selbständiger geworden, und auch ich schien mich in diese Richtung zu entwickeln. Wir ließen uns mehr Freiräume, ohne dies auszunutzen. Vielleicht war alles ein wenig zu perfekt. Es war ungewöhnlich, wie selten wir uns stritten. Heute glaube ich sagen zu dürfen, wir hielten es mehr mit der Freundschaft als mit der Liebe.

Jeden Freitag nachmittag nach Dienstschluß fuhr ich aufs Land in unser kleines Bauernhaus mit dem großen Garten. Meine Frau bewohnte es die ganze Woche über, während ich von Montag bis Freitag die Abende und Nächte in einer kleinen Stadtwohnung in der Nähe des Museums verbrachte. Nach Jahren ständigen Zusammenlebens haben wir diese Lösung als angenehm empfunden. Sie ließ uns genügend Alleinsein, das uns inzwischen wie eine gute Grundierung für die wechselnden Bilder des Zusammenseins erschien. An den Wochenenden schalteten wir vollkommen ab von unseren Berufen. Ich arbeitete viel im Garten oder las Bücher, die nichts mit meiner Arbeit zu tun hatten.

Diesmal war es anders. Die Häutung wollte mir nicht gelingen. Ich dachte beständig an das Bild in meiner Werkstatt. Meine Frau wunderte sich, warum ich so gereizt und zugleich geistesabwesend war. Sie schob es auf meine Verletzung, und ich sah mich außerstande, ihr die wahren Gründe meiner Unruhe zu erklären. Ich konnte das Wiedersehen mit meiner Gentildonna kaum erwarten.

In der Nacht von Sonntag auf Montag hatte ich einen furchtbaren Traum. Ich sah einen Regenbogen, der auf dem Kopf stand. Wie eine riesige Sichel mähte er rotes Gras. Ich erwachte mit einem trockenen Mund. Meine Frau neben mir drehte sich seufzend auf die andere Seite. So lagen wir voneinander abgewandt bis zum Morgengrauen.

Als ich endlich wieder in meinem Arbeitszimmer war, begann ich augenblicklich mit den Untersuchungen. Zunächst konzentrierte ich mich auf die Stirnverletzung. Aus der Infrarotaufnahme ging eindeutig hervor, daß sie gemalt, also ein körperliches Merkmal war. Ich arbeitete den Vormittag über verbissen und im Zustand großer Erregung. An diesem Tag war ein Treffen sämtlicher Wissenschaftler des Hauses vereinbart. Auch ich war eingeladen, aber ich ging nicht hin. Ich entnahm vielmehr mit dem Skalpell eine winzige Probe aus dem Bild, um unter dem Mikroskop den Aufbau der Farbschichten zu analysieren. Es waren mehr, als ich erwartet hatte. Dies ließ auf eine Übermalung schließen. Im Streiflicht bemerkte ich in der Tat reliefartige Strukturen, die auf ein zweites Bild unter der Gentildonna hindeuteten. Auch die Infrarotaufnahme der Stirnnarbe zeigte mysteriöse Strukturen, die man als Linien eines zweiten Gemäldes deuten konnte. Um mir Klarheit zu verschaffen, mußte ich zum Mittel der Röntgenaufnahme greifen. Röntgenstrahlen dringen tief ein, andererseits werden sie von bleihaltigen Farben wie Bleiweiß verschluckt. Wenn man Glück hat, kann eine Röntgenaufnahme erstaunlich deutliche Auskunft über die Entstehung eines Bildes geben.

Ich wußte, daß jede Bestrahlung ein Bild um zehn Jahre altern läßt. Die gemalte Gentildonna mochte über sechshundert Jahre alt sein. Sollte ich ihr die zusätzlichen Lebensjahre zumuten? Ich glaube, ich sah sie mit einem liebevoll-wehmütigen Blick an, als ich die Bleischürze überstreifte. Dann machte ich mehrere Aufnahmen, die ich sofort zur Entwicklung weitergab.

Gegen zwölf Uhr erschien Dr. Labisch. Er stand wie gewöhnlich mit hängenden Schultern vor mir und lächelte mich trübselig an. ›Deshalb sind Sie nicht gekommen‹, sagte er. Er deutete auf das Bild. ›Man hat Sie vermißt. Der Chef hatte einige Fragen, die Beleuchtung im Neubau betreffend. Nur Sie hätten sie beantworten können. Es ist wirklich ein außerordentliches Bild. Wirklich außerordentlich.‹

Dr. Labisch stand vor der Leinwand und fuhr mit ausgestrecktem Finger die Schulterpartie der Gentildonna nach. ›Meiner Meinung nach ist es ungewöhnlich früh zu datieren. Es verrät eine für die Anfänge der Renaissance typische Schwankung zwischen allegorischer und individueller Auffassung der Person. Sehen Sie das Zepter?‹ Dr. Labisch lächelte mich mitwisserisch an. Ich wußte, daß er nie Liebesaffären hatte. Als Dr. Labisch ging, nickte er mir zu wie einem, dem Mitleid gezollt werden muß.

Am Nachmittag erhielt ich die Röntgenfotos. Sie zeigten Teile eines Männerkopfes, der sich bei überraschender Kongruenz der Details unter dem Frauenkopf befand. Augen lagen unter Augen, Nase unter Nase, Mund unter Mund. Ich war mir sicher, daß es sich um Pentimente handelte, um Änderungen der Komposition während des Malvorganges.

Pentimentum ist das italienische Wort für Reue. Der Maler bereut sozusagen eine bestimmte Konzeption seines Bildes und macht sie durch Übermalung unkenntlich. In diesem Falle hatte er wohl zuerst vorgehabt, einen Mann zu porträtieren, sich dann jedoch in einem späten Stadium seiner Arbeit entschlossen, jene Gentildonna auf seiner fast anderthalb Quadratmeter großen Tafel aus Pappelholz zu verewigen. Was für ein unglaublicher Gesinnungs- oder Geschlechtswandel! Er hatte es nicht für nötig gehalten, eine neue Grundierung aufzutragen, um so beim Entwerfen vom alten Motiv nicht irritiert zu werden. Er war wahrscheinlich davon ausgegangen, daß das ursprüngliche Gemälde selbst einen hervorragenden Malgrund abgab.

Mich packte plötzlich das Verlangen, das eine männliche Auge unter dem weiblichen freizulegen. Ich tränkte ein Schwämmchen mit einem Lösungsmittel mittlerer Stärke. Es wäre Minutensache gewesen, aber ich brachte es nicht fertig, diese Operation der Gentildonna anzutun. Es wäre ein irreversibler Eingriff gewesen. Ich hätte die oberste Malschicht zerstören müssen, und dies verstieß gegen das eherne Gesetz aller Restauratorentätigkeit: Greife niemals in ein Bild in einer Weise ein, die sich nachträglich nicht mehr aufheben läßt. Restauratorenarbeit muß reversibel sein. Das unterscheidet sie fundamental vom Leben, das bekanntlich voller irreversibler Prozesse steckt.

Als ich mir die Röntgenfotos noch einmal genauer ansah, entdeckte ich ein zweites Pentiment, das ich in meiner ersten Überraschung über den Männerkopf übersehen hatte. Auch das Fenster im Hintergrund war eine Übermalung. Dies galt nicht für den Rahmen. Doch die Landschaft war vom Maler nachträglich verändert worden. Ursprünglich war sie von schroffen Felsen und einem hohen, schneebedeckten Berg beherrscht. Einige laublose Bäume im Vordergrund wirkten wie Hände mit mageren Fingern, die in einen eisigen Wind zu greifen schienen. Ich war verblüfft, mit welch modernen Mitteln der Künstler den Eindruck einer trostlosen Winterlandschaft hervorgerufen hatte. Die Übermalung hingegen strahlte eine warme und sinnliche Lebensfreude aus, die im schärfsten Kontrast zu dem trostlosen Ausblick stand, den das Pentiment gewährte.

Ich ging an diesem Tag erst sehr spät nach Hause, denn ich konnte mich lange nicht vom Anblick der Gentildonna losreißen. Am liebsten hätte ich das Bild heimlich mit auf mein Zimmer genommen. Wäre es kleiner gewesen, hätte ich dies wohl auch riskiert.

Ich schlief sehr schlecht in dieser Nacht. Am nächsten Morgen war ich vor allen meinen Kollegen am Arbeitsplatz. Ich war wild entschlossen, mich vom Zauber dieses Bildes nicht verrückt machen zu lassen. Zwar gehöre ich zu dem allmählich aussterbenden Typus des Restaurators, der nicht umhin kann, die ästhetische Seite seiner Arbeit über die naturwissenschaftliche zu stellen, aber in diesem Falle war ich wohl in der Gefahr, die Grenzen der Sachlichkeit in einem unseriösen Maße zu überschreiten.

Ich begann mit einer detaillierten Untersuchung der Bildoberfläche mittels des Stereomikroskops.

Es gibt kein altes Bild, das nicht von einem mehr oder weniger dichten Netz feiner und feinster Sprünge überzogen ist. Dieses sogenannte Craquelé entsteht durch die Austrocknung der Malschicht, verbunden mit klimatisch bedingten unterschiedlichen Schrumpfungsprozessen der verschiedenen am Bild beteiligten Materialien. Es kommt zu Spannungen zwischen Bildträger, Grundierung und Malschichten, die zu Rissen und Sprüngen führen, die von der Bildoberfläche bis zur Leinwand oder zur Tafel hinabreichen können. Dem Kenner verrät die Struktur eines Craquéles einiges über die Güte der verwendeten Materialien, ja sogar Datierungsfragen lassen sich mitunter durch Craquéleuntersuchung stützen.

Für die frühitalienische Malerei ist zum Beispiel ein Craquelé charakteristisch, dessen Hauptsprünge quer zur Faser des damals als Bildträger verwendeten Pappelholzes verlaufen. Dieses mit bloßem Auge sichtbare Sprungnetz wird zumeist von einem hauchfeinen zweiten Craquelé überlagert, das nur unter dem Mikroskop erkennbar ist, die Bildwirkung jedoch auch für den normalen Betrachter beeinflußt. Jener feine warme Hautton, der sich auf Bildern alter Meister findet, ist zumindest teilweise diesem unsichtbaren Craquelé zu verdanken. Wie die Poren und winzigen Fältchen einer jungen Haut ihre Aura bewirken, obwohl sie, oberflächlich betrachtet, völlig glatt zu sein scheint, kann jenes feine Sprungnetz zum lebendigen Eindruck eines Gemäldes beitragen. Es gehört zu seiner Patina, hierin dem Nachdunkeln mancher Pigmente vergleichbar, in denen sich die Zeit als schöpferisch erweist. Sie setzt auf eine höchst behutsame Weise im Verlauf der Jahrhunderte die kreative Arbeit am Bild fort.

Echte Patina sollte vom Restaurator immer respektiert werden. Es gibt jedoch auch falsche Patina, wie zum Beispiel spätere Übermalungen, schlechte Firnisse, die stark vergilben, starke Verletzungen der Malschicht durch Blasenbildung oder Risse. Hier liegt das Betätigungsfeld meines Berufs, hier können wir uns als Ärzte begreifen, die die Krankheiten ihrer Patienten so behutsam und schmerzlos wie möglich zu heilen versuchen. In diesem Fall machte das Craquelé einen ausgezeichneten Eindruck. Es gab praktisch keine größeren Risse oder Sprünge. Dafür war jenes unsichtbare Alters-Craquelé von wunderbarer Feinheit und Regelmäßigkeit.

Bei meinem Absuchen der Bildoberfläche entdeckte ich einen Daumenabdruck am rechten Rand der Leinwand. Im Streiflicht war zu erkennen, daß er sich auf der Malschicht und nicht auf dem darüberliegenden Firnis befand. Ich fuhr zusammen. Es war ein privates Signal des Künstlers über alle Zeiten hinweg. Er hatte die noch feuchte Leinwand wahrscheinlich an eine Stelle getragen, wo sie möglichst staubfrei trocknen konnte. Ich spürte eine Erregung, die ich mir später als einen Anfall von Eifersucht erklärte. Jener Mann hatte stundenlang die Gentildonna betrachtet. Er hatte sie beim Malen mit seinen Augen in einer Weise erfaßt, wie es kaum die Augen eines Liebhabers vermögen.

Meine Meinung vom guten Zustand des Gemäldes erhielt einen ersten Dämpfer, als ich die Hände der Dame näher in Augenschein nahm. Mir war bereits aufgefallen, daß sie schmutzig wirkten, so, als käme die Gentildonna gerade aus ihrem Garten, wo sie Unkraut gejätet hatte. Dies war ein abstruser Gedanke. In Wahrheit waren die Schmutzspuren an den Fingern nicht gemalt. Sie waren die Folge eines Durchwachsens des schwärzlichen Untergrundes. Offenbar hatte das Inkarnat einen Teil seiner Deckkraft verloren.

Ich untersuchte nach dieser betrüblichen Entdeckung das gesamte übrige Inkarnat besonders sorgfältig. Dekolleté und Hals waren in gutem Zustand. Hier schien die Farbe ihre Deckkraft behalten zu haben. Die Hauttöne des Gesichts sahen besonders frisch und intakt aus. Gerade hier entdeckte ich jedoch eine zweite unangenehme Entwicklung, den Keim einer bei alten Bildern häufig zu beobachtenden Krankheit.

Ich ermittelte die allerersten Ansätze von Blasenbildung. Ihre Ursache ist eine stärkere Schrumpfung des Untergrundes. Die Malschicht hebt sich dadurch blasenförmig ab. Gewöhnlich tritt dieses Phänomen zwischen Grundierung und dem eigentlichen Bild auf. In diesem Fall vermutete ich jedoch etwas anderes. Ein winziger Schnitt mit dem Skalpell verschaffte mir Gewißheit. – Die Blasenbildung fand zwischen den beiden Gesichtern statt. Dies konnte nur heißen, daß die Malschicht des Männerkopfes stärker schrumpfte als die des Mädchens. Augenscheinlich trat diese Entwicklung nur im Bereich des Gesichtsinkarnats auf. Maßnahmen würden unumgänglich sein. Ich würde ein Festigungsmittel auftropfen und die Blasen mit dem Heizspachtel niederlegen.

Nur das beste Mittel kam in Frage. Russischer Störleim. Eine natürliche Substanz. Sie ist unglaublich teuer. So teuer, daß wir sie nicht im Hause hatten. Ich nahm mir vor, am nächsten Tag in die Stadt zu fahren, um beim Spezialisten russischen Störleim zu kaufen.«

Es war nicht zu überhören, daß Francesco sich allmählich entspannte. Seine Stimme war ruhiger geworden. Er ließ sich auf größere Pausen ein, um Atem zu schöpfen. Auch hielt er zuweilen während des Redens die Augen geschlossen, wie um in sich hineinzusehen.

Er schien es aufgegeben zu haben, Reaktionen von seiten seiner beiden Zuhörer zu erwarten. Deren Schweigen und Regungslosigkeit kam ihm inzwischen wie die angemessene Resonanz auf einen Bericht vor, in dem es großenteils um Erlebnisse und Erfahrungen ging, die man teilen kann, auch wenn sie einem nicht in ähnlicher Form widerfahren sind.

»Ich schlief in der folgenden Nacht etwas besser. Nachdem ich gefrühstückt hatte, stand ich lange am Fenster und beobachtete den Himmel. Es wollte nicht heller werden. Unter der dunkelgrauen Wolkendecke wirkte alles farbloser, als es einem Spätsommertag eigentlich zukommt. Ich öffnete einen der Fensterflügel und streckte den Arm hinaus. Es war, als hielte ich ihn in lauwarmes Wasser. Plötzlich ergriff mich eine Traurigkeit, die ihre Tiefe offenbar aus ihrer Grundlosigkeit bezog.

Ich rief im Museum an und teilte der Zentrale mit, daß ich einige dienstliche Einkäufe tätigen müsse und deshalb erst später käme. Dann legte ich eine Platte mit Schubertliedern auf. Draußen schien alles auf den Ausbruch des Unwetters zu warten. Die Regungslosigkeit der Blätter an den Bäumen erinnerte an das Verhalten von Tieren, die sich totstellen, um einer drohenden Gefahr zu entgehen. Alles sprach dafür, im

Zimmer zu bleiben und die Entwicklung des Wetters abzuwarten. Ich drehte die Platte um. ›Tränen fließen gar so süß, erleichtern mir das Herz…‹ Es war meine Lieblingsstelle. Vielleicht gab sie den Ausschlag, daß ich mich plötzlich feige fühlte. Ich ging hinunter und fuhr mit dem Fahrrad in Richtung Innenstadt.

Störleim ist schwer zu bekommen. Er wird nur in Rußland hergestellt und nicht exportiert. Hin und wieder kommen Tauschgeschäfte mit russischen Restauratoren vor, die ihrerseits Schwierigkeiten haben, bestimmte Lösungsmittel zu bekommen. In der Innenstadt gibt es einen kleinen Laden für Künstlerbedarf, dessen Inhaber ein Besessener ist. Er hat extreme Artikel wie die seltensten handgeriebenen Pigmente. Er war meine ganze Hoffnung.

Der Regen kam so plötzlich, daß ich mitten auf der Straße absteigen mußte, weil ich nichts mehr sah. Es war, als wäre über mir ein prall gefüllter Wassersack geplatzt. Ich schob mein Rad in den Schutz einer roten Steinwand und kettete es an. Rauchschwaden feinster Tropfen nahmen mir die Sicht. Ich war bereits völlig durchnäßt. Dennoch hatte ich das Verlangen, irgendwo Schutz zu suchen.

Direkt neben mir befand sich eine schwere, eisenbeschlagene Tür. Als ich sie nicht ohne Mühe öffnete und hindurchschlüpfte, war es, als kröche ich durch ein Loch der Zeit in eine andere Dimension des Lebens.

Ich war im Dom gelandet, und wie immer an solchen Orten beschlich mich ein verwirrendes Gefühl aus Neugier und Verlegenheit. Zugleich verspürte ich deutlich, was mir schon früher bei Besuchen in gotischen Kathedralen aufgefallen war: Ihr Inneres scheint größer zu sein als der äußere Baukörper. Ich glaubte die Säulen und Strebepfeiler seufzen zu hören unter der Spannung, mit der sie sich gegen die Umschließung der Fassade und des Daches stemmten.

Wenige Menschen verteilten sich in den Holzbänken des

Gestühls, den Apsiden und Sakristeien. Die meisten wirkten leblos wie Statuen. Einzelne, die sich vorsichtig bewegten, erzeugten hallende Schritte, die zur kleinen Gestalt der Person in fast lächerlichem Widerspruch standen. Es roch nach Weihrauch, dem brenzligen Duft niederbrennender Kerzen. Andere Gerüche waren schwerer zu identifizieren. Das Salmiak im Putzmittel, mit dem die Silber- und Messingleuchter glänzend gehalten wurden. Staub und Gesangbücher, auch der Schweiß von namenlosen Schuldgefühlen. Es war unmöglich, sich den strömenden Regen draußen vorzustellen. Hier hatte man es mit einer Form von Ewigkeit zu tun, die man am Fehlen von Wetter und Jahreszeiten erkennt.

Da mich fror, bewegte ich mich unbewußt in eine Richtung, aus der am meisten Wärme zu kommen schien. Es war das Licht, das mich anzog, ein freundlicher Glanz von zahllosen Opferlichtern aus einer der Sakristeien. Sie standen dicht an dicht auf einem Tisch vor einer großen Pietà. Jesus größer als seine Mutter. Marias seelischer und ihres Sohnes körperlicher Schmerz wirkten unglaubhaft. Beide hatten die Mimik schlechter Schauspieler. Sie übertrieben. Die Blutstropfen aus der Seitenwunde flossen nicht abwärts, wie es die Schwerkraft verlangt, sondern sie folgten der Längsachse des Körpers, als würde der Schmerzensmann in Wirklichkeit aufrecht stehen. Es war eine Pietà von zweifelhaftem künstlerischem Wert, doch im Licht der Opferkerzen, die in der aufsteigenden Warmluft flackerten, schien sie fast mehr zu leben als die leibhaftigen Menschen hier.

Dies galt jedoch nicht für eine Person, die unmittelbar vor dem Altar stand und sich dabei höchst auffällig bewegte. Sie tanzte mit Armen und Oberkörper wie eine balinesische Tempeltänzerin, während sie sich von der Taille abwärts ruhig verhielt. Es war eine junge Frau. Ich verbarg mich hinter einer der Säulen und beobachtete sie.

Sie trug Jeans und ein weißes Unterhemd mit dünnen Trägern und Spitzenrändern. Es war naß. Man sah es an der Genauigkeit, mit der der Stoff die Formen ihres Oberkörpers nachmodellierte. In den Händen hielt sie eine Bluse, die sie über den Flammen der Opferlichter hin und her bewegte und drehte und wendete, offenbar um sie zu trocknen. Ich spürte den kalten rauhen Stein der Säule an meiner Schläfe und Wange, während ich zusah, wie sie jetzt auch noch ihr Unterhemd auszog. Ihre Nacktheit wirkte jungfräulich. Lucas Cranach hat Frauen so gemalt. Die Haut wie frisch gefallener Schnee, auch wenn ein gelblicher Schimmer über ihr lag wie die natürliche Patina eines schön gealterten Bildes. Ich war enttäuscht, als sie die grüne Bluse anzog und nun damit begann, das Unterhemd in der gleichen Weise zu trocknen. Sie hielt das Kleidungsstück dabei so nahe an die Flammen, daß Dampfschlieren aufstiegen. Ich wartete in meinem Versteck auf den nächsten Akt dieses Schauspiels. Irgendwann würde sie die Kleidungsstücke wechseln und das Bild ihrer Nacktheit erneut enthüllen. Doch wieder wurde ich enttäuscht. Sie stopfte das Unterhemd in einen Rucksack, der am Sockel der Pietà lehnte. Dann streifte sie sich das Gepäckstück über und ging davon.

Jetzt erst merkte ich, wie sehr mir die eine Hälfte meines Gesichtes weh tat. Ich hatte die verletzte Seite mit dem großen Pflaster gegen den Stein gepreßt.

Auch ich ging hinaus in den inzwischen hellen Tag. Es hatte aufgehört zu regnen. Alle Dinge sahen klar und frisch gewaschen aus. Ich suchte sie mit den Augen, aber vergeblich. Nicht einmal ihr Gesicht hatte ich richtig gesehen.

Ich fuhr zu dem Laden, und es gelang mir tatsächlich, fünfzig Gramm Störleim zum Wucherpreis von 200 Mark zu erstehen. Normalerweise hätte ich mich gefreut. Ich war jedoch immer noch in der gedrückten Stimmung, mit der ich am Morgen aufgewacht war. Später, in meinem Arbeitszimmer, saß ich lange tatenlos im Ledersessel und blickte abwechselnd auf das Bild der Gentildonna und zum Fenster hinaus, als könnte ich dem Zufall in die Karten gucken.

Etwas war geschehen, von dem ich nicht wußte, was es war. Und dies hat immer die gleiche Wirkung: Wenn Ahnung und Wissen auseinanderfallen, entsteht eine seltsame Melancholie des Wartens. Unruhe und Apathie durchdringen einander, ohne ihre Grundeigenschaften dabei einzubüßen. Ich war an diesem Tag erst spät in meinem Zimmer, und auch hier saß ich noch lange in der Nähe des Fensters.«

Francesco hielt inne und versuchte, auf seine Armbanduhr zu sehen. Doch es war inzwischen zu dunkel, und es gelang ihm nicht, die Zeit abzulesen. Da Bazin sich gerade wieder eine seiner Zigaretten anzündete, näherte sich Francesco und ließ das Zifferblatt von der Zigarettenglut beleuchten. Dann setzte er sich wieder.

»Ich habe Ihrer beider Geduld lange strapaziert. Dennoch möchte ich noch ein wenig weitererzählen, denn es ist mir unmöglich, hier eine Zäsur zu machen.

Ich glaubte damals, viel Zeit zu haben. Zeit war mir etwas, das ich im Überfluß zu besitzen schien. Ein Restaurator, der seine Arbeit ernst nimmt, läßt sich Zeit. Schließlich hat er es mit Gegenständen zu tun, die sehr viel davon gespeichert haben. Der Maler hat Zeit ins Bild gemalt, und die Zeit hat sich anschließend als Maler betätigt. Manchmal denke ich, ein Bild ist eine Art Tresor für Zeit, und Zeit ist auch der einzige Schlüssel, mit dem er sich öffnen läßt.

Ich ging an diesem Morgen mit dem festen Entschluß zur Arbeit, zunächst die dringendsten Aufträge zu erledigen, zum Beispiel die drei expressionistischen Bilder reisefertig zu machen, um mich dann erst, vielleicht nach Dienstschluß, in aller Ruhe mit der Gentildonna zu beschäftigen. Es war wirklich ein schöner Morgen. Er ließ zum erstenmal in die-

tatsächlich = real, verdadero
de hecho, realmente

sem Jahr etwas von kommender Herbstkühle ahnen. Die Luft war frischer als gewöhnlich, die Farben blautoniger und die Konturen der Dinge deutlicher, als hätte man sie mit einem feinen harten Bleistift umrandet.

In meiner Werkstatt warf ich der Gentildonna einen kurzen Blick zu. Er sollte sagen: ›Sei nicht eifersüchtig, ich bin in Gedanken bei dir.‹ Die Morgensonne fiel so durch die trüben Scheiben, daß ihr Gesicht im Schatten lag, Reflexe ihres Kleides jedoch einen meergrünen Schimmer im Raum verbreiteten. Er lag auch auf dem kalkweißen Leib des Mädchens, über den ich mich beugte, um die sich lösende Farbe zu fixieren. Ich nahm den billigsten Leim.

In der Mittagspause gehe ich bei schönem Wetter gewöhnlich in den Park, auf den die Fenster meiner Werkstatt blikken. Ich setze mich auf eine der Steinbänke und verzehre mein Brot, lese Zeitung und beobachte die Schüler der angrenzenden Kunstakademie, die auf der Wiese lagern oder unter den mächtigen Kastanien und Rotbuchen flanieren. Diesmal blieb ich jedoch im Haus und trank meinen Kaffee im Ledersessel, in der Nähe der Gentildonna, als sei es ein Akt der Höflichkeit, sie nicht allein zu lassen.

Wie immer kam mir das Bild der Außenwelt hinter den staubigen Scheiben zweidimensional vor. Jetzt, durch das Spiel von Licht und Schatten unter den belaubten Bäumen, war es reiner Impressionismus. Es fehlte nur eine Dame mit Schirm am Arm eines elegant gekleideten Galans, der den Picknickkorb trug.

Ich mußte lächeln, als in diesem Augenblick tatsächlich ein Paar erschien. Es bewegte sich lautlos in einer Diagonale über die Bildfläche. Der Mann war klein. Er trug einen weißen Malerkittel. Sein für den Körper zu großer Kopf drehte sich hin und her. Struppige Haare quollen unter seiner weißen Baskenmütze hervor. Er gestikulierte mit den Händen. Offenbar war er dabei, seiner Begleiterin etwas zu erklären.

Es war eine junge Frau, schlank und hochgewachsen. Sie schritt über den Rasen mit der körperlichen Sicherheit einer professionellen Tänzerin, während er mit seinen kurzen Beinen eher einem Teddy glich, dem ein Kind durch Knicken der Beine das Laufen beizubringen versucht.

Das Auffälligste an ihr waren die langen rotblonden Haare, die sich in Korkenzieherlocken bis zu den Schulterblättern ringelten.

Ich hatte sie sofort wiedererkannt. Nicht nur wegen der grünen Bluse. Es war die Silhouette, der Gang, dieser unnachahmliche Eindruck von Leichtigkeit. Ihn kannte ich auch. Er war Lehrer an der Akademie, einer der erfolgreichsten, auch als freier Maler und Aktionskünstler. Es gab Kollegen, die ihn für einen unbegabten Schwätzer hielten. Einigkeit herrschte jedoch in der Meinung, daß er ein überragender Selbstvermarkter war.

Ich verschüttete Kaffee. Mein Herz klopfte wie rasend, und eine leichte Übelkeit befiel mich. Warum ging sie nur neben diesem Menschen, und warum lachte sie ihn an! Immer wieder berührten sie sich an den Ellbogen, wie mir schien. Dann waren sie aus dem Tryptichon meiner drei Werkstattfenster verschwunden.

Was war nur geschehen? Ich spürte, wie ich beim Versuch nachzudenken kläglich an meiner Erregung scheiterte. In diesem Moment kam Dr. Labisch herein. Er schlingerte auf einen Stuhl zu und setzte sich mit einem langen Seufzer. ›Wir erschrecken einfach nicht genug‹, sagte er nach einer Weile. Ich fand, daß er kränker aussah als gewöhnlich. Das grämlich verzogene Gesicht war bleich und schweißbedeckt.

›Ich meine, die ersten Renaissancemenschen haben den entscheidenden Schritt gemacht. Aus der Furcht machten sie das Erschrecken. Erschrecken ist weniger dumpf, weniger anonym, weniger heilig als die Furcht. In der Gotik hat man sich gefürchtet. Besser gesagt, man hat in Furcht gelebt. In

Furcht: temor, terror
verbinden: conmilar, unir

Furcht vor dem Herrn, dem König, der Pest. Furcht macht allgemein. Furcht verbindet. Jeder ist jeder. Alle leben sie unter der Furcht. Das Erschrecken hingegen isoliert. Das ist der gewaltige Fortschritt. Es ist eine Erfahrung des Selbst. Im Erschrecken spürt man sich. Man zieht sich zusammen. Wird eine kleine harte Kugel, die hierhin und dorthin rollen kann, denn sie ist ein ganz und gar in sich gekrümmtes Ich.‹

Dr. Labisch liebte solche Exkurse. Da ich der einzige war, der ihm zuweilen zuhörte, hing er an mir und suchte mich des öfteren auf. Ich bot ihm einen Kaffee an, den er wie gewöhnlich dankend ablehnte. Er trank während der Dienstzeit nur in seinem Zimmer.

Ich lud ihn ein, abends in meine Wohnung zu kommen. Mich würde das angeschnittene Thema brennend interessieren. Er blickte trostlos vor sich hin. ›Ich komme‹, sagte er. ›Wenn ich dann noch lebe!‹ Das sagte er immer, wenn es um irgendwelche Termine ging. ›Wenn ich dann noch lebe!‹ Wir hatten längst aufgehört, über diesen Satz zu lächeln.

Ich war erleichtert, als Dr. Labisch ging. Ich wollte mit dem Schreck, sie erkannt zu haben, allein sein. Diesmal hatte ich ihr Gesicht gesehen. Die Ähnlichkeit mit der Gentildonna war verblüffend. Die gleichen Augen. Das gleiche Oval des Gesichts. Der gleiche Haaransatz. Es konnte Zufall sein. Es gab aber auch eine ganz einfache Erklärung: Ich hatte das Porträt der Gentildonna inzwischen so häufig und intensiv betrachtet, daß ich es unwillkürlich auf jedes nur halbwegs ähnliche Gesicht projizierte.

Ich mußte die Wahrheit herausfinden. Vielleicht war es kindisch, aber ich ging einfach hinaus und über die Wiese, die das Museum von der Kunstakademie trennt. Die Akademie ist eine architektonische Monströsität. Teile des Baus stammen aus der Zeit, in der auch unser Museum entstand. Jedoch wurde immer wieder angebaut und erweitert, zuletzt in den fünfziger Jahren.

Der Gesamteindruck erinnert stark an die bedrückende Atmosphäre eines Kleinstadtgymnasiums. Es ist kein Tempel der Musen, auch wenn vor beiden Eingängen ein Geviert aus jeweils acht Säulen steht. Die Studenten pflegen hier ihre Räder abzustellen.

Im Foyer in der Nähe des Schwarzen Bretts sah ich die beiden wieder. Sie stand mit lässig verschränkten Armen neben dem Professor, der gestikulierend und mit stark rollendem ›R‹ die Lage verschiedener öffentlicher Einrichtungen des Stadtteils erklärte. Es ging um Post, Banken, Supermärkte, Waschsalons. ›Um die Ecke ist ein guter Grieche‹, sagte der Aktionskünstler. ›Du mußt unbedingt den Auberginensalat probieren.‹

Er duzte sie also bereits. Sie mußte meine Nähe gespürt haben, denn sie drehte sich plötzlich um und lächelte mich an. Meine Verwirrung hätte nicht größer sein können. Es war die Gentildonna! Sie gab mir die Hand und nannte ihren Namen. In diesem Moment drehte sich auch der Professor um. ›Da ist ja unser großer Restaurator‹, sagte er und rollte das R noch übertriebener. ›Darf ich vorstellen!‹ ›Wir haben uns bereits bekannt gemacht, hinter deinem Rücken‹, unterbrach sie ihn. ›Unsere neue Stipendiatin‹, sagte der Professor. Knoop hieß er. Aber er signierte seine Werke mit irgendeinem Phantasienamen, den ich mir nicht merken kann. Ich stotterte ein paar unverbindliche Worte. ›Kommen Sie doch zur öffentlichen Vorstellung der Stipendiatin‹, sagte Knoop.

›Unser großer Restaurator‹, hatte dieser freche Kerl gesagt. Ich ärgerte mich über seine platte Ironie. Es gab allerdings einen Grund, warum ich nicht gerade beliebt war bei den meisten Lehrern der Akademie. Ich bin zwar kein kreativer Maler, beherrsche jedoch ziemlich alle Techniken und Stile epigonal. Bei einem Wettbewerb, den die Akademie ausgeschrieben hatte, schickte ich unter verschiedenen Namen je ein surrealistisches, ein kubistisches, ein tachistisches

Kündigen = desalojar, despedir
erkunden = averiguar
erkundigen = informarse (nach/über)

und ein fotorealistisches Bild ein. Alle vier Arbeiten wurden angenommen und ausgezeichnet, und das bei einer gewaltigen Anzahl von Einsendungen. Knoop saß übrigens in der Jury.

Als ich hinterher die Identität der vier Künstler lüftete, beglückwünschte mich Knoop für meine Vielseitigkeit, aber es war nicht zu übersehen, daß er beleidigt war.

Am Abend telefonierte ich mit meiner Frau und teilte ihr mit, daß ich wegen des Hoffestes der Akademie übers Wochenende in der Stadt bleiben wolle. ›Du klingst so komisch‹, sagte sie. ›Ist was los mit dir?‹ Ich ging nicht auf die Frage ein, aber ich schenkte mir während des Telefonats einen Schnaps aus und trank ihn vor der Sprechmuschel. Meine Frau kündigte an, daß sie vielleicht ebenfalls kommen wolle.

Später kam Dr. Labisch. Er stand in der Tür, als wäre er nur da, um seinen berühmten Satz ›Wenn ich dann noch lebe‹ zu widerlegen. Er hatte drei Flaschen toskanischen Rotwein dabei. Wir setzten uns in meine beiden Sessel am Fenster. Ich zündete eine Kerze an, da es dämmerte. Doch Dr. Labisch bat, sie wieder löschen zu dürfen. ›Zu feierlich‹, sagte er. Er beleckte Daumen und Zeigefinger und drückte die Flamme aus. Im schwindenden Licht sah sein Gesicht leichenblaß aus. Er redete viel und bald mit schwankender Stimme. Er erzählte von seinem letzten Urlaub. Er war in Harlem gewesen, hatte mehrere Tage an der gleichen Straßenecke gestanden und die Menschen beobachtet. Es war eine gefährliche Ecke. Dealer, Prostituierte, Straßenräuber, Obdachlose. Ihm war nichts passiert.

Es war bekannt, daß er solch eigenartige Reisen unternahm. Er war auch schon in Bangkok, in Singapur, in Neu-Delhi gewesen. Immer suchte er sich besonders schlimme Ecken aus, um schweigend und beobachtend Stunde um Stunde zuzubringen.

Auf meine Vorhaltungen hin sagte er: ›Wissen Sie, man ist nur in Gefahr, wenn man etwas verkörpert oder denkt, was die anderen neidisch macht. Es reicht in der Regel, daß man den heimlichen Anspruch hat, glücklich zu sein, um sich zum Opfer zu eignen. Wenn man aber gar nichts will, weder von sich, vom Schicksal, noch von anderen, dann ist man genauso gut und schlecht wie die Luft, die alle atmen müssen. Es ist der beste Schutz, den es gibt.‹

›Und warum diese seltsamen Ecken?‹ fragte ich.

›Das ist nicht schwer zu begreifen. Zwei Straßen stoßen rechtwinklig aufeinander. Man muß also die Richtung ändern, und dennoch bleibt alles gleich. Diese Tatsache ist absurd. Jeder spürt sie, wenn er in diese mehr komische als verzweifelte Situation kommt. Und in jedem Gesicht erkenne ich das Ergebnis: eine wirklich kuriose Mischung aus Ärger und Neugier. Man könnte auch sagen, aus Resignation und Hoffnung. Egal, ob es der Polizist oder der Verbrecher ist. Beide haben sie den gleichen Gesichtsausdruck im Augenblick, da sie um die Ecke biegen. Ich mag das. Es bestätigt mich in der Annahme, daß die Entdeckung der Individualität in der Renaissance unvollständig war. Die Anonymität hat sich nicht völlig besiegen lassen. Damals ging die Menschheit um eine Ecke ihrer Geschichte, und sie machte das gleiche verdutzte Gesicht.‹

Als Dr. Labisch ging, sah ich ihm nach. Er bog um eine von einer Laterne beleuchtete Ecke. Gar zu gerne hätte ich in diesem Moment seinen Gesichtsausdruck gesehen.

Dann trank ich den letzten Rest Rotwein. Ich schmeckte Süße und Bitternis deutlicher als je zuvor. Ich weiß noch, daß ich wieder die Schubertplatte auflegte, zum x-ten Male an diesem Tag. Ich habe eine Weile mit mir geflüstert wie in einem gefährlichen Dialog. ›Laura‹, murmelte ich, ›so heißt du also.‹«

Francesco erhob sich und drehte seinen Zuhörern den Rücken zu. Ein lauwarmer Wind war aufgekommen. Man hörte Stimmen vom Dorf. Er begann, langsam und vorsichtig den Abhang hinabzuklettern. Als er auf dem Weg war, holte Bazin ihn ein. Der klopfte ihm kurz mit der Hand auf die Schulter. »Morgen hören wir weiter«, sagte Bazin. »Wo ist Madame Régusse?« fragte Francesco. »Sie wird uns später folgen. Sie kennt den Weg. Ich glaube nicht, daß sie großen Wert auf unsere Begleitung legt.«

eignen: prestarse para algo, ser apropiado para algo (sich)

Opfer: ofrenda, sacrificio, víctima

Zweiter Abend

Ich wußte nun ihren Namen«, begann Francesco, als sie am folgenden Tag wieder in der Höhle saßen. »Aber sonst wußte ich nichts von ihr. Ich hatte sie einmal kurz mit nacktem Oberkörper gesehen. Ich hatte einen gewissen Eindruck von ihrem Wesen, soweit es sich in ihren Bewegungen ausdrückte. Was mich jedoch am meisten verwirrte, war ihre unglaubliche Ähnlichkeit mit dem Porträt der Gentildonna.«

Er hielt inne und sah zu Madame Régusse hinüber. Es hatte ihn viel Überredungskunst gekostet, sie zum Wiederkommen zu bewegen. »Es gibt vieles, womit ich nicht einverstanden bin«, hatte sie gesagt und ihn dabei fest angesehen. Er wußte nicht, ob sich diese Aussage auf sein Erzählen bezog oder allgemeiner zu gelten hatte. Er hatte gebettelt und gedroht. Er würde sein Zimmer aufgeben, wenn sie nicht käme. »Warum bestehen Sie darauf?« hatte sie eingewandt. »Ich bin eine schlechte Zuhörerin. Es ist mir fast unmöglich, mich in andere Menschen hineinzuversetzen.« Nun saß sie doch da, und er war froh darüber. Wie immer hielt sie sich aufrecht, und ihr Gesicht zeigte keinerlei Reaktion.

»Samstag früh rief meine Frau an. Ihre Stimme klang verändert. Ich nehme an, daß dies an meiner Art zu hören lag. Meine Frau sagte, sie würde jetzt in die Stadt fahren, um an der Universität eine Veranstaltung zu besuchen. Mittags käme sie dann zu mir.

Ich begann, mein Zimmer zu putzen und aufzuräumen. Es versprach ein schöner Tag zu werden. Warm und wolkenlos. Das schöne Wetter erfüllte mich mit Mißtrauen. Die penetrant blaue Farbe des Himmels kam mir gefälscht vor. Während ich Sessel und Möbel verrückte und den Boden staubsaugte, dachte ich an Laura. Ich sah ihr Gesicht vor mir. Sie saß in der Pose der Gentildonna vor einem geöffneten Fenster, von dem warme, nach Lavendelfeldern duftende Luft hereinströmte. Dann dachte ich an meine Frau. Sie hat ein Madonnengesicht. Ihre langen braunen Haare trägt sie meistens zu einem Knoten verschlungen. Ihre großen blauen Augen sind mir immer vorgekommen, als gehörten sie nicht ihr, sondern einem Kind, das sich in ihrem Körper versteckt hat.

Um zwei Uhr kam sie. Sie sah schlecht aus. Es ginge ihr nicht gut, sie würde bestimmt eine Migräne bekommen. Dann lobte sie die Ordnung in meinem Zimmer. ›Du mußt allein auf das Fest gehen. Ich werde versuchen, mich gesund zu schlafen.‹

Meine Frau kam mir damals vor wie von einem anderen Stern, der eine ebenmäßige Bahn um die Sonne zog. Ich schloß die meergrünen Vorhänge. Sie zog sich behutsam aus, als entkleide ein kleines Mädchen ihre Lieblingspuppe. Dann schlüpfte sie unter die Bettdecke und zog sie bis zur Nasenspitze hoch. Der Raum war gefüllt mit Unterwasserlicht und einer fast unnatürlichen Stille. Ich schloß leise die Tür hinter mir. Auch auf der Treppe versuchte ich, gleich einem Einbrecher, so wenig Lärm wie möglich zu machen.

Der Innenhof der Kunstschule war bereits gefüllt mit Gästen. Die meisten saßen an langen Bänken. Es herrschte jene diffuse Heiterkeit, die typisch für solche Veranstaltungen ist. Es ist immer das gleiche Ritual: Jeder kennt jeden, und keiner kennt keinen. Am wenigsten kennt man sich selbst. Aber man sitzt in der Kirche des Lebens und feiert die Messe des Augenblicks. Über dem offenen Geviert des Atriums hing ein riesiger goldener Rahmen. Die Absicht war unverkennbar. Man blickte durch ihn hindurch in den unnatürlich blauen Himmel mit den unnatürlich weißen Quellwölkchen. Zuweilen flog eine Taube vorbei. So wurde dieser Ausschnitt der Natur in ein Gemälde verwandelt. Die Idee war nicht schlecht. Sie stammte, wie ich erfuhr, von Knoop. Seine Malklasse hatte sie für das Fest realisiert.

Lauras Anwesenheit war unverkennbar, auch wenn ich sie nicht gleich sah. Ich hörte ihr Lachen aus dem allgemeinen Stimmengewirr deutlich heraus. Knoop saß neben ihr und fuchtelte mit den Händen. Er deutete immer wieder nach oben.

›Ich habe das Abbild dieser ziehenden Wolke aus einer Laune heraus blau unterlegt. Mir schien ein konventionell gemalter Himmel in diesem Fall das Richtige zu sein. Denn es handelt sich auch nur um eine ganz gewöhnliche Sommerwolke.‹

Ich drängte mich durch die Menge. Die meisten waren viel jünger als ich. Ein spanisches Gitarrenduo begann zu spielen, ohne daß das Stimmengewirr nachließ. Aus einer Ecke des Hofes zogen die Rauchschwaden einer Grillanlage und stiegen durch das Knoopsche Gemälde zum Himmel.

Ich hatte zwischen Laura und ihrem Nebenmann eine kleine Lücke entdeckt. Bei dem Versuch, mich zu setzen, stellte ich fest, daß die materielle Ursache der Lücke ein Tischbein war. Als es mir endlich gelungen war, Platz zu nehmen, war das Tischbein zwischen Laura und mir. Sie hatte sich flüchtig umgedreht und mir zugenickt. Dann wandte sie mir wieder den Rücken. Sie unterhielt sich mit Leuten auf der anderen Seite. Ich verstand nicht, wovon sie redeten. Nur manchmal schnappte ich das Wörtchen ›nett‹ auf. Offenbar fanden sie alles nett, das Wetter, die Musik, die Menschen um sie herum.

Neben mir aß jemand eine angekohlte Bratwurst. Dabei dippte er sie immer wieder in ein Häufchen Senf und malte anschließend mit dem Wurstende auf einem Papptablett herum. Ein Bild entstand. Ein gelbes Senfmeer unter einem gelben Senfhimmel. Auch der Strand war senfgelb. Trotz dieser fehlenden Auswahl an Pigmenten unterschieden sich die Landschaftsteile deutlich voneinander. Der Mann war ein Könner. Mittels Pinselstrich und unterschiedlicher Dicke des Farbauftrags schaffte er die Wirkung von Tiefe und Atmosphäre. Als er fertig war, signierte er mit dem letzten Rest der Wurst und einem Senftupfer.

Er hob das Gemälde hoch und hielt es mit gestrecktem Arm von sich. So wirkte es noch überzeugender. Ich äußerte meine Bewunderung. Er sah mich an aus kleinen, wasserhellen Augen, die sehr flink zu sein schienen. ›Von dort kommt das Fräulein neben Ihnen‹, sagte er in einem starken Wiener Akzent. ›Sie hat mir erzählt, daß sie am Meer aufgewachsen ist. Vermutlich stammen Sie auch von einem solchen?‹

›Wie kommen Sie darauf?‹

›Wissen Sie, die am Meer Aufgewachsenen sehen im Binnenland immer etwas ratlos und unruhig aus. Es ist, als ob das Fehlen der Küste ihnen ein Übermaß an Bewegungsfreiheit gewährt, womit sie sich nicht auskennen. Der Binnenländer hingegen wirkt am Meer immer ein wenig ertrunken.‹

Der Mann war interessant. Die Aufregung, neben Laura zu sitzen, legte sich.

›Wissen Sie, schlechtes Essen inspiriert außerordentlich. Da Kochen selbst eine Kunst ist, kann man auch sagen, daß schlechte Gemälde den Hunger beflügeln. Ich hole mir jetzt noch einen dieser angebrannten Pfeiler des deutschen Nationalstolzes. Möchten Sie auch eine Wurst?‹

Ich nickte. ›Dann halten Sie mir, bitte, meine beiden Plätze frei.‹ Er lächelte und stand auf. Jetzt sah ich, wie außerordentlich dick dieser Mensch war. Er hatte mit seiner Bemerkung nicht übertrieben.

Als er zurückkam, brachte er zwei Biergläser und ein neues Papptablett mit Senf und Würsten mit. Trotz der Hitze und des Gedränges schwitzte er kein bißchen. Sein blütenweißes, gestärktes Hemd wirkte einwandfrei.

Das Senfgemälde war inzwischen angetrocknet und dabei nachgedunkelt.

›Hawelka‹, stellte er sich vor, ›Gastprofessor für Mediales. Könnten Sie es ein wenig restaurieren? Ich möchte es Ihrer Nachbarin schenken.‹

›Woher kennen Sie mich?‹

›Sie sehen halt wie einer aus. Wie ein echter Restaurator. Ein bißchen zu sehr nach Künstler. Und mit ein ganz klein wenig Verbitterung um die Mundwinkel wegen der vielen Kenntnisse über schlechte Malerei. Außerdem haben Sie Farbspuren an den Fingern und waschen Ihre Hände zu oft.‹

Ich biß in meine Wurst und begann, das Kunstwerk Hawelkas vorsichtig mit frischem Senf zu betupfen. Es gelang mir ziemlich gut, die alte Wirkung des Bildes wiederherzustellen. Inzwischen räsonierte Hawelka weiter über kühne Zusammenhänge von Kochen und Malerei. ›Wissen Sie‹, sagte er, ›beim ernsthaften Kochen sitzt der Magen Modell.‹ Hawelka legte eine Hand auf seinen Bauch. ›Es gibt den sitzenden oder den liegenden Magen. Auch den stehenden natürlich. Am liebsten ist mir der liegende Magen. Wenn er Modell ist, entstehen Speisen, für die ein höchst interessantes Ineinander von süßen und bitteren, auch säuerlichen Geschmacksnuancen charakteristisch ist. Der sitzende Magen ist für unser Gulasch verantwortlich. Und der stehende mag am liebsten Suppen. Er kann sich dann wie ein richtiges Gefäß vorkommen.‹

Ich hörte nicht immer zu. Manchmal versuchte ich aufzuschnappen, was Laura redete.

›Wissen Sie, es ist eine Tatsache, daß allein die Frau kochen kann, genauer gesagt, die Frau ab Fünfzig oder, präziser, nach ihren Wechseljahren. Nur sie versteht etwas von Saucen zum Beispiel. Saucen leben von der Kunst des richtigen Anbrennens und Ablöschens. Eine jüngere Frau läßt nichts anbrennen. Der Mann verbrennt tendenziell alles. Die Haute Cuisine ist nichts anderes als das neurotische Produkt des kochenden Mannes oder die Überreaktion auf die Angst, als Mann alles zu verbrennen.‹

Ich schob das fertig restaurierte Senfgemälde zu Laura hinüber. ›Für Sie‹, sagte ich, ›von Herrn Hawelka gemalt und von mir restauriert.‹ Sie nahm das Präsent mit einem Lächeln entgegen. Dann tippte sie einen Finger ins Meer und leckte ihn ab. ›Gut‹, sagte sie, wobei sie das ›t‹ fast verschluckte. ›Manchmal, nach einem kräftigen Sturm, sehen Himmel und Meer genauso gelb aus.‹ Dann wandte sie sich wieder von uns ab.

Kurz danach holte ich zwei Biere und für Hawelka eine Wurst. Allmählich wurde auch ich laut und redselig. Ich erzählte Hawelka von meiner Jugend am Meer. Zur Anschauung hielt ich den Bierkrug aus Preßglas hoch. Schaum und Perlchen und die urinfarbige Flüssigkeit schmückte ich mit Geschichten von Stürmen und heißen Tagen am Strand. Auch wenn ich mich an Hawelka wandte, redete ich insgeheim mit meiner Nachbarin. Ich weiß nicht, was sie von meinen Geschichten mitbekam. Einmal drehte sie sich um und sagte brüsk, ich solle nicht so schreien. Ich entschuldigte mich wie ein kleiner ermahnter Junge. Die Maßregelung ärgerte mich keineswegs. Ich nahm sie eher als Indiz für ein heimliches Vertrautsein.

›Was halten Sie von Knoop?‹ fragte ich Hawelka. Knoop saß immer noch neben Laura; meistens sprach sie mit ihm.

Hawelka sah zu dem goldbronzierten Rahmen hoch, in dem jetzt graue Wolken mit Regenbäuchen erschienen.

›Knoop hat sich hier ganz gut selbst porträtiert‹, sagte er. ›Er ist ein lebender Rahmen. Was man in ihm sieht, ist jeweils den Leuten zu verdanken, die sich mit ihm beschäftigen.‹

›Laura‹, dachte ich voller Eifersucht, ›du sollst diesen Menschen nicht so wichtig machen durch dein Zuhören und Reden.‹

Als die ersten Windstöße der Regenfront kamen, begann der Rahmen zu schaukeln. Der Hof leerte sich erstaunlich schnell. Schließlich saßen nur noch Hawelka und ich am Tisch. Die ersten Tropfen fielen. Auf Hawelkas gestärktem Hemd erschienen hellgraue, gekräuselte Flecken, als sei ein ungeschickter Maler am Werk, der ein gelungenes Porträt noch nachträglich zu verbessern sucht, indem er durch Zwischentöne die Kontraste schwächt.

›Wissen Sie‹, sagte Hawelka, ›die Menschen fürchten das Wasser so, weil es sie insgeheim an das Zimmer erinnert, in dem sie die ersten neun Monate ihres Lebens verbracht haben. Wenn es regnet, rennen sie alle davon, als ahnten sie plötzlich, daß sie besser gar nicht erst auf die Welt gekommen wären.‹

Zu meiner Überraschung tauchte Dr. Labisch auf. Ihn hätte ich auf einem solchen Fest am allerwenigsten erwartet. Während ich mit Hawelka zum Ausgang ging, gesellte sich Dr. Labisch zu uns. Er lief neben mir her, und so befand ich mich zwischen zwei Misanthropen, einem dicken, lustbetonten und einem dünnen, asketischen. Die beiden kannten sich offenbar. Sie unterhielten sich durch mich hindurch über das Thema Liebe. Beide sprachen sie diesem Phänomen jeglichen Sinn ab. Hawelka bestritt die These, daß Liebe durch den Magen geht. Sie ginge weit an ihm vorbei. Dr. Labisch behauptete, es gebe nichts Liebesunfähigeres als die Liebe. Ich aber sah mich um und stellte fest, daß Laura verschwunden war.

Auf der Straße trennten wir uns. Ich wurde das Gefühl nicht los, daß beide mich mitleidig betrachteten.«

betrachten = contemplar, examinar
Dämmerung = ocaso / alba

Francesco unterbrach seine Rede und mühte sich, in den in der Dämmerung blaß leuchtenden Gesichtern seiner beiden Zuhörer zu lesen. War es nicht auch jetzt so, daß sie ihn mitleidig betrachteten? Er begann, sich darüber zu ärgern, daß alles, was er erzählte, beinahe wie ein Geständnis klang. Nein, er wollte diesen Eindruck nicht aufkommen lassen. Es war schön, von seiner Liebe zu reden, auch wenn ihre Größe mit Illusionen erkauft worden war.

»Auf dem Weg nach Hause ging ich kurz in meine Werkstatt. Ich setzte mich vor das Bild und betrachtete die Gentildonna. Fast kam es mir vor, als habe sich das Bild verändert. In der Spannung der Lippen war ein Lächeln angedeutet, das mir vorher nicht aufgefallen war. Ein maliziöses Lächeln, als wollte es dem Betrachter sagen: ›Armer Kerl, du kannst zwar nichts dafür, aber du benimmst dich wie ein wahrer Trottel.‹ Hatte es nicht recht? Benahm ich mich nicht wie ein Idiot?

Ich nahm das Bild von der Staffelei und legte es auf einen Arbeitstisch. Montag würde ich ernsthaft mit der Restaurierung anfangen. Ich beugte mich über die Gentildonna. Dann näherte ich mein Gesicht dem ihren, bis ihre Züge verschwammen. Meine Lippen berührten den gemalten Mund. Ich schloß die Augen und verharrte in dieser unbequemen Stellung, bis meine Nackenmuskeln schmerzten.

Wie immer, wenn man die Augen schließt, schärft sich der Geruchssinn. Ich roch die vertrauten Substanzen, die Malmittel, Firnisse, das Azeton. Und obwohl es penetrante Gerüche sind, glaubte ich, unter ihnen einen neuen Duft auszumachen. Einen zarten Duft nach Lavendelöl, wie es schon seit Jahrhunderten in Südfrankreich hergestellt wird.

Von meiner Werkstatt ging ich nicht direkt zu meiner Wohnung. Bis zum Fluß waren es nur wenige Schritte. Ich rannte sie fast, als würde ich verfolgt oder vor etwas davonlaufen. Auf der Brücke machte ich halt. Es ist eine von bedeutenden Künstlern immer wieder gemalte Eisenkonstruktion. Die tiefstehende Sonne vergoldete das trübe, schmutzige Wasser des Flusses. Eine hauchdünne Auflage, aber sie genügte vollkommen, dem Bild einen kostbaren Glanz zu geben. Auch die Silhouette der Stadt überraschte mich aus dieser Perspektive und in dieser Beleuchtung durch ihre künstliche Schönheit. Sie wirkte wie aus einem Film, dessen Hintergrundkulisse von einem geschickten Maler gestaltet worden war.

So viel wußte ich von Hawelka bereits über Laura: Sie war erst vor kurzem vom anderen Ende der Welt gekommen. Seit vielen Jahren lebte sie in Australien. Ich glaubte auch, bemerkt zu haben, daß sie mit einem leichten Akzent sprach.

Ich ging zu meiner Wohnung zurück, diesmal übertrieben langsam, als gälte es, eine Steigung zu überwinden. Ich dachte wenig, während ich versuchte, beim Gehen die Schattenzonen zu meiden, die die untergehende Sonne auf das Straßenpflaster warf. Nur ein Satz ist mir in Erinnerung geblieben: ›Glücklichsein ist nur durch Leiden möglich.‹

Dies ist zwar eine Binsenweisheit, die spätestens seit Petrarca zu den Klischees menschlicher Erfahrung gehört, doch schien sie mir von überraschender Tiefe zu sein. ›Glücklichsein ist nur durch Leiden möglich.‹ Ich weiß noch, daß ich unwillkürlich lächelte bei dem Gedanken, seelischen Nöten entgegenzugehen.

Als ich mein Zimmer betrat, sah ich meine Frau im Halbdunkel schlafen. Die Fenster standen offen, und die Vorhänge wehten in den Raum hinein. Diese sanfte Bewegung schien das einzig Lebendige hier. Ich setzte mich auf den Bettrand und betrachtete das Gesicht der Schlafenden. Die Halbkugelform der Augen unter den geschlossenen Lidern erschreckte mich. Es war ein Totengesicht.

Ich schämte mich in diesem Moment, denn ich war Zeuge, wie nahe Vertrautsein und Fremdheit beieinanderliegen. Es ist wie bei einem Bild. Vorder- und Rückseite sind nur einen Millimeter auseinander, und dennoch blicken wir einmal in die Tiefe einer gemalten Landschaft, die unsere Seele berührt, während wir auf der anderen Seite nur die flache Struktur einer Leinwand sehen.

Ich legte meine Hand vorsichtig auf ihre Stirn. Sie war kühl und schweißbedeckt. Ich wartete so in einer Regungslosigkeit, die mehr und mehr auch mein Inneres erfaßte. Es fiel mir immer schwerer zu atmen, und auch mein Herz klopfte langsamer als sonst. Schließlich rührte sie sich und öffnete die Augen. ›Mir ist nicht gut‹, flüsterte sie. ›Kannst du mir eine Schüssel holen?‹

Ich holte auch noch ein Handtuch und einen Waschlappen. Dann blieb ich unschlüssig im Zimmer stehen. ›Laß mich schlafen‹, sagte meine Frau tonlos. Sie zog sich die Decke bis unter die Augen. ›Ich gehe noch mal weg‹, sagte ich. ›Auf die Vernissage. Sie beginnt um acht. Schlaf dich gesund.‹ Meine Frau reagierte nicht.

Sie war nicht mehr als eine Wölbung der Daunendecke und ein dunkler Fleck auf dem Kissen.

›Also, bis später‹, flüsterte ich und schloß leise die Tür. Dann eilte ich durch die Dämmerung einer menschenleeren Straße mit Häuserfassaden und Bäumen, die in ihren leicht verzerrten Formen und trüben Farben von jenem Expressionisten hätten gemalt sein können, dessen mittelmäßigen Bildern ich die Entdeckung der Gentildonna verdankte.

Ich habe Vernissagen immer gehaßt. Das gehäufte Hängen von Bildern eines einzelnen Malers kommt mir vor wie optische Kakophonie. Wie habe ich da immer die Künstler des Wortes und der Musik beneidet, deren Erzeugnisse nicht simultan, sondern über das Medium der Zeit konsumiert werden.

Niemand kann mir ausreden, daß es für Malerei im Grunde nur eine einzige angemessene Form der Ausstellung gibt: einen schwarzen oder weißen Raum, in dem nur ein einziges Bild hängt. Dieses Bild darf nicht angeleuchtet werden. Künstliches Licht ist immer ein verfälschender Eingriff in die Wirkung der Pigmente. Vielmehr sollte dieser schwarze oder weiße Raum seitlich zum Bild ein etwa gleichgroßes Fenster haben, das im Idealfall nach Süden auf eine offene Landschaft hinausgeht. Dann vermag das wechselnde Licht eines Tages, vom Morgengrauen bis zur Abenddämmerung, dem Bild Leben zu geben. Die je nach Tageszeit unterschiedliche Farbtemperatur verändert die Bildwirkung in einer Weise, die dem Malvorgang gerecht wird. Auch der Maler hat vor einem Fenster gemalt und sein Bild zu unterschiedlichsten Tageszeiten gesehen und verändert.

Jeder wirkliche Maler weiß, daß das natürliche Licht in seine Palette hineinmischt, und er berücksichtigt selbstverständlich in seinen Kunstwerken diese kollegiale Mitarbeit.

All dies dachte ich auf meinem Weg zu der Abendveranstaltung der Kunstschule, bei der Bilder der neuen Stipendiatin vorgestellt werden sollten. Die Vernissage fand im Gewölbekeller des Gebäudes statt.

Es war brechend voll. Eine ganze Weile steckte ich zwischen Besuchern, ohne ein einziges von Lauras Bildern zu Gesicht zu bekommen. Ich freute mich, als ich in dem Gedränge plötzlich Dr. Labisch erkannte. Es gelang mir, zu ihm durchzukommen. Was sonst undenkbar war, ergab sich hier zwangsläufig: Ich berührte ihn körperlich. Es war ein Gefühl, als ob man einen toten Vogel aufhebt. Er scheint immer noch zu leben, allein durch die Leichtigkeit seiner hohlen Knochen.

›Es ist kaum zu glauben‹, sagte Dr. Labisch. ›Sie malt, und was noch ungewöhnlicher ist, sie zeichnet in einer Manier, wie ich sie sonst nur in der Renaissance gefunden habe. Ungewöhnlich präzise. Die Bewegung entsteht nicht durch die üblichen Mauscheleien von Strich und Farbe, sondern durch die äußerste Strenge, mit der die Details festgehalten sind. Wenn man sehr nahe ist und genau hinsieht, ist alles erstarrt, wenn man nur einen Schritt zurücktritt, beginnt das Ganze zu fließen. Phantastisch.‹

Dr. Labisch war so begeistert, daß er offenbar nicht bemerkte, auf welch unhöfliche Weise er sich Platz verschaffte. Er stieß mit Kopf und Ellbogen wie ein alter Ziegenbock und zerrte mich zwischen entrüsteten Leuten hindurch zu einer der Wände des Gewölbekellers.

Dr. Labisch hatte recht mit seinem Urteil. Was ich sah, unterschied sich vollkommen von den anfängerhaften Versuchen von Akademieschülern. Es gab nur zwei Motive, die von der Künstlerin in minimalen Schritten variiert worden waren, so daß man unwillkürlich an die Einzelbilder eines Filmes denken mußte: Haare und Stoffe.

Die Stoffbilder waren farbig, mit feinster Lasurtechnik in Temperafarben gemalt. Die Haarbilder waren sämtlich Bleistiftzeichnungen. Kleiderstoffe, Vorhangstoffe, Blusen, Tücher flossen über Treppen, in leeren Zimmern, über Fensterbänke, ins Nichts, verschwanden in Türen, fluteten über Stuhllehnen, als hätten sie gerade erst einen Körper verlassen und als wäre dessen imaginäre Form noch schwach in den Falten, Tälern und Hügeln des Textils bewahrt. Stoffe, die von vergangenen Körpern träumten, erinnerte Nacktheit, so kam es mir vor, die sich nun an andere Orte bewegte.

Die Zeichnungen faszinierten mich beinahe noch mehr. Offene, hochgesteckte, in komplizierte Zöpfe oder Knoten verschlungene Haare, natürlich gelockt, immer die gleichen Haare, nur durch die Frisuren verwandelt, Hals und Dekolleté durch einen einzigen zarten Bleistiftstrich angedeutet, manchmal auch der Rand eines Kleidungsstücks, ein Mantelkragen, ein Blusenausschnitt. Es verriet große Beherrschung der Technik, wie die Zeichnerin es verstand, durch Variieren des Drucks auf den Bleistift die Linien abzuwandeln, ohne dabei abzusetzen. Verdickung und Verdünnung, Wechsel der Grauwerte, alles erreichte sie ohne die üblichen Mittel des Radierens, ohne Schraffuren, Verwischen, ohne Wechsel des Zeichenstiftes, der Minenhärte.

Ähnlich wie bei den Gemälden wandelte die Künstlerin gekonnt ein einziges Thema ab: das Selbstporträt. Immer war sie es, die sich zeichnete. Immer entstand ein nahezu fotorealistischer Eindruck ihres Gesichtes, und dies verrückterweise dadurch, daß sie es völlig fortließ. Allein aus dem Fall der Haare, dem Bogen des Haaransatzes, der Kopfneigung schien sich das leere, weiße Oval im Zentrum des Bildes in ihr Konterfei zu verwandeln. Wie bei Vexierbildern enthielt das Negativ, die Lücke, die eigentliche Bildinformation. Es war, als verspürten die das fehlende Gesicht umgebenden Haare und Kleidungsränder Sehnsucht nach ihrem Antlitz. Sie erzeugten es durch ihr Verlangen. Und dies stärker, glaubhafter, als es je der Versuch bewerkstelligen konnte, ein Gesicht direkt zu malen oder zu zeichnen.

Laura war in ihrem Fehlen existent. Es war eine fast körperliche, dreidimensionale Intensität, mit der ihr imaginäres Porträt aus seiner gezeichneten Umgebung entstand.

Ich sah mich nach ihr um, denn ich wollte sie loben, sie beglückwünschen. Entweder mußte sie sehr eitel sein, sehr narzißtisch geprägt, oder sie hatte das natürliche Selbstwertgefühl eines Kindes, das sich in göttlicher Bescheidenheit selbst erfährt wie die es umgebende Natur.

Der kleine Professor Knoop war in dem Gewühl nirgends zu sehen, dafür jedoch um so deutlicher zu hören. Plötzlich erschien aber sein Kopf über der Menge; es sah wie der Anfang einer kleinen Himmelfahrt aus. ›Er macht sich gut auf einem Sockel‹, bemerkte Dr. Labisch neben mir. ›Wir dürfen annehmen, daß er jetzt einige Worte verlieren wird.‹

Menge: cantidad, montón, conjunto
reagieren: reaccionar

Man rückte noch enger zusammen. Ein Halbkreis entstand um das Podest, auf dem Knoop stand. Er nahm seine weiße Baskenmütze ab und fächelte sich Luft damit zu. Laura stand in der vordersten Reihe, mit verschränkten Armen und leicht zurückgelegtem Kopf. Manchmal schüttelte sie ihre Locken in einer Bewegung, die mir bereits charakteristisch für sie vorkam.

Knoop begann seine Laudatio mit einem gelehrten Exkurs über das Wort ›Laurus‹. Er hatte sich gut informiert. Laurus heißt Lorbeer, und dies bedeutet Ruhm. Laurea hingegen heißt Brise. Und so ritt Knoop auf seinen Wortspielen einher. Ruhm und Meer, Laura und Petrarca, wehende Haare im Seewind, raschelnde Lorbeerblätter unter nackten Füßen. Der Redner bewies, daß er auch Poet zu sein vermochte. Zum Schluß seiner Rede zog er tatsächlich ein Säckchen mit Lorbeerblättern aus seinem weißen Kittel und warf sie wie Konfetti in Richtung Lauras, die sich unter dem Applaus des Publikums einige dieser Blätter aus den Haaren zupfen mußte.

Die so Geehrte war umringt von Männern, die ihr gratulierten. Knoop hakte sie unter und zog sie zu einem langen Tisch. Ich bemerkte gar nicht, wie seltsam ich mich benahm. Ich verschaffte mir, genau wie Dr. Labisch, Platz mit rücksichtslosen Bewegungen meiner Ellbogen und folgte den beiden. Dann setzte ich mich neben Laura an den Tisch, wobei ich ebenso unhöflich vorging. Ich schob meinen Arm zwischen Laura und ihren Nachbarn und quetschte mich in die dabei entstandene Lücke.

Diesmal trennte uns kein Tischbein. Die Enge der Sitzordnung ließ uns gar keine andere Wahl, als uns zu berühren. Wenn Laura sich bewegte, bewegte ich mich mit. Wie bei Getreidehalmen in einem Feld.

Sie wissen aus eigener Erfahrung, Madame und Monsieur, daß der unvermittelte körperliche Kontakt mit einer fremden Person sehr unterschiedlich empfunden wird. Die Gefühlsskala reicht von Ekel bis zu höchster Anziehungskraft. Meistens hat man es in den ersten Momenten mit einer Mischung ambivalenter Reaktionen zu tun. Die Seele weiß noch nicht, ob sie positiv oder negativ reagieren soll. Die Folge dieser Irritation ist ein dumpfes Gefühl in Haut und Muskeln. Eine Überempfindlichkeit, die mit einer oberflächlichen Betäubung der Sinne einhergeht.

Ich erlebte die erste Berührung zwischen Laura und mir vollkommen anders. Tauchen Sie eine Hand in körperwarmes Wasser. Verstehen Sie, was ich meine? Dieses Vertrautsein gleichtemperierter Medien. Die Haut spürt ihre Grenze nicht. Sie weiß nicht, ob sie im Wasser zerfließt oder das Wasser in sie eindringt. So ähnlich war es zwischen uns. Es war mehr als geschwisterliche Vertrautheit. Es erinnerte an die blinde Wärme zwischen eng aneinander schlafenden Tieren.

Laura lachte viel, fand alles nett, ging auf die Scherze der Männer ein, reagierte auf Anzüglichkeiten mit derbem Gelächter. Knoop überbot sich in bizarren Einfällen und Wortspielen. Mich würdigte er keines Blickes.

Diesmal verhielt ich mich still, ja ich versuchte, in mein Schweigen eine Art Botschaft zu legen: ›Leeres Geschwätz dies alles, Laura, du bist viel zu schade dafür.‹

Laura beachtete mich nicht. Bildete ich mir nur ein, daß sie manchmal den Druck verstärkte, mit dem sich unsere Schenkel berührten?

Als es leerer wurde, setzte ich mich ihr gegenüber. Ich wollte sie endlich in Ruhe betrachten. Dabei machte ich eine überraschende Entdeckung. Sie, die, wie ich inzwischen wußte, vierunddreißig Jahre alt war und die jeder um mindestens zehn Jahre jünger schätzte, hatte ein uraltes Gesicht. Es besaß eine Jugend, die nicht von unserer Zeit war. Warum trug sie kein Seidenkleid? Kein feingewobenes Haarnetz? Ich sah die winzigen Unreinheiten ihrer Haut. Sie war keine perfekte Schönheit, aber sie hatte die gleiche Anziehungskraft wie das Porträt der Gentildonna. Es war nicht die Ähnlichkeit allein. Es war der Stil, es war die Raffinesse, mit der ein großer Künstler mit toten Materialien wirkliches Leben vorzutäuschen vermag.

Oft lebt ein Gemälde gerade von den kleinen Schönheitsfehlern der Modelle, weil sie den Künstler gezwungen haben, nicht einem leblosen Harmonieideal zu erliegen, sondern fehlerhafte Einzelheiten in einen schönen und spannungsreichen Zusammenhang zu bringen, in dem der Tod besiegt scheint und die Zeit sich darauf beschränkt, den Firnis des Bildes zu verdunkeln.

Laura hatte ein solches Gesicht. Es steckte voller Widersprüche. Sinnlichkeit und Spott, Nachdenklichkeit und Naivität, Grüblerisches und Verspieltes lagen im Streit und versöhnten sich wieder. Besonders um Mund und Augen fanden diese familiären Auseinandersetzungen statt. Ich sah auch, daß ihr wirkliches Alter, das sich in feinsten Runzeln und Unebenheiten der Haut zeigte, nichts anderes war als die natürliche Patina eines Mädchenkopfes, das Alters-Craquelé, das dem Motiv eines jungen Gesichtes den eigentümlichen Reiz verleiht.

Ich begann, auf Laura einzureden. Ich bot alles auf, ihr Interesse zu erregen. Erzählte von meiner am Meer verbrachten Jugend, beschwor die Weiten dieser Landschaft, Himmel wie schräg gestellte Leinwände, titanweiße Wolken, das Watt als ein mit dem Schwamm benetztes Papier, das so die Wasserfarben stärker aufnimmt und tiefer leuchten läßt.

Laura sah mich an. Ihre Augen ruhten auf mir, während ich redete. Sie glichen kleinen, grauen Nebelflecken in der Leere dieses Kellergewölbes. Ich sah nichts in diesem Blick, der mich unverwandt ansah. Ich hatte jedoch das Gefühl, im Sog einer starken Strömung zu treiben.

Manchmal lachte Laura, wenn ich übertrieb. Was ich damals unmöglich ahnen konnte, war die Tatsache, daß sie mir in Wirklichkeit kaum zuhörte.

Es war spät geworden, und mich packte das schlechte Gewissen wegen der Kranken in meiner Wohnung. Ich stand auf und verabschiedete mich von Laura. Sie gab mir die Hand, lächelte und wünschte mir förmlich gute Nacht.

Draußen war es stockfinster. Ich blieb einen Moment unschlüssig stehen, als hätte ich die Richtung verloren. Dann begann ich zu rennen.

Ich muß gestehen, daß ich damals trotz meines schlechten Gewissens nicht direkt nach Hause gegangen bin. Ich machte vielmehr vor dem Seiteneingang des Museums halt, schloß auf und eilte durch die Gänge und Säle in meine Werkstatt.

Ich vermied es, Licht anzumachen. Erst als ich die Vorhänge zugezogen hatte, knipste ich den Punktstrahler an und richtete ihn auf das Porträt, genauer gesagt, auf die Mundpartie der Gentildonna. Ich holte Watte, Holzstäbchen, eine Flasche Spiritus und eine Flasche Azeton. Dann drehte ich ein wenig von der Watte um die Spitze des Holzstabs und tauchte ihn in den Spiritus. Ich beugte mich über das Bild und fuhr nun in sanften, kreisenden Bewegungen mit der spiritusgetränkten Watte über die Lippen, die Mundwinkel, das Grübchen auf dem Kinn, die Furche, die von der Oberlippe zur Nase führt. So begann ich mit der Reinigung. Ich sah, wie die Farben intensiver wurden, wie die Lippen aussahen, als füllten sie sich mit frischem Blut. Einen zweiten Wattestab tauchte ich in Azeton. Mit den gleichen kreisenden Bewegungen begann ich, den Firnis zu entfernen.

Nach einer guten halben Stunde hatte ich eine Fläche von der Größe eines halben Handtellers freigelegt. Der Effekt war überwältigend. Nicht nur die Frische der Farben, des Lippenrots und des Inkarnats war verblüffend. Auch die Mimik der Dargestellten veränderte sich. Ich hatte den Eindruck, als schmollte sie. Das Lächeln der Gentildonna verbarg offenbar so etwas wie eine tiefsitzende Enttäuschung, ein Widerspruch von höchstem Reiz. ›Laura‹, flüsterte ich, ›ich kann dich nicht verstehen, vielleicht, weil du dich selbst nicht verstehst?‹

Ich schloß die Gläser mit den Chemikalien und warf die Watte in einen Behälter, in dessen Deckel ich eine passende kleine Öffnung geschnitten hatte. Dies sollte die allzu starke Wirkung der Dämpfe mindern. Ich war benommen von dem Spiritus- und Azetongeruch, wahrscheinlich, weil ich vorher zuviel getrunken hatte. Außerdem hatte ich gegen eine Grundregel des Restaurierens verstoßen: an unwichtigen Partien des Bildrandes die Wirkung des Lösungsmittels auszuprobieren, um die sanfteste Chemikalie herauszufinden. Ich hatte mich gleich über eine der wichtigsten Stellen hergemacht und Glück gehabt. Azeton schien ideal zu sein für diesen Firnis.

So begann ich damals die Restaurierung des Bildes der Gentildonna. Gegen ein Uhr war ich in meiner Wohnung. Ich zog mich leise aus und legte mich neben meine Frau. Sie schien zu schlafen. Ich jedoch war hellwach. Ich sah im Dunkeln Lauras Gesicht und das der Gentildonna. Sie flossen ineinander. Die restaurierte Mundpartie sah wie eine Wunde aus. Der Blick der grauen Augen war ein wenig abgewandt. Starrte sie ins Leere? Die Perlenkette betonte die rosige Farbe der Haut. Zarte Schatten um Wange und Nasenflügel verrieten, daß das Licht schräg einfiel.

Ich erhob mich so behutsam wie möglich und zog mich wieder an. Meine Frau erwachte. Sie seufzte und drehte sich auf die Seite. ›Geht es dir besser?‹ fragte ich. Ich glaubte, sie nicken zu sehen. ›Wir feiern noch‹, fuhr ich fort. ›Ich wollte dir nur Bescheid sagen. Es wäre unhöflich, wenn ich nicht mitmachte. Ich bin bestimmt bald wieder zurück.‹

Sie seufzte noch einmal und zog sich die Decke über die Ohren. Ich schloß die Tür und eilte nach unten, wobei ich zwei, drei Treppenstufen auf einmal nahm.

Als ich wieder im Keller war, war er fast leer. Nur Knoop war noch da und einige Studenten. Sie saßen um Laura herum. Als sie mich bemerkte, sagte sie: ›Ich dachte, du wolltest schlafen gehen.‹ Sie duzte mich also. Sie duzte auch Knoop. Ich setzte mich auf einen Stuhl, ein wenig abseits. Man reichte mir eine Flasche Bier aus dem Kasten, der unter dem Tisch stand. Alle waren müde und ziemlich betrunken. Nur Laura war nichts anzumerken. Sie wirkte ernster, lachte nicht mehr so bereitwillig, wenn Knoop einen seiner Scherze machte.

Madame und Monsieur, Sie wissen genauso wie ich, daß der Beginn einer Liebe von einer ganz ungewöhnlichen Fähigkeit des Mißverstehens gekennzeichnet ist. Das extreme, fast lächerliche Mißverhältnis von Realität und subjektiver Empfindung bildet den Sprengstoff, die Initialzündung, die den dann langsamer verlaufenden Verbrennungsprozeß einer Leidenschaft in Gang setzt. So war es immer, und so wird es immer sein.

Als ich damals im Keller saß, wehleidig und betrunken, unter quälender Eifersucht leidend, hätte man mich nur mit brachialer Gewalt von meinem Platz vertreiben können. Wie angewachsen saß ich da und beobachtete Laura, Knoop und die anderen. Ich war entschlossen, als letzter zu gehen. Es machte mir nichts aus, daß Knoop mehrmals zu mir herübergrinste und anzügliche Bemerkungen machte.

Als Laura schließlich gähnte, ausgiebig und die Arme reckend, wurde es als Aufbruchsignal verstanden. Alle erhoben sich. Knoop küßte Laura erst die Hand, anschließend beide Wangen und dann auf den Mund. ›Es war nett‹, sagte sie.

Wir gingen alle die enge Treppe hoch. Die Nachtluft draußen war kühl. Man sah einzelne Sterne. Ich wich nicht von Lauras Seite. Schließlich waren wir beide allein. ›Es war nett‹, wiederholte sie. Ihr Blick ruhte voll auf mir. In der Dunkelheit irisierten ihre Augen wie die einer Katze. Ich hätte sehr wohl auf den Gedanken kommen können, daß Spott in diesem Blick lag. Doch ich fühlte mich ungewöhnlich wohl in Lauras Nähe. Alles hatte etwas Selbstverständliches, die Dunkelheit, die Sterne, das Straßenpflaster, Lauras Augen, mein Angebot, sie nach Hause zu bringen.

›Nach Hause?‹ sagte sie. ›Das klingt lustig. Eigentlich habe ich mein Zuhause in Australien.‹

Wir gingen eng nebeneinander. Ich hatte den Eindruck, als seien alle Dinge breit und schwarz umrandet. Wir gingen durch den Park, an den Fenstern meiner Werkstatt vorbei. Ich dachte an die Gentildonna, die dort lag, sah ihre Lippen vor mir, die kein Firnis mehr schützte. Laura schloß eine Tür auf. Die Finsternis des Raumes roch verbrannt.

Ich hörte ihre Stimme: ›Ich habe mir noch nicht gemerkt, wo die Lichtschalter sind. Wir haben heute nachmittag vergeblich versucht, den Ofen anzuzünden. Er zieht nicht. Und abends ist es schon ziemlich kalt.‹

Wer war ›wir‹? Wer hatte Laura geholfen? Knoop? Ein Streichholz flammte auf, dann brannte eine Kerze. Ich sah Lauras Gesicht auf dem dunklen Hintergrund des kleinen Raumes. Es war die gleiche Beleuchtung wie auf dem Bild.

›Kein Problem‹, sagte ich. ›Wir haben einen ganz ähnlichen Ofen. Ich weiß, wie man ihn anmacht, wenn er lange kalt gewesen ist.‹ Laura sah mich fragend an. War auch sie über das ›wir‹ gestolpert?

Ich öffnete die Klappe am Kaminzug und stopfte alte Zeitungen hinein, die neben Holz in einer Kiste lagen. Dann zündete ich sie an.

›Man muß die kalte Luftsäule aus dem Kamin treiben, dann brennt er sofort‹, sagte ich belehrend.

Alles klappte, wie ich es prophezeit hatte. Der Ofen brannte sofort. Die Flammen fraßen den Ruß vom Sichtfenster der Ofentür. Wärme quoll uns entgegen, eine kalte Wärme, denn sie schob die alte Luft vor sich her. Doch bald wurde es unerträglich heiß, denn ich hatte zu viel Holz aufgelegt.

Wir flohen eine schmale Wendeltreppe nach oben. Laura hatte die Kerze dabei. Sie holte eine Flasche Whisky und zwei Gläser. Dann setzte sie sich aufs Sofa. Ich setzte mich neben sie und nicht in den Sessel. Der halbe Meter Abstand zwischen uns kam mir vor wie die Lücke zwischen den hochgeklappten Hälften einer Zugbrücke.

Wir tranken hastig und rauchten eine Zigarette nach der anderen. Es war guter Maltwhisky. ›Vom Flugzeug‹, sagte Laura. Sie sprach fast nichts, ich dafür um so mehr. Es war, als redete ich um mein Leben, als könnte ich mich durch den Wind zahlloser Sätze über einem Abgrund in der Schwebe halten. Ich erzählte von meinen Reisen, meinen drei Kindern, meiner ersten und meiner zweiten Ehe. Von meinem Beruf, von meiner Sehnsucht, selbst Maler zu sein, und meiner Unfähigkeit dazu. ›Ich bin nur Arzt‹, sagte ich. ›Die Bilder sind meine Patienten. Ich wäre viel lieber jemand, dem die Bilder ihr Leben verdanken. Mir verdanken sie nur ihr Überleben. Das ist manchmal sehr traurig. Aber ein mittelmäßiger Künstler zu sein ist noch unendlich viel trauriger.‹

Immer wenn Laura ihr Glas hob, sah ich den schlichten Ehering. Sie schien meinen Blick bemerkt zu haben, denn sie sagte mitten in meinen Redefluß hinein, als werfe sie einen Stein: ›Mein Mann ist Australier. Er ist ein sehr guter Mann.‹

Es war plötzlich unerträglich still. Eine Stille, die das Knacken der brennenden Scheite nur noch verstärkte. Jedes noch so belanglose Wort, das nun fallen würde, konnte die Stille zerbrechen, als sei sie ein allzu dünnwandiges Gefäß, bis zum Rand mit Zeit gefüllt.

Ich trank aus, füllte nach, räusperte mich und sagte: ›Ich bin schon eine Ewigkeit verheiratet.‹

›Meine Ewigkeit kommt mir kürzer vor. Wir verstehen uns gut, Phil und ich.‹

Plötzlich lagen Scherben am Boden. Die Zeit war ausgelaufen, das Gefäß zerstört. Minuten, Stunden und Jahre bildeten Muster von nassen Flecken auf dem Teppich. Oder war es Whisky? Laura bückte sich und begann, die Scherben aufzusammeln. ›Ich bin manchmal sehr ungeschickt‹, sagte sie. Dann holte sie ein neues Glas und schenkte sich ein. Wir stießen an.

›Darf ich ein bißchen näher rücken?‹

Ich sah mich um, als hätte ein Fremder gesprochen. Wie war er nur über meine Lippen gekommen, dieser unmögliche Satz? Aus welcher Tanzstunde, aus welchem Groschenroman hatte er sich hierher verirrt? Laura lachte. Aber sie lachte mich nicht aus. Ich war längst näher gerückt. Nun war da nur noch eine Handbreit Luft und Sofabezug zwischen uns. Wir stießen die Gläser aneinander, tranken, und dann bat mich Laura, ihr eine Zigarette zu drehen. ›Ich finde es eigentlich ganz nett hier‹, sagte sie. ›Diese schmiedeeisernen Lampen, diese scheußlich geblümten Möbelstoffe stören mich nicht. Ich habe selten in meinem Leben soviel Platz für mich allein gehabt.‹

Ich erinnere mich, Madame und Monsieur, daß plötzlich zwischen uns eine Stimmung herrschte wie zwischen guten alten Bekannten, die sich länger nicht gesehen haben. Die Belanglosigkeit unserer Unterhaltung war wie ein Duft, wie ein Geruch von Wörtern, in denen man sich wiedererkennt.

Als mein Blick einmal beim Einschenken wie zufällig auf meine Armbanduhr fiel, sah ich, daß es fünf war. Wir tranken den letzten Schluck und erhoben uns. Ich ging vorsichtig die Wendeltreppe hinunter. Der Ofen war aus. Laura brachte mich zur Tür. Ich drehte mich im Rahmen um und sah sie an.

Ihr Gesicht kam näher. Es war, als löste es sich von einer dunklen Leinwand ab. Es war der gleiche Mund, der auf mich zutrieb und meine Lippen berührte. Ich glaubte, einen schwachen Acetongeruch zu bemerken. Der Kuß war flüchtig und zart. Die Tür schloß sich, und das Bild von Laura verschwand. Den ganzen Weg nach Hause lächelte ich. Dies schien die einzige Möglichkeit, die Berührung ihrer Lippen noch eine Weile zu bewahren.

Meine Frau saß aufrecht im Bett und schalt mich wegen meines langen Ausbleibens. Ich hörte nicht hin. Ehe ich mich schlafen legte, stand ich eine Weile am Fenster. Die Morgendämmerung leuchtete bereits in alle Ecken und Winkel der Stadt.«

Francesco verstummte. Er schien erschöpft zu sein, denn er atmete schwer. Monsieur Bazin erhob sich von dem Stein, auf dem er mit übereinandergeschlagenen Beinen gesessen hatte, und ging zu ihm. Er hob die Hand und machte eine Bewegung, als wollte er seinem Freund übers Haupt streichen. Doch dann drehte er sich um und ging wieder an seinen Platz. Francesco klang müde, als er fortfuhr zu erzählen.

»Später schrieb ich einmal in mein Tagebuch: ›Es ist schwerer, als ich dachte, Laura. Mein Schmerz ist ein stummer Schmerz. Es mangelt ihm an Ausdrucksmöglichkeiten. Er ist nicht süß, wie es von seelischen Qualen zuweilen heißt. Mein Schmerz läßt sich nicht klagen. Er läßt sich auch nicht genießen. Er ist bitter und betäubt mich. Manchmal wütet er in mir, dann ist er noch am erträglichsten. Meistens jedoch ist er ein bleiernes Gefühl, mit dem ich ausgegossen bin.

Nun bist du unerreichbar für alle Zeit, Laura, und doch bist du überall, weil du in mir geblieben bist. Der Schmerz in mir hat deine Gestalt. Er ist die Hohlform, in die sich meine vergebliche Liebe zu dir ergossen hat. Dein Fernsein ist zugleich deine Nähe. Dieser Widerspruch zerreißt mich. Deine Wärme ist kalt, wenn man sich nur an sie erinnert. Du bist mein Leben und bist mein Tod. Ich weine nicht, weil meine Tränen Staub sind. Ich schreie nicht, weil meine Schreie Dornen haben, ich zähle die Tage bis zu unserem Wiedersehen, aber sie vermehren sich wie unansehnliche Heuschrecken. Du bist mein Tod, Laura, weil du so voller Leben bist.‹

Ich war damals in einer pathetischen Phase. Und ich hatte zuviel Petrarca gelesen. Doch ich kann nicht leugnen, daß ich immer noch nicht darüber hinweg bin. Ja, manchmal habe ich das Gefühl, als stünden mir die eigentlichen Erschütterungen noch bevor.

Anfangs war alles schön und wie geträumt. So ist es immer zu Beginn einer Liebe, doch in diesem Fall schienen mir die Farben tiefer und das Licht klarer zu sein, das auf alles fiel, was wir erlebten. Der Oktober war sonnig, die Luft frisch und rein, und jeden Abend ging die Sonne in opalen Farben unter.

Den Tag nach der Vernissage verbrachte ich mit meiner Frau. Es ging ihr besser, und ihr Ärger war schnell verraucht. Wir gingen ins Kino und anschließend in ein Restaurant. Sie aß wieder mit Appetit, und ich beobachtete sie, wie sie beim Kauen den Mund fest geschlossen hielt. Es hatte etwas Angelerntes an sich.

Abends fuhr sie zurück in unser Landhaus. Wir standen am Auto, und ich streichelte ihr mit ein, zwei Bewegungen der Hand übers Haar. Es war ein behutsamer Abschied, wie von einem Kind, das in die Ferien fährt.

Ich konnte nicht einschlafen. Gegen Mitternacht zog ich mich an und ging in die Werkstatt. Ich schlüpfte in den Arbeitskittel und stellte meine Utensilien zusammen. Dann begann ich wie ein Besessener zu arbeiten.

Ich entsinne mich nicht, je mit einer solchen Konzentration vorgegangen zu sein. Vor allem, als ich die Stirnpartie mit der Narbe behandelte, war ich in einem Zustand, in dem höchste Empfindlichkeit und eine tranceartige Ruhe und Sicherheit der Bewegungen miteinander harmonierten. Üblicherweise werden Blasen in einem Bild erst niedergelegt, ehe der Firnis abgenommen wird. Es ist einfacher, eine glatte Fläche zu bearbeiten. Ich wählte den schwierigeren Weg. Er verlangt mehr Einfühlung, ist jedoch auch angemessener, wenn er richtig beschritten wird. Ich entfernte den Firnis, bevor ich die Blasen behandelte. Kein Wischen oder Reiben mit acetongetränkten Wattestäbchen, nur vorsichtiges Rollen auch über die Blasen hinweg. Es dauert länger und setzt voraus, daß die Blasen stabil genug sind. Der Vorteil dieser Methode liegt auf der Hand. Ist der Firnis einmal entfernt, dringt das Festigungsmittel, mit dem die Blasen niedergelegt und mit dem Untergrund verbunden werden, wesentlich besser ein. Im übrigen griff ich zum Niederlegen in diesem Fall nicht zu der üblichen Methode, mit dem erwärmten Heizspachtel wie mit einem kleinen Bügeleisen über die von Leim und Netzmittel weich gewordenen Blasen zu fahren. Ich bevorzugte auch hier eine raffiniertere und aufwendigere Technik.

Man stülpt einen kleinen Trichter mit Gummirand über die erweichte Malschicht: Der Trichter hat zwei kleine Stutzen. Zum einen führt ein Schlauch, dessen Ende man in den Mund nimmt. Den anderen hält man mit dem Daumen zu. Durch Ansaugen der Luft erzeugt man einen Unterdruck im Trichter. Dies hat zur Folge, daß der durch die Malschicht gedrungene Leim sich in die kleinsten Hohlräume verteilt und gleichzeitig die Blase sich ohne mechanische Berührung an den Untergrund anlegt. So werden Verletzungen der Bildoberfläche durch den heißen Spachtel vermieden.

Ich arbeitete mit der Besessenheit eines Liebhabers. Als der Morgen graute, hatte ich den Firnis der oberen Gesichtshälfte bis zum Haaransatz entfernt und die Blasenansätze oberhalb der Augenbrauen der Gentildonna niedergelegt. Bei der Arbeit mit dem Vakuumtrichter hatte ich das Gefühl, einer Person sehr nahe zu sein, etwas von ihrer geheimnisvollen Aura einzuatmen, winzige Partikel ihrer Haut zu inhalieren. Ich war erleichtert und erschöpft, als ich das Bild vom Tisch nahm und auf die Staffelei stellte, um das Ergebnis zu begutachten. Ich setzte mich in den Sessel und zündete mir eine Zigarette an. Im bläulichen Licht der Morgendämmerung sah die Gentildonna ähnlich bleich und erschöpft aus wie ich wohl in diesem Moment.

Vor Eintreffen der ersten Angestellten verließ ich das Haus. Niemand begegnete mir auf meinem Weg zu Lauras Appartement in einem zweistöckigen Gebäude am Ende des Parks, der sich zwischen der Galerie und der Kunstschule entlangzieht. Wenn ich ein Fenster meiner Werkstatt öffnete und mich hinauslehnte, konnte ich Lauras Wohnungstür sehen.

Ich setzte mich auf eine von ein paar Bäumen verdeckte Bank und beobachtete zwischen den Stämmen hindurch die Fenster des Appartements. Die Vorhänge waren zugezogen. Kein Licht war zu sehen und keine Bewegung. Schlief Laura noch? War sie fort? Es war naßkalt, und ich klappte den Kragen meines Staubmantels hoch. Endlich hörte ich Schritte. Laura trug Laufschuhe und einen blaßblauen Jogginganzug. Sie war erhitzt, und ihre hochgesteckten Haare waren vom Schweiß und der Luftfeuchtigkeit gekräuselt. Sie machte ein paar Lockerungsübungen, schloß auf und verschwand in der Tür. Sie hatte mich nicht bemerkt.

Bis heute weiß ich nicht, woher ich den Mut nahm zu schellen. Zweimal klingelte ich, aber niemand öffnete. Ich drückte die Klinke nieder. Dies war in der Tat verwegen, aber ich befand mich offenbar bereits in einer Strömung, die kein Halten mehr zuließ.

Der Ofen brannte, die Kaffeemaschine lief. Der Jogginganzug lag wie eine leere Schlangenhaut auf dem Boden vor der Tür zum Badezimmer.

›Ich hole Brötchen‹, rief ich dem Rauschen des Wassers zu. Die Dusche wurde abgestellt. Ich hörte jenes Konglomerat leiser Geräusche, das entsteht, wenn sich jemand abtrocknet.

›Ich hole Brötchen‹, wiederholte ich. ›Gut‹, sagte Laura. ›Das ist nett.‹

Als ich vom Bäcker zurückkam, war der Tisch gedeckt. Eine Kerze brannte. Die Kaffeetassen waren gefüllt. Laura hatte ein Handtuch wie einen Turban um ihre Haare geschlungen. Ihre Haut war frisch gerötet und glänzte von Hautcreme, als sei der Firnis erneuert worden. Wir frühstückten in einer Stimmung, wie sie für gute Ehen an Sonntagen charakteristisch ist. Man redet Belanglosigkeiten mit halblauter Stimme und feiert die Normalität und das Vertrautsein wie eine kleine Messe, in der Honigbrötchen und Kaffeeduft die Hostien sind.

Es war inzwischen nach neun, und meine offizielle Dienstzeit hatte begonnen. Es kam nicht oft vor, daß ich gegen die Rituale der Museumswelt verstieß. Ich war pünktlich und nützte die Freiräume selten aus, die mir meine Sonderstellung als einziger Spezialist für die materielle Seite der Malerei an unserem Hause verlieh.

Es war Montag. Ein besonderer Tag, da die Galerie geschlossen ist und wir jene Arbeiten erledigen können, die in den Ausstellungsräumen anfallen. Kleine Reparaturen an den Rahmen zum Beispiel. Das Reinigen verglaster Gemälde. Einige Bilder sind jede Woche neu verschmiert von Fingerabdrücken. Vor allem die realistisch gemalten Akte und darauf die sekundären und primären Geschlechtsmerkmale. Sie üben eine unwiderstehliche Anziehungskraft auf die taktilen Reflexe eines bestimmten Typus von Museumsbesucher aus. Immer wieder also mußte ich den befleckten Damen mit Glasreinigungsmittel und Ledertuch zu neuem Glanz verhelfen, eine Tätigkeit, die auch eine Putzfrau hätte ausüben können, die jedoch zu meinem Aufgabengebiet gehört. Es sind eben Gemälde und keine Fenster.

Ich ging an diesem Tag nicht ins Museum. Ich rief nicht einmal an, um mein Fernbleiben mit einem Vorwand zu entschuldigen. Ich blieb einfach sitzen in Lauras Wohnung und sah ihr zu, wie sie am Waschbecken stand und Geschirr spülte. Sie hatte einen geblümten Kittel an, und ihre frisch gewaschenen Locken wurden von keinem Handtuch mehr gebändigt. Sie schimpfte und drohte, sich die Haare abschneiden zu lassen. ›Aus der Sicht des Restaurators käme dies einer unzulässigen Übermalung gleich!‹ rief ich.

›Was ich auf dem Kopf habe, sind keine Haare. Es sind die schrecklichen Auswüchse krauser Gedanken.‹

Die familiäre Situation und der kokette Ton unserer Gespräche kam mir damals weniger ungewöhnlich vor als heute. Der Beginn meiner Beziehung zu Laura hatte wenig mit einem richtigen Anfang gemein. Es schien sich vielmehr etwas fortzusetzen, was bereits dagewesen war. Wir benahmen uns wie Kinder, die das Spiel spielten, Kinder zu sein. Wenn Kinder Erwachsene spielen, imitieren sie deren Verhalten, parodieren es unabsichtlich. Wenn Kinder jedoch Kinder spielen, dann scheinen sie in sich selbst zu verschwinden. Sie spiegeln sich so lange, bis das Bild blaß wird und sich schließlich ganz auflöst.

Laura hängte das Handtuch auf eine Schnur, die sich vom Ofenrohr zum Treppengeländer spannte. Dann kam sie zu mir und berührte mich leicht am Arm. ›Es ist ein so schöner Tag. Ich kenne die Stadt noch gar nicht richtig. Laß uns spazierengehen.‹ Ich berührte sie an der Schulter. Wir berührten uns wieder und wieder, und die großen Gefühle lichteten sich dabei wie Morgennebel, der die Dinge des Alltags verhüllt hatte. Nun traten sie in ihrer Schlichtheit klar und frisch hervor.

Laura zog den Kittel aus und schlüpfte in Jeans und Pullover. Alles war selbstverständlich, auch, daß sie sich bei mir einhakte, kaum hatten wir den Hof verlassen.

Eine Weile gingen wir am Fluß entlang. Ich spürte, wie Lauras harmonische Art zu gehen sich allmählich meinem Körper mitteilte und ich nicht mehr so verkrampft ausschritt. Plötzlich bog sie ab. Wir kamen durch wenig spektakuläre Viertel, graue Siedlungshäuser, unansehnliche Vorgärten. Ich fragte Laura, ob sie ein bestimmtes Ziel habe. ›Alles und nichts ist mein Ziel‹, sagte sie. ›Ich fange bei meinen Bildern auch immer irgendwo an, ohne mir groß Gedanken zu machen, ob es eine wichtige Stelle ist.‹

Wir spazierten weiter und weiter. Ich wußte bald nicht mehr, wo wir waren. Lag es an meiner Begleiterin? Sah ich die Stadt inzwischen mit ihren Augen? Ich lebe schon lange hier und glaubte, sie einigermaßen gut zu kennen. Nun aber war sie mir fremd, war mir alles neu, die Fassaden, die Plätze, die Straßennamen. Ich hatte völlig die Orientierung verloren, und dies erzeugte eine leichte Aufgeregtheit, die ich als angenehm empfand. ›Ich habe Hunger‹, sagte Laura. ›Hast du keinen Hunger?‹ Sie strebte einem Wasserhäuschen zu und aß zwei Currywürste hintereinander. Ich trank ein Bier. ›In Australien schmecken die Würste nicht‹, sagte sie. ›Auch wenn es die gleichen wären, sie würden niemals so schmecken.‹ Ich zahlte, und sie gab mir einen Kuß auf die Wange und hakte sich wieder unter.

So zogen wir weiter durch eine mir unbekannte Gegend. Wir kamen auf einen Platz voller Kastanien und Herbstlaub. Laura setzte sich auf eine Bank. Ich setzte mich neben sie, dann nahm ich die Beine hoch und legte meinen Kopf in ihren Schoß. Neben der Bank standen zwei Statuen aus grauem Stein. Ein griechisches Götterpaar, wohl Hermes und Aphrodite, antikisierendes Mittelmaß aus dem neunzehnten Jahrhundert, doch von Moosen und Flechten verschönt. Aphrodite, der Sage nach aus dem Schaum geboren, der um das abgeschnittene und ins Meer geworfene Zeugungsglied des Uranos entstand. Kronos hatte seinen Vater kastriert, weil der mit seiner Mutter schlafen wollte. Aus den Blutstropfen, die dabei auf die Erde fielen, auf Gäa, die Mutter von Uranos, entstanden die Erinnyen, die Göttinnen der Rache, die jeden Frevler in den Wahnsinn treiben. Welch eine Mythologie: Liebe und Wahnsinn als die zusammengehörende Folge eines Inzests!

Wir gingen weiter. Es kam mir vor, als ob Laura sich besser auskannte als ich. Wurde sie nicht hin und wieder gegrüßt? War da nicht ein vertrautes Lächeln bei diesem oder jenem Passanten? Ich wollte nach dem Weg fragen, aber Laura schüttelte den Kopf. ›Raube uns nicht die kleinen Geheimnisse‹, sagte sie. ›Wir finden schon von selbst zurück.‹

Und wirklich, am späten Nachmittag waren wir wieder in mir vertrauten Straßen. Ich verabredete mich mit Laura zum Abendessen, dann ging ich ins Museum. Als ich meine Werkstatt betrat, galt mein erster Blick der Gentildonna. Jemand hatte einen Bogen Papier auf ihr Gesicht gelegt, ein Protokollformular.

Ich erinnerte mich, daß ich eigentlich längst die Zustandsprotokolle der drei Expressionisten hätte ausfüllen sollen, um ihre Ausleihe zu ermöglichen und eventuelle konservatorische Maßnahmen zu begründen. Jemand hatte mich auf meine Pflichtvergessenheit aufmerksam machen wollen und dazu die Gentildonna benutzt.

Ich war verärgert und verletzt. Ich nahm das Formular und legte es auf meinen Schreibtisch. Dann stellte ich die Gentildonna auf die Staffelei und lächelte ihr zu. Ich würde das Bild bald Laura zeigen, aber erst mußte ich mir sicher sein, daß dadurch nicht ein Zauber zerstört werden würde.«

Francesco schwieg, und es war zu spüren, daß er an diesem Abend nicht weiterreden wollte. Sie saßen noch eine Weile schweigend beisammen. Dann erhob sich Madame Régusse. Als sie die Höhle verließ, streifte sie Francesco flüchtig. Es war eine Berührung, die er als angenehm empfand, weil sie vielleicht beabsichtigt war.

Dritter Abend

Als Francesco erwachte, wußte er lange nicht, ob er in der Wirklichkeit oder in seiner Geschichte war. Die Dämmerung vor dem Fenster verriet ihm nicht, ob sie von einer aufgehenden oder sinkenden Sonne herrührte. Hatte er sich nur für einen Moment hingelegt, ehe er zu einer Verabredung mit Laura gehen würde, oder lag eine Nacht hinter ihm mit schweren Träumen, von denen nichts übriggeblieben war außer einem undeutlichen Gefühl von Furcht?

Er schloß noch einmal die Lider und schlief ein. Als er die Augen wieder öffnete, war es heller geworden. Jetzt erkannte er sein Zimmer, die Uhr mit dem Frauenkopf, die Staffelei mit der unbenutzten Leinwand, die Kommode mit der blauen Waschgarnitur.

Er stand auf und tauchte sein Gesicht in die Schüssel mit kühlem Wasser. Dann stellte er sich vor den kleinen, ovalen Spiegel, in dem er sich manchmal selbst porträtierte, wie er es nannte. Er sah sich an, ohne die Miene zu verziehen. Seitdem er braungebrannt war wie Monsieur Bazin, traten die Falten neben seinen Augen stärker hervor. Er schmeichelte sich mit dem Gedanken, einem Indianer ähnlich zu sehen. Aber dann zerstörte er sein Spiegelporträt, indem er das Gesicht verzog. »Ganz schön alt bist du schon, mein Junge«, sagte er. »Aber du hast schon mal unglücklicher ausgesehen.«

Er hörte, wie Madame Régusse das Tablett mit dem Frühstück auf dem Hocker im Flur abstellte. Was sollte er mit diesem Tag? Er wollte seine Geschichte weitererzählen. Die Stunden des Wartens darauf versuchte er diesmal im Bett zu verbringen.

Als Francesco gegen Abend das Haus verließ, um sich zu seinem Stelldichein zu begeben, fühlte er sich besser. Es war ihm gelungen, seine Sehnsucht einzuschläfern.

Er war ein wenig spät. Monsieur Bazin und Madame Régusse saßen schon auf ihren Plätzen. »So könnte es ewig weitergehen«, dachte Francesco. »Erzählen ist besser als leben.« Dann setzte er seine Geschichte fort.

»Ehe ich zu meiner Verabredung mit Laura ging, rief ich meine Frau an und teilte ihr mit, daß ich bei einer Kollegin zum Abendessen eingeladen sei und wahrscheinlich erst spät in meine Wohnung zurückkehren würde, sie brauche daher nicht versuchen, mich dort zu erreichen.

Die Notlüge kam mir leicht über die Lippen, weil sie wie eine Wahrheit kostümiert war. War ich denn nicht ein Kollege von Laura? Auch wenn ich meine eigenen Versuche zu malen nicht allzu ernst nahm, hatte ich doch inzwischen so viel Zeit und Kraft in sie investiert, daß ich mich des Titels Maler nicht zu schämen brauchte. Alles, was mir fehlte, war Kreativität, war das, was Laura in hohem Maße zu besitzen schien. Ich nahm mir vor, mit ihr beim Essen darüber zu reden.

Ich entsinne mich, daß ich in einer fast geschäftsmäßigen Stimmung war, die meine Aufregung sehr gut verdeckte. Ich ging nicht zu schnell, und ich hatte eine Weinflasche dabei, die ich beim Gehen wie eine Keule schwenkte.

Hätte man mich damals festgenommen und nach meiner Identität gefragt, ich glaube, ich hätte nichts sagen können. Mein Name wäre mir nicht eingefallen und schon gar nicht mein Alter. Ich hatte kein Alter, wahrhaftig nicht. Vielmehr hatte ich mich in jener zeitlosen Naivität verfangen, die für einen Verliebten kennzeichnend ist.

Laura öffnete auf mein Klingeln.

Hitze quoll mir entgegen. Ihr Gesicht und Körper waren im Licht der Kerzen nur als Schattenriß zu erkennen. Doch ihre Haare leuchteten goldfarben und in feinster Ziselierung. Ich benutze bewußt diese dubiosen Ausdrücke, denn das Bild, das sich mir bot, war kaum zu überbieten in seiner sentimentalen Intensität. Es war Lebenskitsch, einer jener Augenblicke, die in der Erinnerung eine Leuchtkraft behalten, wie sie im Bereich der Malerei typisch für banale und industriell produzierte Bilder ist. Sie sind stil- und alterslos zugleich. Sie wenden sich ausschließlich an Gefühle, die sie kopieren. Kopien haben es zuweilen an sich, daß sie die Originale übertreffen, was die Haltbarkeit der Pigmente anbelangt. Es ist wirklich so, daß in Epochen stilistischen Niedergangs, wie zum Beispiel in der Spätgotik, Bilder von einer maltechnischen Qualität sind, von der man nur träumen kann. Innovative Malerei hingegen ist oft besonders anfällig gegen Attacken der Zeit.

Laura hatte die grüne Bluse an und ein Essen gekocht, das ausschließlich in dieser schwierigen Farbe gehalten war. Auf weißen Tellern war Grün in allen Schattierungen und Farbtemperaturen dekoriert. ›Bist du Vegetarierin?‹ fragte ich. ›Nein. Aber Malerin‹, sagte sie. ›Und ich neige dazu, die Verhältnisse zu vereinfachen.‹ Heute kommt mir diese Äußerung wie bitterste Ironie vor, Monsieur. Auf ihr Essen bezogen, stimmte sie jedoch.

Laura kochte völlig salzlos. Ich schmeckte nach kurzer Zeit selbst mit meinem von scharf gebratenen Steaks ruinierten Gaumen die erstaunlichsten Nuancen chlorophyllhaltiger Substanzen heraus. Spinat, Salbei, Schnittlauch, Minze, Rosenkohl, Paprika, Petersilie, Broccoli und noch anderes, von dem ich den Namen nicht wußte. Es gab auch meergrünen Seetang und vorweg eine blaßgrüne, kalte Gurkensuppe. Die verschiedenen Kräuter und Gemüse waren nur leicht gedämpft und mit etwas Essig angemacht.

›Wenn es dir zu fade ist, kannst du selbst nachwürzen‹, sagte Laura in einem Ton, der mich von jeglicher Versuchung in dieser Richtung abhielt.

Später saßen wir auf dem geblümten Sofa und streichelten uns. ›Es kann bald der Zeitpunkt kommen, daß ich mit dir schlafen möchte‹, sagte sie. Es klang, als kündigte sie etwas so Nebensächliches wie einen Spaziergang an.

Wir trennten uns erst gegen Morgen. Ich ging in meine Wohnung und legte mich angezogen aufs Bett.

Auch wir haben einen Berg des Windes in unserer Gegend. Er ist nicht so hoch und eindrucksvoll wie der Ihre, Madame und Monsieur, doch ist er ein hervorstechendes Landschaftsmerkmal unserer Gegend. Ein ehemaliger Vulkan. Von der Grundfläche her soll er der größte Europas sein. Es sind nur etwa sechzig Kilometer von der Stadt bis zum Gipfel des von Wäldern und Torfmooren bedeckten flachen Basaltkegels. Von dort ziehen sich Längstäler in alle Himmelsrichtungen hinab, Furchen, in denen sich bei Regen oder Schneeschmelze das Wasser sammelt, bis sich radial verlaufende Flüsse bilden, die die das Massiv umgebende Ebene gliedern.

Hierher wollte ich mit Laura, als gälte es, sich einen Überblick zu verschaffen über unsere Situation. Die Idee war nachts entstanden. Wir hatten ihre Verwirklichung vom Wetter abhängig gemacht.

Als ich erwachte, wurde meine Erwartung noch übertroffen. Es ging ein kühler Wind, und der Himmel war von einer Reinheit, wie es selten in diesen Breiten ist. Ich rief im Museum an und sagte dem Pförtner, daß ich verreisen müsse. Tatsächlich sollte ich am Abend in einer Kleinstadt in der

Nähe einen Vortrag halten. Es hätte allerdings gereicht, wenn ich am Nachmittag gefahren wäre.

Auf dem Weg zu Laura holte ich Brötchen. Wir frühstückten zum zweitenmal in dieser familiären Stimmung, die ungewöhnlich ist zwischen Menschen, die sich erst drei Tage kennen.

Laura hatte sich Knoops Auto geliehen, einen erdbeerroten Chevrolet mit wulstigen Chromverzierungen. Ich mochte es nicht, wie man in den Sitzen versank, doch Laura schien es zu genießen. ›Wir haben auch einen solchen Schlitten in Australien‹, sagte sie. Ich spürte einen scharfen Schmerz, als hätte mich ein spitzer Gegenstand in der Herzgegend getroffen.

Laura drehte das Radio an. ›Machst du mir eine Zigarette?‹ sagte sie. Ich drückte den Anzünder und verteilte Tabak in einem Zigarettenpapier. ›Unsere erste Reise‹, sagte Laura. Ich schloß die Augen und wartete auf das Schnappen, mit dem der Anzünder aus dem Armarturenbrett sprang.

Je höher wir kamen, um so schärfer wurde der Wind, um so klarer die Farben, um so tiefer das Blau des Himmels.

Die Straße war leer. Bei einem spektakulären Blick hielten wir und stiegen aus. Wir folgten dem Sog der Weite ein Stück auf eine Wiese, die sich in endlosen Wellen in lilafarbene Tiefen zu verlieren schien. Wir umarmten uns und standen lange so im Wind. Lauras fliegende Haare nahmen mir die Sicht.

Dann fuhren wir weiter und suchten einen Platz abseits der Straße. Ich war müde und fühlte mich krank. Inmitten der Symptome einer beginnenden Erkältung hielt sich ein trunken machendes Glücksgefühl.

Wir fanden einen abgelegenen Grashang, den man von der Straße aus nicht einsehen konnte. Wir hatten eine Decke mitgenommen und legten uns eng aneinander im Windschatten einer Weißdornhecke nieder.

Ich schlief fast augenblicklich ein.

Als ich erwachte, spürte ich ihre Finger an meinen Augen. ›Während du geschlafen hast, hat hier eine Spinne angefangen, ihr Netz zu bauen‹, sagte sie. ›Vielleicht will sie deinen Blick fangen.‹ Sie lachte und drückte mich an sich. Ihre Locken fielen über mein Gesicht und beugten die Sonnenstrahlen zu regenbogenfarbigen Reflexen.

Ich mußte wohl Fieber haben, denn mir war abwechselnd heiß und kalt. Laura half mir auf und hakte mich unter. Sie war von aufregender Mütterlichkeit.

Wir kehrten in einem Gasthof ein und aßen fett, schlecht und salzig. Ich entsann mich nicht, je lustvoller gespeist zu haben. Wir waren die einzigen Gäste. Doch waren alle Tische mit Kaffeetassen und Kuchentellern gedeckt. Auf dem Rückweg zum Auto kamen wir an lauter alten, schwarzgekleideten Frauen vorbei. Wie Dohlen auf einem frisch gepflügten Feld. Sie reckten die Hälse nach uns und winkten. Eine rief: ›Ach wie süß, ihr beiden!‹

Laura setzte mich an einem Hotel der Kleinstadt ab, in der ich meinen Vortrag halten sollte. Wir saßen eine Weile stumm nebeneinander im Auto. Ich wußte, daß ich die Frage stellen mußte. Aber sie kam mir schwer über die Lippen: ›Willst du nicht bleiben?‹

Sie schüttelte den Kopf. ›Ich würde gern. Aber ich brauche noch etwas Zeit für mich. Ich will heute Phil anrufen. Ich habe mich noch kein einziges Mal gemeldet.‹

Ich nickte und stieg aus. Laura fuhr davon, ohne zu winken oder sich umzudrehen. Wahrscheinlich sah sie mich im Spiegel.

Ich war nicht einmal traurig. Krank, wie ich war, sammelte ich meine letzten Kräfte für den Vortrag, bei dem es um den Wandel der Berufsauffassung der Restauratoren in den letzten Jahrhunderten ging. Ich mußte oft husten und kleine Pausen machen. Auch trank ich Unmengen von Wasser.

Aber ich war gut. Ich verglich den Restaurator mit einem Liebhaber, der den Gegenstand seiner Liebe entweder in seinen persönlichen Eigenschaften überfremdet, ihn verfälscht durch seine Gefühle oder aber ihn freilegt in seinem Wesen, indem er ihn liebend respektiert. ›Ein guter Restaurator muß loslassen können‹, rief ich ins Publikum, ›er muß einen Sinn für die Grenze haben, bis zu der sich seine Leidenschaft vorwagen darf.‹

Sie sehen, Madame und Monsieur, es hat mir nie an richtigen Gedanken gefehlt, aber dies hinderte mich nicht daran, in der Wirklichkeit gegen all diese Regeln zu verstoßen.

In der Nacht hatte ich hohes Fieber. Immer wieder wachte ich schweißgebadet auf. Ich hatte das Kissen im Arm und preßte es an mich. Ich flüsterte Lauras Namen und glaubte, ihren Atem zu hören.

Am Morgen ging es mir schlecht. Ich hatte starke Kopfschmerzen und fühlte mich schwach auf den Beinen. Die Rückfahrt im Zug erlebte ich schmerzhaft intensiv. Die Landschaft glich einem Bilderbogen zum Ausschneiden. Jedes Detail, jeder Baum, jede Wolke, jedes Haus wirkte ohne Zusammenhang mit der Umgebung und verlangte einen Blick wie eine Schere, der sie aus dem Bogen heraustrennte.

Der Weg vom Bahnhof über die Brücke erschöpfte mich. Als ich vor Lauras Tür stand, war sie verschlossen. Es war ein warmer und sonniger Tag, und ich überlegte, wo ich sie suchen sollte. Es gab mehrere Möglichkeiten: die Galerie, die Ateliers, eine Bank am Fluß, die Stadtbücherei. Laura hatte mir erzählt, daß sie eine Menge Bücher ausleihen wollte.

Eigentlich gehörte ich ins Bett. Aber ich ging in die Kunstschule hinüber. Ich öffnete sämtliche Ateliertüren, ohne anzuklopfen, und starrte in die großen Räume hinein.

Ich muß wie ein komischer Geist gewirkt haben, denn immer wenn ich die Tür schloß, hörte ich das Gekichere der

Studenten und Studentinnen. Laura war nirgends. Ich sah nur eines ihrer Bilder.

Ich ging ins Museum hinüber und sagte dem Pförtner, daß ich von einer heftigen Grippe befallen sei und bis auf weiteres das Bett hüten müsse. Er sah mich prüfend an. Dann sagte er freundlich: ›Trinken Sie einen Grog und decken Sie sich gut zu, dann schwitzen Sie alles heraus. Sie hätten doch nicht kommen brauchen. Warum haben Sie nicht angerufen.‹

Ich ging zu Labisch und schilderte ihm meinen physischen Zustand. ›Heute kommt die große Stadtansicht. Ich lasse sie in Ihre Werkstatt bringen‹, sagte er. ›Eigentlich sehen Sie ganz gesund aus‹, fuhr er fort und zeigte seine großen Hasenzähne. ›Die Krankheit verleiht Ihnen eine gewisse Jugendlichkeit. Sie sehen aus, als ob man Sie gut restauriert hätte.‹ Labisch lachte über seinen Spaß. ›Ich besuche Sie vielleicht am Krankenbett‹, rief er mir nach. ›Wenn ich dann noch lebe‹, sagte ich und schloß die Tür.

Anschließend ging ich in die Galerie hinüber und streifte durch alle Räume. Es war eine Folter, diese zahllosen, viel zu eng gehängten Bilder zu sehen. Am liebsten hätte ich nur eines gehängt. Die Gentildonna. Ihr leibliches Ebenbild entdeckte ich nirgends.

Ich ging zum Fluß und lief an einigen Bänken vorbei, stromab, als fehle mir die Kraft zur anderen Richtung. Laura war nirgends zu sehen. Fieber und Erschöpfung versetzten mich in Euphorie. Zu wissen, daß sie irgendwo in der Stadt war, machte mich glücklich. Es war nicht schlimm, sie nicht zu finden, denn alle Dinge hingen ja zusammen, berührten sich in einer langen Kette, die irgendwo mit meiner Geliebten verbunden war.

Ich ging über die Brücke in die Stadtbücherei und sah in alle Nischen, vergeblich.

Ich überlegte, ob ich mich in den Stadtteil wagen sollte,

den ich vor kurzem mit Laura entdeckt hatte. Vielleicht saß sie bei Hermes und Aphrodite, oder sie aß Currywurst an der Trinkhalle. Doch ich gab auf und ging nach Hause.

Ich zog die meergrünen Vorhänge zu und ging zu Bett. Mir war übel, und ich hatte starke Kopfschmerzen. Als ich die Decke bis zur Nase hochzog, war es, als verwandelte ich mich in meine Frau. Wie tot lag ich da, ertrunken im Unterwasserlicht des Raumes.

Wahrscheinlich habe ich eine Weile geschlafen. Bekanntlich erinnert man sich nie an den Übergang vom Wachsein zum Schlaf, was nicht heißt, daß man ihn nicht erlebt. Es muß eine rätselhafte Phase zwischen beiden Zuständen geben, in der man weder wach ist noch schläft. Phantasie und Wirklichkeit gehen ineinander über wie bei einem Geisteskranken. Ich möchte behaupten, kurz vor dem Einschlafen ist jeder Mensch eine Weile verrückt. Er kann Realität und Traum genausowenig trennen wie sich und die Umwelt. Es ist die gleiche Trance des Irrsinns, die man im Stadium der großen Liebe erlebt. Und vermutlich ist man in einer ähnlichen Verfassung, kurz bevor man stirbt und kurz danach.

Ich schreckte von einem Klingelgeräusch auf. Ich war so überreizt, daß ich es wie einen Schmerz in der Brust fühlte. Ich erhob mich und öffnete die Tür. Ich war nackt, aber meine von Schweiß bedeckte Haut kam mir wie ein Mantel vor. Laura kam herein. Ich schlüpfte ins Bett, und sie setzte sich zu mir. Ich erzählte ihr, wie es mir ergangen war. Daß ich sie vergeblich in der Stadt gesucht hatte wie eine Nadel im Heuhaufen.

›Du bist die Nadel‹, sagte Laura. ›Und ich bin dein Heuhaufen. Ich war tatsächlich in der Bibliothek. Ich wußte, daß du mich dort suchen würdest. Ich habe mich in eine Ecke gesetzt, von der ich wußte, daß du sie nicht finden würdest.‹

Ich war verletzt. Sie mußte es mir angemerkt haben, denn sie fuhr fort zu erklären: ›Ich wollte allein sein. Ich wollte mir in Ruhe ein paar Bücher ansehen. Phil hat gestern angerufen. Ich glaube, ich war nicht sehr freundlich am Telefon. Ich möchte, daß du heute abend zu mir kommst.‹

Sie hatte ein paar Apfelsinen mitgebracht. Ich starrte die Früchte an, nachdem sie gegangen war. Sie waren kalt, aber sie hatten die Farbe des Feuers.

Wissen Sie, Madame und Monsieur, ich war damals nicht zurechnungsfähig. Ich legte allen Sinneseindrücken zu großes Gewicht bei. Doch ist dies nicht der einzige Weg, wie man ein Maler werden kann? Ich werde dieses Orange der Apfelsinen vor dem meergrünen Vorhang in meinem Zimmer nicht vergessen. Es waren genauso viele Sonnenuntergänge, wie es Früchte waren, und das Meer war unendlich.

Als es dunkel wurde vor den Fenstern, stand ich auf, um zu Laura zu gehen. Mein Zustand war erbärmlich und angenehm zugleich. Ich spürte den feinen Nieselregen wie einen Strom kleinster Gefühle und Gedanken, als sei der Bewußtseinsstrom nach draußen in die Nacht verlegt. Meine Stimmung und die zahllosen Bilder, die ich in mir sah und die bei jeder Kopfdrehung zu wechseln schienen, kamen mir geträumt und zugleich sehr gegenständlich und real vor.

Ich ging in einem Konfettiregen von Eindrücken, Farben, Erinnerungen, winzigen splitterhaften Vorstellungen von Vergangenheit und Zukunft. Ich starrte in mich hinein wie in ein Kaleidoskop, das jeden meiner Schritte zu neuen bunten Mustern schüttelte.

Es war die gleiche Szene wie schon einmal. Auf mein Klingeln ging die Tür auf, und Laura stand in ihr wie in einem Bilderrahmen, ein dunkler, sehr aufrechter Schatten mit goldenem Rand.

Der Ofen brannte. Laura hatte eine Suppe gekocht. In diesem Haus schien immerwährender, wohliger Winter zu herrschen. ›Ich finde es verrückt, daß wir uns so vertraut sind, obwohl wir uns erst den vierten Tag kennen‹, sagte ich. ›Alle

Kommentare sind überflüssig‹, dachte ich zugleich. ›Aber es tut gut, auszusprechen, was sich von selbst versteht.‹ Jeder kennt die angenehme Leere von Beschwörungsformeln.

Laura setzte sich auf die Holzbank neben mich. Sie blies die Haare aus ihrem Gesicht und küßte mich. ›Iß deine Suppe auf und komm‹, sagte sie. Brav löffelte ich zu Ende. Dann nahm mich Laura bei der Hand und führte mich die Wendeltreppe hoch wie bei einem Kindergeburtstag, als wären wir beide die Bestraften in einem Pfänderspiel.

Anstatt erstaunt zu sein über die plötzliche Nähe eines fremden Körpers, kam sie mir vor wie ein Aufatmen der Dinge im Raum.

Meine Versuche, mich Laura als guten und erfahrenen Liebhaber zu präsentieren, scheiterten vollkommen; weniger vielleicht an den Überresten von Angst, die sicher trotz der erstaunlichen Vertrautheit zwischen uns noch vorhanden waren, als vielmehr an Lauras schlichtem Verhalten. Wie soll ich es erklären! Lassen Sie mich einen Vergleich riskieren: Laura spielte in der Liebe die Geige ohne Vibrato. Der Ton war klar und eindeutig. Er schwankte nicht wellenförmig um eine Mitte, die die Tonhöhe darstellt. Dies werden manche als Verarmung des Ausdrucks werten. Ich sah darin jedoch jene Ehrlichkeit, die in der Musik so selten ist wie in den übrigen Künsten, die Kunst der Liebe eingeschlossen.

Damals überwältigte mich diese Erfahrung. Ich glaubte, einer unschuldigen Seele begegnet zu sein, die sich mühelos in ihrer körperlichen Sprache ausdrücken konnte. Heute neige ich dazu, in Lauras überzeugender Art zu lieben, in diesem Fehlen jeglicher Künstlichkeit ein zum Äußersten gesteigertes Raffinement zu sehen. Lauras Zärtlichkeiten wirkten dabei vollkommen intuitiv. Es war eine Art komplizierter Unschuld, mit der sie Macht über mich gewann.

Noch etwas möchte ich Ihnen erzählen, Madame und Monsieur, auch wenn ich eine vielleicht altmodische Scheu habe, von solchen Details zu reden. Im Augenblick der größten Auflösung verlor Laura ihr Gesicht. Es wurde leer, konturenlos. Jetzt sah ich, was sie in all ihren Bildern gemalt hatte. Es war dieser Augenblick höchster Erregung, der ihr Gesicht auslöschte zu einem unbemalten Oval.

Irgendwann redeten wir in dieser Nacht und beteuerten uns unsere Liebe in Worten. Doch dies war bereits wie ein Erwachen. Schließlich ging ich gegen Morgen, denn das Bett war zu schmal, um zwei Menschen Schlaf zu erlauben.

Wieder brachte ich es nicht übers Herz, direkt nach Hause zu gehen. Ich mußte die Gentildonna noch einmal sehen. Ich hatte Laura noch nichts von diesem Bild und seiner verblüffenden Ähnlichkeit mit ihr erzählt. Etwas hielt mich zurück. Fürchtete ich, einen Verrat zu begehen, etwas zu riskieren, was meiner Liebe gefährlich werden konnte?

Als ich in meiner Werkstatt war, fühlte ich, wie schwach ich noch war. Meine Hände zitterten, als ich mich an die Arbeit machte. Es war, als setzte ich meine Zärtlichkeiten fort, als streichelte ich Lauras Gesicht, Lauras Brust. Ich begann, vorsichtig den Firnis über dem Dekolleté zu entfernen.

Hätten Sie beide mich damals beobachten können, ich bin überzeugt, Sie hätten an meinem Verstand gezweifelt. Ich war so erregt, daß ich den acetongetränkten Wattebausch kaum mit der nötigen Genauigkeit über die Bildfläche führen konnte. Meine Angst, die Malschicht zu verletzen, wurde jedoch von dem Lustgefühl verdrängt, die Haut der Gentildonna vom Schleier eines schmutzigen und vergilbten Firnisses zu befreien.

Nur ein Kollege wird nachvollziehen können, wie groß mein Schreck war, als ich merkte, daß meine Manipulationen die Perlenkette zerstörten, die die Gentildonna trug. Das Lösungsmittel griff die Perlen an, als würden sie unter einem mechanischen Druck zerspringen. Ich hielt inne und warf mich in den Sessel. Ich hätte niemals in diesem Zustand arbeiten dürfen. Doch dann kam mir eine Idee. Ich holte die Fluoreszenzleuchte, und kurz darauf bestätigte sich mein Verdacht. Die Perlenkette war eine nachträgliche Übermalung. Da sie unter dem Originalfirnis lag, mußte sie noch vom Maler selbst stammen.

Es ist schwer zu entscheiden, ob man eine solche Retusche für autorisiert halten soll oder für einen qualitätsmindernden Eingriff des Malers, eine Art Zensur, deren historische Gründe für uns irrelevant sind. Ich entschied mich für die zweite Möglichkeit.

Es dauerte nur eine halbe Stunde, und die Perlenkette war verschwunden. Sie war dem Halsansatz gefolgt, über die kleine Einbuchtung, an der das Brustbein beginnt, wo die beiden Schlüsselbeine zusammentreffen, direkt unterhalb des Kehlkopfes also, eine Stelle, die der Anatom ›Handgriff‹ nennt. Ich kannte diese Bezeichnung damals nicht. Ich stieß erst auf sie, als ich mich später für Einzelheiten des Körperbaus eines Menschen interessierte. Dieses Interesse stand in engem Zusammenhang mit der Entdeckung, die ich nach Entfernen der Perlenkette machte. Eine halbkreisförmige feine Narbe zog sich um den Hals der Gentildonna. Der Maler hatte sie später durch die Übermalung kaschiert. Die Gentildonna war eine zweifach verletzte Frau. Eine Wunde an der Stirn und eine am Hals. Mich beschlich das Gefühl, mehr für sie tun zu müssen, als nur die Wunden der Zeit zu heilen, die sich in der Malschicht zeigten.

Als ich im Morgengrauen das Institut verließ, begegnete ich Labisch. Ich weiß nicht, was ihn veranlaßt hatte, vor dem offiziellen Beginn der Dienstzeit zu erscheinen. Damals glaubte ich, daß er mir nachspionieren wollte. ›Mein Gott, Sie sehen ja aus wie Ihre eigene Leiche‹, hatte Labisch gesagt. Ich gab ihm das Kompliment zurück. ›Ich denke, Sie sind krank‹, fuhr er fort. ›Ich habe übrigens mit dem Chef eine Unterredung gehabt. Er wollte wissen, wie sich die Restaurierung der Stadtansicht anließe. Er ist besorgt, ob Sie es bis zur Eröffnung schaffen. Er überlegt, ob er nicht Gelder für einen zweiten Restaurator bewilligen solle. Wie denken Sie darüber?‹

Ich wußte, daß dieser riesige Schinken, der im Foyer des Neubaus hängen sollte, weil er angeblich auf einmalige Weise einen Einblick in die Historie des Alltagslebens unserer Stadt gewährt, bereits in meiner Werkstatt stand. Dabei hatte ich ihn heute nacht nicht einmal bemerkt.

›Ich werde mich noch einen Tag ausruhen‹, sagte ich. ›Sie können dem Chef ausrichten, daß ich auch allein mit der Arbeit fertig werde.‹

Labisch klopfte mir auf die Schulter. Eine für seine Verhältnisse ganz unglaubliche Vertraulichkeit.

Mir war der Gedanke unerträglich, mit einem zweiten Restaurator zusammenzuarbeiten, solange ich die Gentildonna in meiner Werkstatt hatte. Ich mußte es schaffen, beide Bilder bis zum Frühjahr fertig zu haben.

Ich legte mich ins Bett und schlief ein paar Stunden. Dann wurde ich vom Telefon geweckt. Es war meine Frau. ›Hast du eine Freundin?‹ fragte sie. Sie hatte Lauras Foto in der Zeitung gesehen, in einem Artikel über das Stipendiatenfest.

›Das ist doch genau dein Typ‹, sagte sie.

Ich machte nur einen schwachen Versuch zu leugnen. Dann sagte ich einfach: ›Ja, ich habe eine Freundin. Du hast recht, ich habe eine Freundin.‹ Das Wort Freundin paßte mir nicht. Es schien mir zu schwach.

›Es reicht mir‹, sagte meine Frau, ›du brauchst dich nicht mehr zu melden. Hast du verstanden?‹

Sie knallte den Hörer auf. Der gleichmäßige Summton glich einem Strich, mit dem man einen langen Text annulliert.

Ich entsinne mich, daß ich erleichtert war. Schuldgefühle können manchmal die verblüffende Eigenschaft haben, dem

Dasein das Verschwommene, Unscharfe zu nehmen, unter dem wir unbewußt leiden. Darin ähneln sie dem Glück. Ich hatte Schuldgefühle und war zugleich glücklich.

Ich trat vor den Spiegel und betastete mein unrasiertes Gesicht. Dabei mußte ich grinsen wie ein Idiot. Dann rief ich Laura an. Ihre Stimme klang souverän und ein wenig fremd. ›Ich habe meiner Frau alles gesagt, können wir uns sehen?‹ ›Mußt du nicht arbeiten?‹ ›Ich habe mich krank gemeldet. Es ist mir wichtig, dich jetzt zu sehen. Kannst du nicht kommen?‹ ›Es ist mir lieber, du kommst.‹

So ungefähr war unser Dialog. Ich hätte erkennen müssen, daß Laura sich ungern überreden ließ. Aber ich war blind.

Laura saß am Tisch vor einer Tasse Kaffee und sah sehr ernst aus.

›Was ist, Laura‹, sagte ich und strich ihr übers Haar. Sie hob den Kopf und sah mich aus ihren grauen Augen an: ›Ich fliege im Dezember zu Phil. Wir haben es so verabredet. Ich werde sechs Wochen fort sein in einer anderen Welt. Wenn ich über dem Pazifik bin, werde ich in zwei Hälften zerfallen, die nie mehr ein Ganzes ergeben.‹

Sie weinte. Es kam so plötzlich wie der Regenschauer an dem Tag, als ich Laura zum erstenmal gesehen hatte. Ich nahm sie unbeholfen in die Arme. Dabei war mir selbst zum Heulen zumute.

›Wir wollen etwas unternehmen, Laura‹, sagte ich.

›Am besten, ich gehe weit weg, ohne euch beide‹, flüsterte sie. ›Am besten nach Malaysia. Ich wollte schon immer nach Malaysia in den Regenwald.‹

›Es gibt hier in der Stadt einen botanischen Garten mit einem künstlichen Regenwald. Laß uns hinfahren.‹ Sie erhob sich und legte die Arme um meinen Hals. ›Du bist nett‹, sagte sie. ›Und zielstrebig.‹

Ich nahm eine Kamera mit. Jetzt schon Erinnerungsfotos

von Laura? Ich gestand mir damals nicht ein, wie groß meine Angst war, sie zu verlieren.

Wir gingen ins Tropenhaus. Die Illusion war perfekt. Kondenswasser tropfte als ständiger Regen von den Glasdecken herab. Überall wucherten Pflanzen, Lianen, Orchideen, feucht und fleischig. Ihre Formen waren unnatürlich und der Duft von manchen betäubend, süßlich und krank. Ich suchte eine attraktive Stelle und bat Laura zu posieren. Während ich durch die Mattscheibenlupe sah, erstarrte meine Freundin zu einer Wachsfigur. Nur die Haare bewegten sich im künstlichen Wind, den ein versteckter Ventilator erzeugte. Es war Monsun.

Linse und Mattscheibe beschlugen ständig, und es war unmöglich, scharf zu stellen. Ich sah Laura im Lichtschacht der Kamera zwischen grünen Nebelschwaden. Ihr starres Lächeln schwamm in einem Wassertropfen, der sich auf der Mattscheibe gebildet hatte. Es dauerte eine Ewigkeit, bis ich auf den Auslöser drückte, so verliebt war ich in die Pose Lauras.

Als ich den Kopf hob, war sie weitergegangen, und ich suchte sie auf den gewundenen Pfaden dieses künstlichen Dschungels. Schweiß tropfte mir von der Stirn. Laura sah ich erst am Ausgang wieder. Hier, wo die kühle Luft von draußen mit dem tropischen Wetter zusammentraf, lehnte sie an einer Säule und rauchte eine Zigarette. Ihre Haare waren verfilzt von der Feuchtigkeit. Wieder sah sie ernst aus.

›Dort, wo wir wohnen, ist den ganzen Sommer über solches Wetter. Man kann nicht arbeiten, nicht denken. Hier kann man wenigstens wieder hinaus.‹

Ich hakte sie unter, und wir wanderten unter freiem Himmel durch eine künstlich angelegte nordische Tundra. ›Dies ist mehr meine Landschaft‹, sagte ich.

Dann bat ich sie stehenzubleiben, und ich machte noch ein Foto von ihr vor einer Gruppe niedriger Latschenkiefern.

Meine Lebensweise hatte sich völlig verändert. Jede Nacht

schlief ich in Lauras engem Bett ein und ging im Morgengrauen in meine Wohnung hinüber, damit wir beide etwas Schlaf bekamen. Zum Frühstück war ich wieder bei ihr. Laura kochte Kaffee, ich machte den Ofen an. Wir lebten wie ein schon lange verheiratetes Paar, das sich neu entdeckt.

Im Laufe des Vormittags ging Laura in ihr Atelier. Sie zog einen weißen Kittel über und versenkte sich in ihre Arbeit. Strähne für Strähne, Locke für Locke entstand ein neues Selbstbildnis. Ich saß oft dabei und sah ihr zu. Es war unglaublich, mit welcher Konzentration sie arbeitete. Ihre Hand war sich vollkommen sicher. Sie skizzierte nicht vor. Es sah eher aus, als wäre die Zeichnung im Papier verborgen und würde von ihr durch die Bewegungen des Bleistifts wie mit einem Schaber freigelegt.

Ich verlor in solchen Situationen jedes Gefühl für Zeit. So wie Staubteilchen, die sich im schräg einfallenden Licht kaum bewegen, oft auf der Stelle schweben, ehe sie sich ein wenig heben oder senken, kamen mir die Minuten und Sekunden in Lauras Atelier vor. Nur wenn jemand durch den Raum ging, kam Bewegung in sie. Dann erhob auch ich mich und ging hinüber ins Museum.

Lange konnte dieser Zustand nicht anhalten. Es fiel natürlich auf, daß ich jetzt immer zu spät kam. Aus schlechtem Gewissen arbeitete ich mit unverzeihlicher Hast an der Stadtansicht. Zwischendurch widmete ich mich der Gentildonna. Ich untersuchte die Halswunde und stellte fest, daß sie durch alle Malschichten einschließlich der Grundierung bis auf den Bildträger hinabreichte. Es gab keinen Zweifel: Dies war keine gemalte Wunde. Jemand hatte dem Bild die Verletzung mit einem scharfen Gegenstand beigebracht. Der Maler hatte den Schnitt ausgebessert und schließlich mit der Perlenkette übermalt. Ein Attentat mußte auf das Bild verübt worden sein, als es noch nicht lange existierte. Wunde und Übermalung lagen ja unter dem historischen Firnis.

Eines Tages wurde ich zu einer Audienz bei meinem Chef gebeten. Labisch überbrachte mir die Nachricht. Es war typisch für unseren Direktor, sich eines Zwischenträgers zu bedienen.

›Sie werden sich ein paar unbequeme Fragen gefallen lassen müssen‹, sagte Labisch. ›Doch wie ich Sie einschätze, sind sie Manns genug, sich aus allem herauszureden. Stellen Sie sich vor, unser Chef würde für sein Porträt Modell sitzen. Malen Sie ihn in Gedanken, wenn er Sie in die Enge zu treiben versucht. Wählen Sie den Stil des Gemäldes nach Ihrem Gutdünken.‹ Labisch lachte und schlug mir wieder einmal auf die Schulter. Er mochte den Direktor nicht, weil seiner Meinung nach das 19. Jahrhundert in der Einkaufs- und Hängepolitik des Museums unterrepräsentiert war.

Ich fuhr mit dem Fahrstuhl hoch in die Chefetage. Von hier aus hat man nach allen Seiten einen schönen Blick über die Stadt. Ich sah den Fluß mit seinen Brücken, seinem gelbbraunen Wasser, in dem sich an diesem trüben Tag nichts spiegelte. Ich blickte hinab in den Park. Man konnte Lauras Appartement sehen. Die Tür ging auf, und sie erschien. Sie trug ihren Jogginganzug und ihre Laufschuhe. Die Haare hatte sie hochgebunden und im Nacken mit einer Klammer fixiert. Ich sah, wie sie sich mit einigen gymnastischen Bewegungen lockerte und dann zu laufen begann. Sie verschwand zwischen den Bäumen.

In diesem Augenblick erschien mir mein ganzes bisheriges Leben zu einem einzigen Bild geschrumpft, zu einer kleinen, kristallinen Form, einer Schneeflocke vergleichbar, die mir durch Zufall auf den Handrücken gefallen war und nun von der Wärme meines Blutes zu tauen begann.

Der Direktor unseres Museums ist ein ansehnlicher Mann. Er ist groß und repräsentabel, hat musisch gelockte, graue Haare. Bei offiziellen Anlässen macht er sich außerordentlich gut. Da er die meisten Anwesenden um Haupteslänge überragt, ist man geneigt, ihm ein hohes Niveau zu unterstellen. Auf den ersten Blick sind seine Gesichtszüge markant, auf das erste Hinhören ist seine Stimme wohlklingend. Er ist ein Meister der Konversation, und er versteht es ausgezeichnet, bei den Vertretern der Kulturpolitik Gelder für unser Haus lockerzumachen. Die großzügige Ausstattung unseres Neubautraktes ist im wesentlichen dieser Fähigkeit zu verdanken. Eins jedoch fehlt ihm, wie ich schnell herausfand: ein auch noch so minimales Verständnis für Malerei. Gewiß, er ist sehr gebildet, er kann Stile, Epochen und ihre Repräsentanten brillant analysieren. Er ist jedoch nach meinem Eindruck vollkommen unfähig, auch nur ein einziges Bild mit innerer Anteilnahme zu betrachten. Ich habe den Verdacht, daß ihm der eigentliche Gegenstand seiner Funktion, das Gemälde, nicht nur fremd, sondern beinahe unangenehm ist. Ich habe beobachtet, daß er vor Bildern, vor Neuankäufen zum Beispiel, einen eigenartig nervösen Eindruck macht.

Kaum hatte ich Platz genommen in dem Designerstuhl vor dem Designerschreibtisch, begann ich zu reden. Ich schwärmte von meinem Fund, von diesem einmaligen Tafelbild, dem ein Ehrenplatz in unserer Galerie gebühre. Es war, als redete ich um mein Leben und um das der Gentildonna. Ich entsinne mich, daß ich es vermied, dem Direktor in die Augen zu sehen. Deutlich habe ich noch das Bild der zahllosen Tauben vor mir, die aufgereiht auf der Dachrinne saßen. Der lichtdurchflutete Raum erinnerte an eine Schiffsbrücke. Auch die unnatürlich weißen Wolken am Himmel sind mir in Erinnerung geblieben. Es war ein idealer Raum für ein Atelier.

Der Chef unterbrach mich nur selten. Dabei brachte er das Thema entweder auf meine Gesundheit oder auf die Notwendigkeit, die Restaurierung des historischen Prospektes bis zur Eröffnung des Neubaus abgeschlossen zu haben. Er war nicht unfreundlich, aber er kam mir abwesend vor.

Einmal erzählte er zusammenhängend. Es ging um eine kleine Geschichte, um eine Anekdote über den Gründer unserer Anstalt. Er hatte sein Geld mit Gewürzen gemacht. Mein Chef verglich unsere Gemäldesammlung mit Spezereien. Pfeffer und Salz und alles mögliche kamen vor. ›Wie würden Sie Ihre Gentildonna in dieser Hinsicht einordnen?‹ fragte er und lachte, als habe er einen frivolen Witz gemacht. ›Ich verspreche Ihnen, ich werde sie mir bald ansehen, dieses Weibsbild, von dem Sie so besessen zu sein scheinen.‹

Als ich wieder draußen war, kam mir das ganze Gespräch wie ein Alptraum vor. Er hatte mich nicht kritisiert, jedenfalls nicht deutlich. Wahrscheinlich hatte er mich nur observiert, nur wie einen Kranken beobachtet, dessen äußerer Eindruck gewisse Anhaltspunkte für eine Diagnose abgibt.

Ich fuhr nicht mit dem Fahrstuhl hinunter, sondern stieg durch eines der Oberlichtfenster aufs Dach. Reichlich verrückt, denn es war nicht auszuschließen, daß der Chef mich bemerkte. Ich lief über das Kupferblech, vorbei an den Schloten der Klimaanlage, stieg Eisenleitern hinauf und hinab und gelangte so über den Flügel des Neubaus bis zu einer Eisentreppe, die außen am Gebäude in den Hof der Kunsthochschule hinabführte.

Lauras Tür war angelehnt. Ich trat ohne zu klopfen ein. Laura war verschwitzt vom Laufen. Ihr Gesicht glühte, ihre Haare waren schweißverklebt.

›Von woher kommst du‹, sagte sie, ›wir hätten uns begegnen müssen.‹ Ich erklärte es ihr. ›Du willst Hermes spielen, war Hermes nicht ein junger Gott?‹ Als sie sah, daß ich verletzt war, zog sie mich an der Hand die Treppe hoch, und dann war ich in ihrem Bett.

Später äußerte sie den Wunsch, die Nacht in meiner Wohnung zu verbringen. Ich war glücklich über diesen Vorschlag. Als wir gingen, nahm Laura ihr Kissen mit. Sie trug es wie ein Kleinkind im Arm durch die Straßen.

›Eins möchte ich wissen‹, sagte sie später am Abend, als wir zum ersten Mal zusammen in den Sesseln saßen und zu lesen versuchten, obwohl uns eine innere Unruhe daran hinderte und wir vermutlich beide Seite um Seite umblätterten, ohne den Text aufzunehmen, ›liebte Petrarca Laura wirklich, oder war sie ihm nur der Anlaß, seine offenbare Fähigkeit zu leiden zu kultivieren?‹

Sie sah mich an, als redete sie von mir.

Ich entsinne mich, daß ich in einem fast entrüsteten Ton antwortete: ›Natürlich liebte er sie. Daß er litt, beweist doch nur, daß er um die Möglichkeit wußte, mit ihr glücklich zu sein.‹

Als ich im Morgengrauen erwachte, sah ich Lauras Gesicht ganz nahe. Die Züge waren weich und verletzlich wie bei einem schlafenden Kind. Sie sah um Jahre jünger aus. Die Lippen standen halb offen, die Mundwinkel zuckten, als würde sie reden im Schlaf. Als ich mich bewegte, drehte sie sich um und preßte sich mit dem Rücken an mich. Ich schlief wieder ein von einer Ruhe, wie ich sie seit langem nicht mehr gekannt hatte.«

Vierter Abend

Ich glaubte mich damals in der glücklichsten Phase meines Lebens«, begann Francesco seine vierte Beichte.

»Ich triumphierte innerlich, daß Laura mir ihre Zuneigung so deutlich zeigte und sich sogar häuslichen Visionen unserer Freundschaft hingab. Allerdings übersah ich die Doppelnatur des Zustands, den wir Glück nennen. Einmal ist Glück etwas durchaus Negatives. Wir sind ihm ausgeliefert. Der Zufall entscheidet über Gewinn und Verlust. Wir sind Sklaven. Auf der anderen Seite ist Glück das höchste der Gefühle. Wir sind Könige, wenn wir glücklich sind.

Wir waren oft zusammen. Wir machten lange Spaziergänge durch die Außenregionen der Stadt. Vieles kam mir fremd vor, vielleicht weil ich versuchte, mit Lauras Augen zu sehen. Laura übernachtete jetzt häufiger bei mir. Nur die Arbeit trennte uns, mit einer Ausnahme: Laura spielte zweimal die Woche Tennis mit Knoop. Mir war jedesmal schlecht vor Eifersucht. ›Wir duschen zusammen‹, sagte sie und lachte. ›Eifersüchtige Männer sind komisch und leicht zu handhaben‹, fügte sie hinzu.

Laura telefonierte zuweilen mit ihrem Mann. Ich wußte, daß sie ihm nichts von unserer Beziehung sagte. Sie rechtfertigte sich auf meine Fragen. ›Es ist zu weit. Das Wort ›Liebe‹ würde sich unterwegs in seine Bestandteile auflösen, in lauter Buchstaben. In L,O,V,E. Du siehst, es geht nicht. Ich werde es ihm sagen, wenn ich drüben bin.‹

Ich litt und liebte damals ohne Übergänge. Ich glaube, Schmerz und Lust sind die größten Vereinfacher der Seele, sie sind darin den Drogen oder Wahnideen, Frömmigkeit oder Haß noch überlegen. Und ist es nicht so, daß wir Vereinfachung der Verhältnisse als Glück empfinden?

Alles, was ich tat, erlebte, dachte oder fühlte, hatte direkt oder indirekt mit meiner Liebe zu Laura zu tun. Eines Morgens entdeckte ich eine feine Linie an ihrer linken Halsseite. Wie mit dem Kurvenlineal gezogen. Ich weckte meine Freundin behutsam und fragte sie nach der Ursache der Narbe. ›Es war Phil‹, sagte sie. ›Wir haben uns schrecklich gestritten, und er hat mich mit einer offenen Dose Katzenfutter verletzt. Auch ich habe ihm weh getan. Und jetzt tue ich es wieder.‹

Sie drehte sich auf den Bauch und vergrub ihr Gesicht ins Kissen. Ich stand auf und ging leise in die Küche, um Tee zu machen. Als ich zurückkam, war Laura fort. Ich hatte die Tür nicht gehen hören; auf dem Kopfkissen war ein nasser Fleck.

Ich ging zur Arbeit. Seit langem war ich wieder einmal pünktlich. Den ganzen Vormittag über arbeitete ich an dem Stadtprospekt. Das viele Aceton machte mich benommen, fast betrunken. Immer wieder unterbrach ich meine Arbeit und versuchte, Laura telefonisch zu erreichen. Es kam zu keiner Verbindung, und mehr und mehr geriet ich in Panik.

Als das Telefon klingelte, war es der Direktor. ›Was ist los mit Ihnen‹, sagte er. ›Sie atmen so schwer.‹ Ich beteuerte, daß es mir ausgezeichnet ginge. ›Das trifft sich gut‹, sagte er. ›Ich möchte, daß Sie für unsere drei Expressionisten den Kurier spielen. Sie gehen übermorgen auf die Reise.‹ Mein Einwand, daß die Bilder einen solchen Aufwand nicht lohnten, fand kein Gehör. ›Im übrigen finde ich es gar nicht verkehrt, wenn Sie sich mal ein bißchen auslüften, Tapetenwechsel wird Ihnen guttun.‹ Als letztes Argument führte ich meine Beanspruchung wegen der Restaurierung des Stadtprospekts an. ›Ich habe mir darüber Gedanken gemacht‹, sagte er. ›Und ich bin zu dem Schluß gekommen, daß Sie Hilfe brauchen. Wir haben bereits einen zweiten Restaurator angefordert. Es ist ein guter Mann nach meinem Eindruck. Sie werden eine erfreuliche Zusammenarbeit haben.‹

Er legte auf und ließ mich allein mit meiner Wut. Beides war ein glatter Affront. Die Kuriersache genauso wie der Zweitrestaurator. Daß die Bilder ohne Begleitung eines Fachmannes reisen konnten, hatte ich in das Protokoll geschrieben. Ich hatte sie ausreichend konserviert. Eventuelle Schäden wären bei ihrer Mittelmäßigkeit leicht zu verschmerzen. Das andere war noch ärgerlicher. Er hätte mich bei der Anwerbung eines zweiten Mannes mindestens zu Rate ziehen müssen. Beides deutete darauf hin, daß einiges in diesem Hause gegen mich lief.

Ich nahm ein großes Tuch und legte es über die Gentildonna. Dabei kam ich mir wie ein Leichenbestatter vor. Als das Telefon wieder klingelte, war es Laura. Sie entschuldigte sich wegen ihres plötzlichen Verschwindens am Morgen. Jetzt wolle sie Holz hacken, und ich solle es ihr beibringen.

Ich zog mich um und ging hinüber. Sie stand da in einem kanadischen Holzfällerhemd, die Haare von einem Wolltuch geschützt. Lauras Inszenierungen waren von überraschender Einfachheit, und sie waren immer von Erfolg gekrönt. Schon nach wenigen Versuchen mit der Axt konnte sie es besser als ich. Es gelang ihr immer häufiger, die Kloben exakt in zwei Hälften zu spalten. Sie fand Vergnügen daran wie ein Kind. ›Zwei Hälften brennen besser als ein Ganzes‹, sagte sie und gab mir einen Kuß.

Als sie das nächste Scheit auf den Bock legte, fiel es von selbst auseinander. ›Es spaltet sich von allein‹, sagte ich, ›wie du manchmal.‹ Sie legte die Axt beiseite und drückte mich an sich. ›Wir wollen es uns heute abend besonders schön machen. Nur lesen, Musik hören, Wein trinken. Und lieben.‹

Der Abend wurde eine Katastrophe. Es begann damit, daß meine Frau anrief. Sie sagte kein Wort. Sie weinte nur ins Telefon. Einfach so, leise und tonlos. Laura saß im Sessel, rauchte und beobachtete mich in meiner Hilflosigkeit. Ich brachte keinen Satz zustande.

Es dauerte einige Zeit, bis die Verkrampfung zwischen Laura und mir sich gelöst hatte. Wir tranken den Wein ziemlich hastig und versuchten zu lesen. Aber immer wieder ertappten wir uns dabei, wie unsere Blicke aus den Buchseiten glitten.

Ich legte eine meiner Lieblingsplatten auf. Eine Partita für Solovioline von Bach. Lauras Augen füllten sich mit Tränen. ›Dieses Stück habe ich zweimal live mit Phil gehört. Ich muß zum erstenmal, seit ich dich kenne, wieder richtig an ihn denken.‹

Ich getraute mich nicht, die Platte zu unterbrechen. Laura sah mich an, lange und traurig. Ihre Augen schienen zu verschwimmen. ›Komm, wir legen uns hin‹, sagte sie.

Mein Herz klopfte, es kam mir wie ein Abschied vor, wie eine Hinrichtung von Zeit, von Zukunft. Laura legte sich angezogen ins Bett, ich mich nackt neben sie. Ich wollte schutzlos sein. Nach einer Weile zog sie sich aus. Ich konnte nicht mit ihr schlafen. Zum erstenmal hatte ich das Gefühl, sie verloren zu haben.

Mich fror. Mein Körper lag irgendwo in dieser Welt wie ein verlassenes Ding. Laura tastete nach ihm, als habe sie ihn zufällig gefunden.

Später tranken wir Bier. Dunkles Rauchbier. Ich stellte mein Glas so ungeschickt auf den Bettrand, daß es umkippte. Ein großer brauner Fleck entstand auf dem Laken. Er hatte die Form Australiens. ›Der kleine Fleck daneben ist

Tasmanien‹, sagte Laura. ›Wo wohnt ihr?‹ fragte ich. ›Da.‹ Sie bohrte den Finger ins nasse Bettuch. ›Genau gegenüber von Tasmanien.‹ Ich drehte mich auf den Bauch, so, daß er über dem nassen Fleck lag. Ich schloß die Augen und spürte dabei, wie Laura mich vorsichtig streichelte. Es half ein wenig, aber nicht gegen eine Einsamkeit, die unberührbar war, weil sie aus nichts bestand.

Am nächsten Tag mußte ich meine Reise antreten. Der Abschied von Laura war ein kleines Kunstwerk. Zugleich pathetisch und familiär. Wir badeten in angenehmer Traurigkeit. Laura war eine Meisterin des Abschiednehmens, genauso wie sie eine Meisterin des Wiedersehens war.

Wir fuhren mit dem Taxi zum Bahnhof. Laura trug den Klimakoffer mit den drei Bildern. Sie trug einen Trenchcoat, als gälte es, eine Szene aus Casablanca nachzustellen.

Der Zug hatte Verspätung. Es war geschenkte Zeit. Wir standen nahe beieinander, ohne uns zu berühren. Ich empfand diese Nähe wie etwas Materielles, wie einen Körper, in den wir hineingewachsen waren. Als es Zeit war, sich loszureißen, tat alles weh.

Der Zug glitt aus der Bahnhofshalle in den nebligen Tag, ich hing aus dem Fenster und sah Laura kleiner und blasser werden im Dunst. Sie hatte eine Hand erhoben, aber sie winkte nicht richtig, sie bewegte sie nur im Gelenk ein wenig hin und her.

In einer Kurve verlor ich sie aus den Augen. Ich warf mich in meinen Sitz und gab mich meinem Abschiedsschmerz hin. Ich hatte einen Band mit Sonetten Petrarcas dabei. Eine schlechte Übersetzung, doch ich hätte keine bessere Lektüre finden können in diesem Moment.

›Wie bang ist mir, erinnr ich an das Scheiden
Und an das tiefe Sinnen mich, worunter
Die Herrin meinem Blick entschwand. Und bunter
war mir die Welt doch nie und so voll Freuden.‹

In Wirklichkeit war es draußen grau. Es gab fast keine Kontraste. Die dunstige Landschaft ließ kaum ein Gefühl der Bewegung aufkommen. ›Ich vermisse dich jetzt schon‹, waren Lauras letzte Worte gewesen. Ich sagte sie mir immer wieder vor, bis ich darüber einnickte.

Als ich erwachte, waren wir in den Bergen. Es schneite; ungewöhnlich früh für Oktober. Ich sah aus halbgeschlossenen Lidern in eine Welt, die langsam und gleichmäßig mit Deckweiß übermalt wurde. Ich war nicht mehr traurig, aber ich verspürte jetzt einen Druck auf der Brust wie von einem Eisenring. Mir war leicht übel, und ich atmete schwer und unregelmäßig. Die Trauer hatte sich in Angst verwandelt. Ich sah auf die Uhr. Es war ein Indiz dafür, daß ich begonnen hatte, auf das Wiedersehen mit Laura zu warten.

In Hamburg übergab ich die Bilder. Ich tat alles, was ein Restaurator in einem solchen Fall zu tun pflegt. Ich untersuchte die Oberfläche auf Transportschäden. Bei dem ›liegenden Mädchen, nackt‹ war ein daumennagelgroßes Stück aus dem Inkarnat der Bauchdecke herausgebrochen. Ich fand es im Koffer und setzte es mit Hilfe der mitgebrachten Utensilien wieder ein. Ich überwachte anschließend das Hängen und maß mit dem Hygrometer das Raumklima. Die Galerie war viel zu feucht, doch monierte ich dies nicht.

Noch am Nachmittag fuhr ich weiter zu meinen Eltern. Ich hatte mich telefonisch angekündigt, und mein Vater holte mich vom Bahnhof ab.

Wir umarmten uns schüchtern und zugleich fest. So war es immer, wenn wir uns wiedersahen. Dann trat er zurück und musterte mich aus von der Zugluft tränenden Greisenaugen.

›Du siehst nicht gut aus‹, sagte er. ›Bist du krank?‹

›Es war eine anstrengende Fahrt‹, sagte ich. ›Aber es geht mir nicht schlecht. Ich bin nur ein wenig müde.‹

Er nahm meine Reisetasche und hakte mich unter. Dann

saß er am Steuer seines Autos. Wie immer fielen aus seinem Mund kurze, knappe Sätze mit langen Pausen dazwischen.

›Ich schaffe es ganz gut, mit allem klarzukommen.‹

›Aber ich weiß natürlich nicht, wie lange es noch geht.‹

›Es ist ein Glück für uns, daß ich gesund bin.‹

›Deine Mutter kann nichts mehr allein.‹

Ich ertappte mich bei dem Wunsch, die Hand meines Vaters zu nehmen und in meinen Schoß zu legen, wie Laura es einst getan hatte. Einst? Ich erschrecke noch jetzt über dieses Wort, denn ist dies alles, wovon ich erzähle, bereits schon so lange her? Mir erscheint es fast gegenwärtiger als damals, als ich Laura erst wenige Wochen kannte.

Ich sah meinen Vater von der Seite an, so, daß er es nicht merken konnte. Er hatte den Kopf leicht in den Nacken gelegt und blickte mit seinen zu Schlitzen verengten Augen starr auf die Straße. Er hatte unverkennbar immer noch den Blick, den er sich in seinem langen Berufsleben als Seemann angeeignet hatte. Sehr konzentriert, sehr in die Ferne gerichtet. Ungeeignet für die Nähe einer Straße. Er fuhr mitten auf ihr, als handelte es sich um eine Fahrrinne, die dort am tiefsten ist.

›Mein Bein ist wieder besser.‹

›Manchmal bin ich müde.‹

›Ich werde alt.‹

Mein Vater kam mir altersloser vor denn je. Ich legte in einer vorsichtigen und zarten Bewegung meinen Arm um seine Schulter. Draußen war alles naß und grau. Der Dunst schien aus den Dingen, den Bäumen, den Häusern, den Stoppelfeldern zu wachsen. Ähnlich wie die Traurigkeit, die tief aus meinem Vater zu kommen schien.

In der betäubenden Wärme meines Elternhauses beugte ich mich über meine Mutter und küßte sie auf die Stirn. Wie immer thronte sie im Ohrensessel, die hochgelegten Beine unter einer Mohairdecke.

Ihr Blick ist ganz anders als der meines Vaters. Er ist unstet und umfaßt viele Dinge zugleich. ›Du siehst schlecht aus‹, sagte sie. ›Bedrückt dich etwas?‹ Sie hatte das gleiche Bild von mir, aber sie durchschaute es viel besser. Sie bemerkte die Pentimente. Ich schüttelte den Kopf. ›Mich bedrückt nichts, Mutter. Ich bin nur müde.‹ ›Das sagt dein Vater auch oft von sich. Aber ich glaube dir nicht. Du wirkst, als ob du nicht schlafen kannst. Du kannst mir ruhig sagen, was dich bedrückt.‹

Ich schwieg und rührte den Tee in meiner Tasse um. Wie gern hätte ich von meiner Liebe erzählt, aber ich brachte den Mut dazu nicht auf. Wie immer saß ich im skandinavischen Sessel, mein Vater in seinem Schaukelstuhl nahe dem Fenster. Auch er hatte eine Wolldecke über die Beine gelegt. Beide musterten mich mit ihren so unterschiedlichen Blicken. Die grauen Augen meines Vaters wie aus Stein, die braunen Augen meiner Mutter wie aus Glas. Ihre Schattensilhouetten hoben sich dunkel gegen die nebelhellen Fenster ab. Es begann zu schneien. Schneeflocken, die aussahen wie graue Falter, die aus dem Nichts entstanden.

Ich begann stockend, von meiner Arbeit zu erzählen. Leichter fiel es mir erst, als ich von meiner Entdeckung zu reden begann. Ich sah Laura vor mir, als ich die Gentildonna beschrieb.

›Wie geht es deiner Frau?‹ fragte meine Mutter. Sie pflegte immer ›deine Frau‹ zu sagen, als sei dies ein Name oder eine Wesensart.

›Es geht ihr gut‹, log ich. ›Sie hat viel zu tun.‹ Der zweite Satz stimmte wahrscheinlich, und ich atmete auf. Warum benahm ich mich so feige! In den Pausen zwischen unseren Sätzen war es am schlimmsten. Das Schweigen meiner Eltern verhörte mich intensiver als ihre Fragen.

›Die Liebe ist etwas Wunderbares‹, sagte meine Mutter. Mein Vater erhob sich und schenkte ihr Tee nach, rührte ein wenig Zucker in ihre Tasse und setzte sich wieder. Der Schaukelstuhl schwankte und kam allmählich zur Ruhe. ›Seit über fünfzig Jahren lieben wir uns, mein Sohn, dein Vater und ich. Das ist ein wunderbares Gefühl.‹

Mir schwindelte. Was waren die wenigen Wochen mit Laura dagegen.

›Hauptsache, es geht dir gut‹, sagte mein Vater.

›Dein Sohn macht nicht den Eindruck. Was hat sie eigentlich an, deine Gentildonna?‹

Die Frage meiner Mutter verblüffte mich. Es klang, als fragte sie nach der Nachbarin. ›Ein grünes Kleid‹, sagte ich. ›Atlas. Einen Brustschleier und eine Perlenkette.‹ ›Echte Perlen oder Zuchtperlen?‹ ›Damals gab es noch keine Zuchtperlen, Mutter. Es waren echte Perlen.‹ ›Dann hat sie sie nur geliehen. Kümmert sich deine Frau auch genügend um dich?‹ Ich nickte. ›Aber sicher nicht so, wie es dein Vater tut. Dein Vater kümmert sich rührend um mich. Es ist unglaublich, was dieser Mann noch zu leisten vermag. Du hast seine Natur nicht geerbt. Du schlägst mehr nach mir. Aber auch mit einem Leiden kann man glücklich sein, wenn man sich liebt, mein lieber Sohn. Das solltest du wissen.‹

Ihre Stimme schien aus dem ganzen Schatten ihrer Gestalt zu kommen. Es wurde dunkel draußen, aber die Falter sanken immer noch gegen die Scheiben und starben in Regentropfen, die das Glas herabrannen. Mir fiel die Zeile des Schubertliedes wieder ein: ›Tränen fließen gar so süß, erleichtern mir das Herz‹. Aber es blieb mir schwer ums Herz. Ich fühlte mich, als könnte ich mich nie mehr aus diesem Sessel erheben. Die Silhouetten meiner Eltern wuchsen und wuchsen. Sie quollen an den Rändern über, verschmolzen mit der Finsternis im Zimmer. Jetzt hörte ich nur noch ihre Stimmen. Sie schienen aus schwarzen Trichtern zu kommen, die es irgendwo in den zerfließenden Schatten gab.

Die ganze lange Rückfahrt hatte ich zwei Bilder vor Augen. Laura und das Porträt der Gentildonna. Ich sah beide überdeutlich und sogar räumlich, wenn ich sie wie zwei Stereofotografien übereinanderbrachte. Dazu mußte ich nur die Augen schließen und die beiden Bilder aufeinander zuwandern lassen. Als ich von Laura weggefahren war, war ich mir wie ein defektes Gefäß vorgekommen, das mit jedem zurückgelegten Kilometer ein Stückchen leerer gelaufen war. Jetzt füllte es sich langsam wieder, aber es schien mir ungewiß, ob es wieder den alten Füllungsgrad erreichen würde. Ich fürchtete mich beinahe, Laura wiederzusehen, so maßlos ich mich zugleich darauf freute.

Ich hatte ihr den genauen Zeitpunkt meiner Ankunft nicht mitgeteilt. Nur den Tag, nicht aber die Stunde. Ein Moment der Überraschung sollte bleiben.

Als ich mit meiner Reisetasche vor meiner Wohnungstür stand, zögerte ich. Sollte ich sie hochbringen und vielleicht einen Schnaps trinken, ehe ich zu Laura ging? Sollte ich nicht lieber gleich zu ihr gehen?

Ich glaubte, vor einer entscheidenden Weggabelung zu stehen, auch wenn es sich nur um wenige Minuten handelte, um eine winzige Zeitverschiebung des Wiedersehens. Doch welche Verknüpfungen, welche neuen Entwicklungen und Kausalketten könnten daraus entstehen! Würde ich erst die Tasche hochbringen, hätte sich ein Quentchen zuviel Vernunft eingeschlichen, auch ein Quentchen Mißtrauen vielleicht.

Dieser Gedanke gab den Ausschlag: Ich begann, in Richtung Lauras Appartement zu rennen. Bedenken Sie, welch lächerlicher Anblick. Ein fünfzigjähriger Mann mit einer Reisetasche unterm Arm rennend auf der Straße. Ich kickte eine Coladose weg. Ich fühlte mich so jung wie seit langem nicht mehr.

Unterwegs begegnete ich Knoop. Er grinste, zog mit einer übertriebenen Geste die weiße Baskenmütze. Ich rannte weiter. Als ich vor Lauras Tür stand, war sie verschlossen.

Ich schloß auf und trat ein. Es war warm und aufgeräumt. Die Deckenlampe brannte. Vielleicht schlief sie. Vielleicht würde sie gleich mit der notwendigen halben Drehung ihres Körpers die Wendeltreppe herabsteigen. ›Laura‹, rief ich. Niemand rührte sich. Ich stieg die Treppe hoch. Ihr Schlafanzug lag wie ein zweidimensionaler Mensch auf dem Bett. Das Kissen war eingedellt von dem Abdruck ihres Kopfes.

Ich entschloß mich zu warten, saß am Tisch, trank einen Rest kalten Kaffee aus Lauras Tasse. Ich sah sie deutlich vor mir auf dem Platz, wo sie gewöhnlich saß. Mein Blick lasierte sie Schicht für Schicht auf den dunklen Malgrund des Zimmers. Einen Teil ihrer Locken trug sie in einem feinen Netz. ›Laura‹, flüsterte ich. ›Wo bist du. Warum hast du mich nicht erwartet.‹

Schließlich hielt ich es nicht mehr aus. Petrarcas Verse fielen mir wieder ein, die ich im Zug auf der Rückfahrt gelesen hatte: ›Ich bin so mürb vom Warten und vom langen Gefecht der Seufzer, daß ich Haß verspüre auf alles Wünschen, Hoffen und die Schnüre, in deren Schlingen sich mein Herz verfangen.‹

Als ich ging, sah ich einen Zettel neben der Fußmatte. Also hatte sie mir wenigstens eine Nachricht hinterlassen. Ich bückte mich und öffnete das mehrfach gefaltete Papier. ›Zucker‹, ›Essig‹, ›Mehl‹, ›Spülmittel‹ stand darauf. Jedes Wort tat mir weh wie der Name eines Nebenbuhlers.

Kein Zweifel, Laura war in der Stadt und hatte beim Weggehen ihren Einkaufszettel verloren. Ich machte einen letzten Versuch und ging hinüber in die Kunsthochschule. Hoffnung hatte ich nicht.

Laura war in ihrem Atelier. Sie saß über ein Blatt gebeugt und zeichnete. Niemand sonst war im Raum. Sie drehte sich um und lächelte mir entgegen, als ich eintrat. Ich preßte mein Gesicht in ihre Haare und flüsterte: ›Warum warst du nicht bei dir?‹

›Ich habe nicht warten können‹, sagte sie. ›Deshalb arbeite ich. Es ist die einzige Form, wie man Warten erträgt.‹

Ich sah auf die Zeichnung. Es war wie üblich ein Selbstporträt, aber diesmal hatte sie in feinen Linien ihr Gesicht angedeutet, den Mund, die Nase und den Bogen der Brauen. Nur die Augen fehlten. ›Es ist mißlungen‹, sagte sie. ›Ich sollte mich damit abfinden, ein Gesicht zu haben, das man nicht zeichnen kann. Vielleicht habe ich zwei Gesichter, und deshalb lass' ich sie lieber weg.‹

Sie nahm ein Federmesser und schnitt das Oval ihres Gesichtes heraus, zerknüllte es und warf es in den Papierkorb. ›Der Rest ist für dich‹, sagte sie und gab mir das Porträt ihrer Haare.

Das Datum von Lauras Abreise nach Australien rückte näher. Ich empfand es wie den Schnittpunkt der beiden Blätter einer Schere. Je mehr sie zuklappt, um so schneller bewegt er sich. Wenn ich von meiner Angst vor der Trennung sprach, schalt Laura mich. ›Wir haben noch so viel Zeit.‹ Sie wiederholte es immer wieder, wie eine Beschwörungsformel. Ich fragte sie nach ihrem Leben dort aus. ›Wir haben ein Haus und zwei Autos und Pferde. Unser Garten ist so groß wie ein Park. Ich habe ein eigenes Atelier, von dem aus man die Berge sieht.‹ ›Warum bist du nicht dort, wenn es so schön ist?‹ fragte ich verzweifelt. ›Hier ist es auch schön. Du bist schön.‹ ›Und Phil?‹ ›Phil ist großzügig. Er hat mir zugeredet, das Stipendium anzunehmen.‹ ›Und was soll das mit mir?‹ Statt einer Antwort begann sie, mich zu liebkosen. Ich hatte keine Chance gegen Laura.

In diesen Tagen trat eine Veränderung meiner Arbeitssituation ein, die mich sehr belastete. Als ich eines Morgens meine Werkstatt betrat, war er einfach da, dieser Mensch, der sich anmaßte, mit einer Taschenlupe die Gentildonna zu untersuchen, und nun auf mich zutrat, um mir die Hand zu geben und sich in höflichster Form vorzustellen. Es war eine kühle, weiche Hand, sehr gepflegt, von keinen der üblichen Spuren unserer Arbeit gezeichnet. Vom ersten Moment an war mir dieser Mensch zutiefst unsympathisch, ohne daß ich dafür einen echten Grund angeben könnte. Er war völlig korrekt, und er verstand sein Handwerk, wie sich bald zeigte. Es war der Restaurator, den man für die Arbeit am Stadtprospekt engagiert hatte. Er war Schweizer, und er sah erschütternd gut aus. Ich hatte selten einen so gepflegten Mann gesehen. Seine Kleidung war von dezenter Eleganz, genauso wie seine Manieren. Wenn er in den Arbeitspausen Kaffee mit mir trank, bewies er einen liberalen Geist. Seine zurückhaltend geäußerten Meinungen hätten überall gefallen können. Seine Stimme war sonor, ohne zu laut zu sein. An dieser Person war einfach nichts auszusetzen. Seine Normalität bildete einen extremen Kontrast zu meinem inneren Zustand, der sich mehr und mehr auch in meinem Äußeren niederschlug. Ich war unrasiert, meine Kleidung war voller Farbflecken, ebenso meine Hände. Es war nicht zu übersehen, daß ich mich verwahrlosen ließ.

Mein Kollege fand sich schnell zurecht. Er arbeitete exakt und im richtigen Tempo. Daß er bei der Firnisabnahme eine Atemmaske trug, hätte eigentlich meinen Beifall finden sollen.

Glücklicherweise hat meine Werkstatt einen großen Nebenraum, in dem wir seinen Arbeitsplatz einrichteten. Im gleichen Raum hätte ich ihn nicht ertragen. Gleich am ersten Tag fragte ich ihn nach seiner Meinung zur Gentildonna. Er zog noch einmal seine vergoldete Lupe aus der Tasche und musterte die Bildoberfläche gründlich.

Dann gab er seine Meinung ab: ›Dieses Bild ist auf den ersten Blick in einem phänomenal guten Zustand, sieht man von der Neigung zur Blasenbildung im Inkarnat ab. Ich würde es als außerordentlich gesund bezeichnen, abgesehen von seiner hohen künstlerischen Qualität. Dennoch werde ich das Gefühl nicht los, daß es insgesamt gesehen instabil ist. Vielleicht steht das Holz unter Spannung. Jedenfalls würde ich abraten, es noch einmal größeren klimatischen Veränderungen auszusetzen. Am besten lassen Sie es hier in Ihrer Werkstatt.‹

Er sah mich lächelnd an. Hatte er meinen Wunsch erraten, der Gentildonna einen Ehrenplatz in den öffentlichen Räumen unseres Hauses zu verschaffen? Ich wußte nun, daß ich keinen Verbündeten für diesen Plan in ihm haben würde.

In Lauras Wohnung herrschte immerwährender Winter. Jetzt war auch draußen Winter geworden. Das Wetter war naßkalt und ungewöhnlich stürmisch für die Gegend. Wir gingen oft am Fluß spazieren, auf dem es zuweilen richtige Wellen gab. Der scharfe Westwind, der graue, ausgefranste Wolken vor sich her trieb, machte uns Reiselust. Ich schlug Laura vor, eine Woche ans Meer zu fahren. Eine Präventivmaßnahme, mit der ich ihre bevorstehende Reise nach Australien besser zu ertragen hoffte. Laura wollte jedoch nicht ans Meer. ›Es ist uns beiden zu sehr vertraut. Es würde eine Reise zurück in unsere Jugend sein. Ich möchte aber älter werden mit dir.‹

Wir waren melancholisch. Vielleicht war dies der Grund, daß ich Wien als Reiseziel vorschlug. Laura war von der Idee begeistert.

Ich nahm eine Woche Urlaub mit der Begründung, immer noch zuweilen Kopfschmerzen von meinem Arbeitsunfall zu haben. Dann saßen wir im Zug, Laura mit dem Rücken zur Fahrtrichtung. Ihre Augen bewegten sich kaum im Sog der abfließenden Landschaft. Wir hatten Bücher dabei, aber wir lasen nicht. Wir redeten auch nicht miteinander, als ob in der Monotonie der Ortsveränderung alles zum Stillstand gekommen sei.

›Ich möchte mit dir schlafen‹, sagte Laura plötzlich. ›Hier und jetzt?‹ ›Ja‹, sagte sie mit einem Nachdruck, der mich für meine Bedenken zu strafen schien. Meine Einwände hörten sich kläglich an. ›Was ist mit dem Kontrolleur?‹ ›War schon da. Genau wie die Paßkontrolle.‹ ›Und wenn sie Personalwechsel machen?‹ ›Wir sind über die Grenze. Da gibt es keinen Personalwechsel mehr.‹

Wir standen auf, zogen die Sitze aus, schlossen die Vorhänge vor den Scheiben zum Gang. Es blieben genug Lücken, durch die man ins Abteil sehen konnte.

Laura legte sich hin und breitete ihren Mantel über sich aus. Er bewegte sich, als sie sich unter ihm auszuziehen begann. Ich schlüpfte zu ihr und breitete auch meinen Mantel über uns.

Draußen schneite es. Keine Nachtfalter diesmal, sondern Kohlweißlinge, die aus einem farblosen Himmel flatterten. Ich stützte mich einen Moment auf und öffnete das Fenster. Schneeflocken wirbelten herein und setzten sich auf die Polster, unsere Mäntel, tauten in unseren Gesichtern. Wärme und Kälte, Ruhe und Bewegung löschten einander aus, waren keine Gegensätze mehr.

Ich weiß nicht, wie lange es dauerte, bis wir merkten, daß die Situation sich verändert hatte. Die Schneeflocken wirbelten nicht mehr, sie fielen ruhig ins Abteil. Ich setzte mich auf und sah hinaus. ›Wir stehen auf freier Strecke‹, sagte ich. Laura hielt mich mit beiden Händen an den Hüften fest. ›Erzähl, wie es draußen aussieht‹, sagte sie. ›Es gibt nichts zu sehen. Es ist alles weiß. Die perfekte Leinwand.‹ ›Leg dich zu mir, laß uns schlafen‹, flüsterte sie.

Irgendwann erwachte ich von Geräuschen. Dumpfe Schritte und Stimmen drangen vom Gang her. Dann wurde die Schiebetür zu unserem Abteil aufgerissen. Jemand brüllte etwas. Wir verstanden es in der Höhle unserer Mäntel nicht. Wir umschlangen uns und schliefen wieder ein.

Als wir erwachten, war es still und kalt wie in einer Gruft. Wir zogen uns an und schoben die Sitze zurück. Jetzt war es auch draußen dunkel. Nicht einmal die Notbeleuchtung brannte. Ich ging auf den Gang hinaus. Am Ende des Waggons öffnete ich eine der Türen und kletterte in die Nacht. Eine Weile stand ich auf dem Bahndamm, bis zu den Knien in eine Schneewehe eingesunken. Es dauerte eine Weile, bis ich begriff, daß wir mit unserem Waggon allein in dieser Winterwelt waren. Offenbar hatte man uns abgehängt und auf ein Nebengleis geschoben. ›Reisen, die mit Schwierigkeiten beginnen, werden meistens gut‹, sagte Laura. ›Es ist umgekehrt wie bei Ehen.‹

Wir stiegen aus und schleppten unser Gepäck über die Schwellen, im Neuschnee, der um unsere Stiefel stob.

Ein ferner Schimmer lockte uns; schließlich sahen wir Laternen und erleuchtete Fenster. Ein Bahnhofsgebäude aus Klinker, mit verzierten Eisensäulen, ein Wartesaal mit trübem Licht, blankgewetzte Holzbänke, ein bollernder Kaminofen, Uringeruch, schriftliche Hinweise in Frakturbuchstaben, alles wie in einem Vorkriegsfilm.

Von einem Bahnbeamten erfuhren wir, daß man den Wagen wegen eines Defektes abgekoppelt hatte. Ein Weiterkommen würde erst gegen Morgen möglich sein.

Wir zogen zwei Plastikbecher mit heißem Kaffee aus dem Automaten. Dann legten wir uns auf eine der Holzbänke, die Köpfe gegeneinander, und deckten uns wieder mit unseren Mänteln zu. Wir schliefen kaum. Es war eher ein Wachträumen unter den schwachen Sonnen der Kugellampen, deren Sonnenflecken Fliegenleichen vom letzten Sommer waren.

Als wir am nächsten Morgen in der blauen Frühdämmerung der Hauptstadt entgegenfuhren, hielt ich eine kleine Rede, mit der ich Laura unser Reiseziel schmackhaft machen wollte.

›Wien ist eine gigantische Müllhalde pathetischer Gesten der Vergangenheit, ein riesiger Kaiserschmarren pompöser Architektur, überzuckert von hilflosen Renovierungsversuchen. Die Stadt altert seit ewigen Zeiten genauso schnell, wie man sie zu restaurieren versucht. Dieser morbide Wettlauf prägt alles in ihr, auch die Menschen. Die Hälfte der Ehen wird hier geschieden, woraus neue Ehen entstehen, die nur zur Hälfte haltbar sind. Die Selbstmordrate ist die höchste in Europa, vielleicht weil die Selbstmörder den Schritt kaum als solchen empfinden. Nur in dieser Stadt konnte Freuds Theorie vom Todestrieb entstehen. Nur in dieser Stadt gibt es Lokale, wo Leben und Sterben, wo Aufbruch und Tod ineinanderfließen, Cafés mit einer Atmosphäre zwischen Bahnhofs- und Leichenhalle. Hier kann man bei einer Tasse Melange sein Lebensende glaubwürdig simulieren. Man erreicht einen Grad der Entspannung wie eine Leiche vor der Totenstarre, wenn der Körper noch nicht völlig abgekühlt ist, der Muskeltonus jedoch bereits fehlt. Die Zeitungen wechseln Tag für Tag, der Holzhalter, in den man sie einspannt, bleibt immer der gleiche. So ist es auch mit der Welt. Die Nachrichten haben von hier aus die Glaubwürdigkeit nacherzählter Alpträume. Es ist, als ob die Menschheit draußen schlecht schlafen würde. Was man an Wünschen und Erinnerungen in sich hat, rieselt geräuschlos vom Kopf in den Körper hinab. Man muß diese Stadt lieben, wenn man unter Liebe eine melancholische Schläfrigkeit der Empfindungen versteht, wie sie Folge heftiger Leidenschaft sein kann.‹

Laura hörte mir zu, wie ich es an ihr kannte: in einer Art konzentrierter Abwesenheit.

Wir mieteten uns in einem sehr alten Hotel im sechsten Bezirk ein. Portier, Fahrstuhl, Treppenhaus, Flur, die schwarzen Möbel, der verstaubte Philodendron, der Fernsehapparat aus den Sechzigern mit den oxydierten Messingzierleisten, alles paßte zusammen, als sei ein guter Requisiteur am Werk gewesen. Unser Zimmer hatte riesige Ausmaße. Trotz des gewaltigen Doppelbettes beherbergte es mehr Leere, als es einem Wohnraum zusteht. Die vergilbte Stuckdecke war so weit weg wie ein Wolkengebilde, die Tapeten mit den verblaßten Rosenmotiven wirkten, als blicke man durch Fenster in einen trübe verhangenen Park.

›Hier läßt es sich leben‹, sagte Laura. ›Und sterben‹, fügte sie nach einer Weile hinzu.

›Wie willst du hier den Unterschied feststellen‹, sagte ich.

›In dem ich dich berühre.‹ Sie tippte mich mit einem ausgestreckten Finger an. Dann begann sie, den zerschlissenen Teppich aufzurollen, so daß schadhaftes Parkett zum Vorschein kam. Sie hängte auch die Bilder ab, süßliche skandinavische Fjordlandschaften. ›Diese Bilder sind schöner‹, sagte sie, wobei sie auf die hellen Rechtecke deutete, die auf der Tapete sichtbar wurden. ›Die hat die Zeit gemalt.‹

Das einzige Fenster des Raumes ging auf einen Hinterhof, in dessen Mitte ein kahler Baum stand. ›Es ist ein Fenster nach Süden‹, behauptete Laura. ›Im Sommer kannst du an klaren Tagen das Mittelmeer liegen sehen.‹

Sie warf sich aufs Bett und schloß die Augen.

Ich setzte mich auf den einzigen Stuhl und starrte sie an. Ihre Wange war naß. ›Warum weinst du‹, fragte ich. Ich setzte mich auf den Bettrand und streichelte ihr übers Haar. Sie schluchzte. Dann zog sie mich an sich. ›Ich weine, weil ich keinen Grund dazu habe‹, flüsterte sie. ›Es ist so schrecklich, richtig glücklich zu sein, findest du nicht?‹

Wir richteten uns häuslich ein, kauften Rotwein, Kerzen, Weißbrot und Käse. Laura zog eine imaginäre Linie durchs Zimmer, die auch das Doppelbett halbierte. ›Dies ist die Toscana, und dies ist die Provence‹, sagte sie, ›ob du es glaubst oder nicht. Ich schlafe in der Toscana, du in der Provence.‹

Ich glaubte ihr alles, und es machte mir auch nichts aus, mit der von den Fenstern abgewandten Seite des Bettes vorliebzunehmen.

Immer wenn wir uns im Zimmer aufhielten, überfiel uns

bleierne Müdigkeit. Ich hatte alles mitgenommen, was man zum Zeichnen und Aquarellieren benötigte, doch stellten wir beide entsprechende Versuche bald ein. Laura hielt mir ein weißes Blatt Zeichenpapier entgegen. ›Sieh mal, das bin ich. Ich habe diesmal auch die Haare weggelassen. Findest du nicht, daß ich mich gut getroffen habe?‹ Sie saß auf einem Stuhl direkt unter dem Kronleuchter, der von der Deckenmitte aus einer Stuckrosette herabhing wie eine vielbeinige Spinne an ihrem Faden. ›Komm, wir legen uns hin‹, sagte sie.

Sie begann, sich auszuziehen. Ihr weißes Unterhemd löschte für einen Moment ihr Gesicht aus. ›Ja‹, sagte ich, ›du hast dich erstaunlich gut getroffen.‹ Als wir aufwachten, war es Abend geworden. Wir zogen uns an und gingen hinaus in die zugigen Straßen der Stadt.

Wir hatten bald unser Stammcafé, in dem wir tagsüber Stunden verbrachten, unsere Lesebrillen aufsetzten und Zeitung lasen, dazu eine Melange mit Inländer Rum tranken. Wie zwei Eulen im Geäst der Zeit hockten wir da, halb blind, jedoch mit überscharfem Gehör jedes Geräusch der Umgebung wahrnehmend, eine Art feingemusterter Stille. Das Aufsetzen der Tassen auf die Unterteller, das Raunen der Gespräche, die Schritte der Kellner, das Anreißen eines Streichholzes am Nachbartisch, alles verwob sich zu einem weichen Klangteppich, auf dem sich unser eigenes Schweigen sicher und angenehm bewegte.

Heute frage ich mich, warum wir damals über die Problematik unserer Lebenssituation so wenig redeten. Vielleicht nahmen wir sie nicht mehr wahr. Wir lebten auf der erdabgewandten Seite des Mondes. Australien war genauso weit weg wie meine Heimatstadt. Manchmal hoben wir in einer langsamen Bewegung den Blick und sahen uns an, gleichzeitig, wie auf ein inneres Kommando. Unsere Brillengläser spiegelten sich ineinander.

›Du hast Sahne am Bart‹, sagte Laura. Sie wischte mir mit einer großen Serviette den Mund. ›Es ist immer noch etwas da.‹ Noch einmal tupfte sie die Stelle ab. ›Nun ist es weg‹, sagte sie. Ich hob die Tasse und trank, wohl wissend, daß Lauras Aktion nun vergeblich gewesen war. Sie blickte mich lächelnd an. ›Eigentlich bist du ein ziemlich kleiner Junge‹, sagte sie. ›Deine Versuche, älter zu werden, haben etwas Dilletantisches an sich.‹

Wenn ich an damals zurückdenke, kommt mir alles wie ein Traum vor, von dem man nicht weiß, ob ihn der Moment des Erwachens nicht bereits verändert hat. Ich vermute, daß wir damals glücklich waren, ohne dies als ungewöhnlich zu empfinden. Manchmal stritten wir uns über Kleinigkeiten, als sei dies eine Art Streiflicht, das die Nähe und Einigkeit erst richtig sichtbar machte.

Wir gingen viel in Museen. Bei all dem Prunk ihrer Architektur wirkten sie wie Asyle des Verfalls. Altersheime für ewige Werte der Kunst.

Besonders ein Bild hatte es Laura angetan, ›Das Mädchen mit dem Pelz‹, von Tizian. Eine Pelzstola teilt den Oberkörper der Dargestellten. Die eine Brust ist nackt, die andere unter dem Pelz verborgen. ›Genauso fühle ich mich‹, sagte Laura. ›Mir ist heiß und ich friere.‹ Sie verbrachte Stunden vor diesem Bild und wollte dabei allein sein. Ich ging zum Pförtner und ließ mich beim Restaurator der Kunstgalerie melden.

Er holte mich ab, ein gutaussehender Mann mit graumelierten Locken und Bart. Er sieht ganz wie ein Maler aus, dachte ich voller Neid. Seine Augen hatten ein gewisses Feuer, das die Schatten unter ihnen noch verstärkten. Er führte mich durch ein Labyrinth von Gängen, gegen das die Innenarchitektur meines Hauses simpel wirkt. Die Werkstatt, in der wir schließlich landeten, war in einem unbeschreiblichen Zustand. Ein Chaos unter einer dicken Staubschicht. Überall eingetrocknete Farben, hart gewordene Pinsel. Bilder von offenbar sehr unterschiedlicher Qualität stapelten sich in allen Ecken. Wie konnte man hier nur arbeiten! Und doch schien mein Kollege nicht untätig zu sein, denn es gab etliche Stellen, an denen der Staub beseitigt war, Abdrücke von Händen, Fußspuren auf dem Parkett. Der Herr über dieses Reich lehnte mit verschränkten Armen in einer der Fensternischen und musterte mich. Dann sagte er in diesem unnachahmlichen Akzent der Wiener: ›Sie sind hier kein Unbekannter, Herr Kollege. Ihre Arbeit über Säureattentate habe ich mit großer Aufmerksamkeit gelesen, auch wenn ich nicht in allen Punkten Ihrer Meinung bin. Vor allem, was die Psychologie der Attentäter angeht und natürlich den Wert der Opfer im allgemeinen. Ich bin ganz und gar nicht der Ansicht, daß die Zerstörung wichtiger Kunstwerke auch nur im geringsten einen Verlust für die Menschheit darstellt. Im Gegenteil, wir sollten froh sein über jede Maßnahme, die den Inhalt dieser vollgestopften Rumpelkammer der abendländischen Kultur dezimiert.‹

Ich wußte nicht recht, ob dieser Mensch scherzte. Es konnte sich um Wiener Humor handeln, der dem schwarzen Humor der Engländer verwandt sein muß. ›Wissen Sie‹, fuhr mein Gastgeber fort, ›Sie empfehlen in einem Ihrer Aufsätze, ein verätztes Bild sofort auf den Rücken zu legen, damit die durch den Zersetzungsprozeß breiartig gewordene Malschicht nicht nach unten laufen kann und weitere Partien des Bildes beschädigt werden. Dies ist ein nobler Standpunkt dem Besitzer des Bildes gegenüber, mag es nun ein Privatmann oder die Allgemeinheit sein. Sie übersehen jedoch, daß die partielle Zerstörung des Kunstwerks durch die verlaufende Säure selbst einen kreativen Prozeß darstellt. Es entstehen Effekte von enormer künstlerischer Wirkung. Tachismus auf einem gegenständlichen Frauenakt. Eine laufende Nase auf dem Porträt eines Kaufmanns. Verstehen Sie, in diesen wenigen Sekunden, in denen die Säure wirkt, entsteht aus einer Kopie ein Original!‹ Ich muß ihn ziemlich verständnislos angesehen haben, denn er verließ seinen Platz und klopfte mir tröstend auf die Schulter. ›Möchten Sie einen Kaffee?‹ fragte er.

Ich erzählte ihm von meiner Freundin und ihrer Bewunderung für das ›Mädchen mit dem Pelz‹.

›Ich habe es restauriert‹, sagte er, ›vorausgesetzt, man will diese Pfuscherei so bezeichnen. Tizian ist übrigens ein recht gutes Beispiel für meine These, daß es keine Originale in der Malerei gibt, vielmehr nur Kopien und Fälschungen. Tizian war einer der größten Fälscher überhaupt. Er kopierte nackte Frauen nach der Natur, und das so perfekt, daß sie fast lebendiger wirken als das Original, das natürlich selbst wieder eine Fälschung ist. Wenn man der Bibel Glauben schenken soll, dann gab es nur ein Original, und das war Eva. Danach lauter Kopien. Fortpflanzung ist doch wohl als elende Kopistentätigkeit zu bezeichnen. Sind Sie verheiratet, Kollege?‹

Die Frage traf mich so überraschend, daß ich eine Weile nichts sagte und dann so etwas wie schlechtes Gewissen empfand, als ich zugab, verheiratet zu sein. ›Sehr gut. Ich empfehle Ihnen, die Scheidung einzureichen. Ich lebe ebenfalls in Scheidung. Es ist ein Zustand zwischen Zwang und Erlösung. Wie ich meine gute Frau kenne, wird sie mir die Haut vom Leibe ziehen. Übrigens verstand sich Tizian hierauf ebenfalls sehr gut. Er verhexte seine Opfer, zog ihnen die Haut ab und klebte sie auf die Leinwand. Ich muß es wissen, ich habe schließlich sein Inkarnat restauriert. Es ist Haut, menschliche Haut. Ekelhaft, dieser Mensch wurde hundert Jahre alt und starb dennoch keines natürlichen Todes. Die Pest raffte ihn dahin. Sonst würde er vielleicht heute noch … Ich sage Ihnen, ein Lebenskünstler war er, geil bis ins höchste Alter, er malte seine schönen Nackten, die so entspannt dazuliegen verstehen, im Zustand sexueller Erregung.‹

Ich fühlte mich unwohl und sah auf die Uhr, suchte einen Anlaß zu gehen, doch wurde ich nun zu einem Bild geführt, das in der Tat die Aufmerksamkeit verdiente, die ihm mein Kollege trotz seiner Kunstverachtung schenkte. ›Ich arbeite seit einigen Monaten daran‹, erklärte er. ›Sie sehen, es handelt sich um ein ungewöhnliches Motiv. Eine fromme Frau, der Überlieferung nach die heilige Magdalena, stützt sich auf ein Rad und lächelt schmerzlich. Ich habe mich gefragt, was für ein Rad dies wohl sein mag. Es ist viel zu groß, und es hat völlig widernatürliche Zacken, die wie Haifischzähne aussehen. Auch mit der Magdalena stimmt etwas nicht. So flachbrüstig ist nicht einmal eine Heilige. Wissen Sie, was ich herausgefunden habe, Kollege? Es handelt sich um den seltenen Fall eines Geschlechtswandels durch Übermalung. Das fromme Motiv ließ sich wahrscheinlich besser verkaufen. Die heilige Magdalena ist in Wahrheit Narziß, das Wagenrad ein Brunnenrand. Narziß ist traurig, er sieht sich im Spiegel des Wassers, er bemerkt die Kopie der Kopie, eine endlose Spiegelung von sich in sich. Leider ist das Bild am unteren Rand beschnitten, und somit können wir die Spiegelung nur ahnen. Sie muß einem furchtbaren Abgrund gleichen, so wie dieser Jüngling ausschaut. Ich habe noch nicht alle Übermalungen beseitigt. Das Lächeln wird ihm noch mehr vergehen.‹

Als ich endlich wieder in den öffentlichen Räumen war, suchte ich Laura vergeblich. Ich fand sie im Hotel. Sie saß auf dem Bettrand und hatte die Strumpfhose halb ausgezogen. Das eine Bein schwarz, das andere weiß. Sie sah mich mit diesem Blick an, den ich inzwischen so gut kannte. Er traf mich nicht voll, ging ein wenig an mir vorbei und umfaßte mich doch. Ich wußte, sie war sehr weit weg und zugleich sehr nah. ›Ich möchte bald fahren, sagte sie, ›sonst komme ich nie wieder hier weg.‹

In den letzten Tagen, die wir in Wien verbrachten, wuchs

meine innere Unruhe. Hatte ich Angst, sie bald zu verlieren? Wir waren noch nie so häufig zusammengewesen wie in der letzten Zeit. Vielleicht lag hierin eine Gefahr. Ich war anspruchsvoller geworden, was die Realität unserer Beziehung anging, und mir wurde zugleich immer klarer, daß ich mich, was meine Freundin anging, nach wie vor auf unsicherem Boden bewegte. Zu diesem Gefühl trug ein Vorfall am letzten Tag unseres Wienaufenthaltes bei. Wir waren ins naturhistorische Museum gegangen. Architektonisch war es mit dem gegenüberliegenden kunsthistorischen Museum identisch. Doch die Exponate hier bildeten einen Kontrast zu den hervorragenden Gemälden der Galerie, wie er extremer kaum sein konnte. Ganze Rudel räudiger, ausgestopfter Großkatzen, mottenzerfressene Schwärme von Möwen, verstaubte Papageien, Spinnen, Reptilien, Würmer, tote Affen, die wie Schmierenschauspieler in theatralischen Posen erstarrt waren, eine Sammlung, die alle Exemplare tierischen Lebens umfaßte wie eine gigantische Arche Noah. Dabei war alles in einem Zustand der Verrottung und Verwahrlosung, der der Sammlung die Aura eines Archivs aller möglichen Spielarten der Vergänglichkeit verlieh.

Ich genoß es, Laura in einem gewissen Abstand zu folgen und sie in all ihrer Lebendigkeit zwischen den Präparaten dieses Gruselkabinetts zu beobachten. Sie trug die grüne Bluse, in der ich sie zum erstenmal gesehen hatte. Sie nahm sich viel Zeit bei ihrer Visite, und ihr Gesicht spiegelte deutlich Abscheu oder Interesse, je nach dem Exponat, vor dem sie stehengeblieben war. Einmal sah ich sie durch ein großes, mit einem Konservierungsmittel gefülltes Aquarium, in dem ein riesiger Quastenflosser schwamm. Lauras Gesicht war durch die gelbliche Flüssigkeit wächsern verfärbt. Immer wenn sie sich kaum merklich bewegte, sah es aus, als käme Leben in den Fisch. Die zerfransten Flossen bewegten sich, als wollte er sich in die Tiefen des Ozeans und der Zeit aufmachen, aus denen er herkam. ›70 Millionen Jahre gegen ganze vierunddreißig‹, dachte ich.

Laura war inzwischen weitergegangen und vor einer überdimensionalen Tür stehengeblieben. An ihrer Klinke hing ein Schild mit dem Hinweis ›Wegen Umbau geschlossen‹. Laura drückte sie ein paarmal vergeblich nieder. Sie schien enttäuscht.

Drei Wärter eilten herbei. ›Der Raum wird nächste Woche wieder zugänglich sein, gnädige Frau‹, sagte einer. ›Ein hochinteressanter Raum‹, sagte der zweite. ›Das Reptilienkabinett‹, sagte der dritte.

Was nun geschah, mußte ein grober Verstoß gegen die Gesetze dieses Universums der Kadaver sein. Einer der Wärter holte einen Schlüssel aus seiner Hosentasche, schloß auf und öffnete die Tür so weit, daß Laura hindurchschlüpfen konnte. Dann drückte er die Tür wieder zu und baute sich wie ein Leibwächter davor auf.

Es verstrich sehr viel Zeit, bis ein Klopfen zu hören war. Dann der gleiche Spalt, und Laura erschien. Ihre Wangen waren gerötet. Sie ging auf mich zu und zog mich weiter. Vor einem präparierten Hai, dessen Haut an vielen Stellen aufgeplatzt war, so daß man die Füllmasse sehen konnte, umarmte sie mich und drückte die Stirn gegen meine. ›Es war furchtbar‹, flüsterte sie. ›Lauter Monster mit aufgesperrten Rachen. Ich hab' mir eingebildet, daß sie auf mich zukrochen, ganz langsam und tödlich. Ich habe die Tür nicht gleich gefunden in der Dunkelheit. Es war schrecklich.‹ Sie ließ mich los und starrte mich an wie einen Fremden. Dann sagte sie mit ruhiger Stimme: ›Ich habe solche Angst, daß wir uns verlieren.‹

Ich nahm sie tröstend in den Arm. Dabei sah ich an ihr vorbei. Die Tür zum Reptilienkabinett stand offen. Ein Mann erschien darin und verließ mit schnellen Schritten den Raum. Ich glaubte, den Restaurator der Kunstgalerie erkannt zu haben. ›Warst du allein, Laura?‹ fragte ich. Sie sah mich verständnislos an. ›Meinst du in diesem scheußlichen Kabinett? Natürlich war ich allein mit diesen Teufeln. Was soll diese Frage!‹ Sie war ärgerlich. Die Lust am Museumsbesuch war ihr offenbar vergangen, denn sie zog mich zum Ausgang.

Am Abend hatten wir unseren ersten richtigen Streit. Laura wollte in die Oper, ich ins Theater. Natürlich blieb sie Sieger. Zum erstenmal, seit ich Laura kannte, zog sie ein Kleid an. Es war eng, blauschwarz gemustert und hatte ein kleines Brandloch unter der linken Brust. Da sie hochhackige Schuhe trug, war sie um einige Zentimeter größer als ich. Ich war überwältigt von ihrem Kaufhausschick.

Trotz unverschämt teurer Karten saßen wir auf der Galerie direkt unter der Decke, unter der sich unerträgliche Hitze sammelte. Vom Bühnengeschehen war nur etwas zu sehen, wenn man seine Höhenangst überwand und sich weit vorbeugte. Es gab den Rosenkavalier. Eine Frau zwischen zwei Männern. Sie war fett. Wenn sie sang, schwabbelte ihr Doppelkinn, wenn sie sich zur Liebe bereit aufs Himmelbett legte, zerfloß ihr Körper nach allen Seiten. Laura war entsetzt. ›Zuviel Schmalz bei der Sängerin, zuwenig bei der Musik‹, sagte sie.

Wir gingen in der Pause und schafften es noch, rechtzeitig ins Theater zu kommen. Ich triumphierte innerlich und erstand zwei Karten in einer Viererloge. Sie war ganz und gar mit rotem Plüsch ausgeschlagen. Laura nahm auf dem freien Stuhl neben einem älteren Paar Platz. Ich schob mich auf den Notsitz hinter ihr. Um etwas sehen zu können, mußte ich mich über sie beugen. Auch auf dieser Bühne war ein großes Bett der Mittelpunkt. Es gab Schnitzlers Reigen. Laura amüsierte sich königlich über die verschiedenen Liebesszenen. Ich hatte wenig Interesse am Geschehen. Meistens drückte ich so sanft wie möglich mein Gesicht in ihre Haare. Dann und wann wandte ich mich um und blickte in den Logenspiegel. In seinem goldbronzierten Rahmen sah ich Lauras Locken, und ich sah mich, wie ich ihnen meine Wange näherte. Ein Bild, das ich geschaffen hatte und das nun in seiner erotischen Künstlichkeit im Halbdunkel des winzigen Raumes zu fluoreszieren schien.«

An dieser Stelle brach Francesco seine Erzählung unvermittelt ab. Es war deutlich, daß er jenes Bild vor sich sah und daß er es nicht durch weiteres Reden zerstören wollte. Madame Régusse und Monsieur Bazin erhoben sich leise und machten sich davon. Man hätte sie für ein älteres Ehepaar halten können.

Fünfter Abend

Francesco schlief kaum in dieser Nacht. Überall glaubte er, Laura zu sehen. Wenn er die Augen schloß, war es am schlimmsten. Dann sah er jede Einzelheit ihres Gesichtes, die feine Narbe am Hals, den halboffenen Mund, die Augen, die es vermieden, ihn voll anzusehen. Es war die Gentildonna, und es war Laura. Am erträglichsten war es noch, wenn er aufstand und auf und ab lief. Dann verblaßte das Bild ein wenig, ohne jedoch ganz zu verschwinden.

Noch vor der Morgendämmerung verließ Francesco sein Zimmer. Er schlich durch das Haus und landete vor der Tür, hinter der Madame Régusse lebte. Er war nur einmal in ihrem Zimmer gewesen, als er hier eingezogen war. Es war vollgestopft mit Erinnerungsgegenständen, Nippes, Porzellanblumen und dergleichen. »Mein privates Museum«, hatte Madame Régusse gesagt. »Ich habe nichts erlebt, aber es ist dennoch erstaunlich, wieviel Tage es gab, in denen eine Nebensache alles beherrschte. Ich glaube nicht, daß man leben kann, wenn man nicht manchmal den Überblick verliert.«

Er entsann sich genau ihrer Worte. Später hatte er vergeblich versucht, Madame Régusse in ein Gespräch über ihre Vergangenheit zu ziehen. Jetzt stand er vor ihrer Tür und hatte die Hand auf die Klinke gelegt. Es war kühn, sie niederzudrücken und die Tür einen Spalt zu öffnen. Francesco steckte den Kopf hinein. Da bereits ein wenig Frühlicht durch die Läden drang, konnte er im Schattenlabyrinth des Raumes das Bett erkennen. Er sah ihren Kopf. Sie lag mit geöffneten Augen da. Ihre regelmäßigen Atemzüge machten die Stille im Raum noch tiefer. Francesco wagte sich so leise wie möglich ein paar Schritte in den Raum hinein und erstarrte in der unbequemen Haltung einer antiken Statue mit Stand- und Spielbein. Mehr und mehr beschlich ihn das seltsame Gefühl, daß dieser regelmäßige Atem, den er hörte, sein eigener sei und daß er ihn einer Toten lieh.

Als er den Raum endlich verließ, wußte er nicht, wieviel Zeit verstrichen war. Es dämmerte bereits, und die Morgenvögel sangen. Francesco legte sich hin und konnte endlich einschlafen.

Als sie sich am Abend in der Höhle trafen, kam ihm Madame Régusse verändert vor. Sie wirkte jünger, als habe sie eine ganze Weile gegen die Zeit gelebt.

»Rückreisen haben für mich immer etwas von Begräbnissen an sich«, begann Francesco. »So war es auch diesmal. Wir suchten uns ein leeres Abteil, während draußen die letzten Vorstädte von Wien vorbeiglitten. Ich war traurig, denn ich glaubte, daß nun alles schwieriger werden würde. Laura war nichts anzumerken. Sie zog die Sitze aus und legte sich unter ihren Mantel. Ich setzte mich in eine Ecke am Gang und betrachtete ihren von den Bewegungen des Zuges geschaukelten Körper. ›Das ist Liebe‹, dachte ich, ›sie ist nichts anderes als der Blick auf das, was man liebt.‹ Sie werden wie ich, Madame und Monsieur, die Erfahrung gemacht haben, daß es eine besondere Nähe zwischen Menschen gibt, die mit einem wenn auch nicht sehr großen, jedoch permanenten Abstand verbunden ist. Wie bei den parallelen Schienen eines Gleises, die sich erst im Unendlichen treffen. Immer ist dieser schmale Streifen Niemandsland zwischen ihnen.

Einmal stützte sich Laura auf und sah zum Zugfenster hinaus. Ihr Blick war leer. Sie hatte die Fähigkeit, nichts zu sehen. Ich glaube, dies war einer der Gründe dafür, daß sie so gut malen und zeichnen konnte. Mir ist diese Gabe nicht zuteil geworden. Ich sehe immer zuviel und zu deutlich.

Als wir zurück waren, fanden wir uns in den alten Räumen nicht zurecht. Alles kam uns eng und fremd vor. Laura entschloß sich, für eine Woche zu ihren Eltern ans Meer zu fahren. ›Ich brauche etwas Zeit für mich‹, sagte sie. ›Es wird ein schwieriger Übergang von hier nach Australien.‹ Ich brachte sie zum Bahnhof. Diesmal gelang uns nur ein mittelmäßiger Abschied.

Ich stürzte mich in meine Arbeit. Mein Schweizer Kollege hatte während meiner Abwesenheit viel am Stadtprospekt getan. Zum erstenmal war mir seine unterkühlte Freundlichkeit angenehm, denn sie lenkte mich von meiner Traurigkeit ab. Allerdings ärgerte ich mich darüber, daß verschiedene Dinge in meiner Werkstatt nicht mehr am vertrauten Platz waren, zum Beispiel meine Farbpalette. Ich habe sie selber hergestellt und bin sehr stolz auf sie: fünf auf ein Brett geklebte Herzmuscheln, in denen sich die Pigmente in Pulverform befinden. Es sind sehr geeignete Gefäße, da sie sich in ihrer Rundung nach vorne öffnen und so gut zugänglich sind. Außerdem habe ich mir durch diese Idee ein wenig der maritimen Welt meiner Kindheit in mein hiesiges Landleben gerettet.

Das Wiedersehen mit der Gentildonna war zwiespältig. Das Bild war erschreckend gealtert. Ein wenn auch sehr feiner Riß klaffte im Holzträger und spaltete die Gentildonna der Länge nach vom Kopf bis zum Gürtel.

Würde dieser Schaden sich vergrößern, müßte ich etwas unternehmen. Ich müßte versuchen, den Riß unter Druck zusammenzuleimen, wohl wissend, daß dabei die Gefahr besteht, daß das ganze komplizierte Spannungsgefüge des

Holzträgers aus den Fugen gerät und sich dann verheerende Folgen in der Malschicht zeigen. Das Hauptproblem bei einem solchen Eingriff ist jedoch die Notwendigkeit, beim Leimen die Kanten des Sprunges exakt auf die gleiche Höhe zu bringen, um das Auftreten störender Lichtkanten zu verhindern. Hierzu dient ein Gerät, das einem mittelalterlichen Folterinstrument nicht unähnlich ist: die sogenannte Dröhnerorgel. Dies ist eine Art Gerüst, aus dem eine Vielzahl auf Gewinden sitzender Bolzen ragen. Sie lassen sich wie Schraubzwingen von oben und von unten gegen den Holzträger verstellen. Mit den Fingerkuppen kann man eine exakte Justierung der gerissenen Fläche kontrollieren.

Zunächst jedoch machte ich mich daran, die Narbe am Hals der Gentildonna zu behandeln. Ich kratzte mit einem Skalpell die lockeren und brüchigen Wundränder aus. Das Instrument verhakte sich dabei an einem festen Widerstand. Ich untersuchte die Stelle mit dem Mikroskop und zog bald darauf mit einer feinen Zange ein Metallstück heraus, offenbar die abgebrochene Spitze eines Messers. Ich überlegte, wo ich dieses kuriose Fundstück aufheben sollte. Dann öffnete ich an meinem großen blauen Schrank die Schublade mit der Aufschrift ›Meer‹ und warf es zwischen all die Muscheln und Seetangreste, die ich aus unerfindlichem Grunde dort aufbewahre.

Anschließend stabilisierte ich die gereinigten Wundränder mit Störleim. Als er getrocknet war, füllte ich den klaffenden Riß mit Kreide, bis das Niveau der ihn umgebenden Malschicht erreicht war. Der nächste Schritt bestand darin, die Saugfähigkeit dieses Untergrundes zu blockieren. Hierzu nimmt man Schellack, den man in Alkohol löst und mit dem Pinsel auf die Kreide aufträgt.

Diese Substanz, die in dünnen, hellgelben Plättchen als sogenannter Tafellack geliefert wird, hat mich schon immer fasziniert. Es ist ein organisches Produkt und daher prädestiniert, als Medikament gegen Bildschäden eingesetzt zu werden. Schellack ist der weiblichen Blattschildlaus zu verdanken. Sie sticht in die Rinde junger Zweige verschiedener Sträucher und legt ihre Eier zum Schutz in die ausfließende Harzmasse. Die Reste der später schlüpfenden, karminhaltigen Insekten bleiben im getrockneten Harz zurück und färben es rot. Dies ist der sogenannte Stocklack, dem man mittels Sodalösungen den roten Farbstoff entzieht, um so den gelblichen Tafellack zu erzeugen.

Als ich ihn in Alkohol löste und die Halswunde damit bestrich, hatte ich das Gefühl, ein liebender Arzt zu sein.

Am folgenden Tag trug ich Dammaharz als Retuschierfirnis auf. Nun begann die eigentliche schöpferische Arbeit. Ich mischte Dammaharz mit Pigmenten aus meiner Muschelpalette in den zarten Farbtönen des Inkarnats der Gentildonna. Es kam auf die höchste Sensibilisierung meines Farbsinnes an. Ich mußte nicht nur die Farbe treffen, ich mußte auch ihren zukünftigen Alterungsprozeß in Rechnung stellen. Die frischen Farben würden bald nachdunkeln, sie würden stumpfer werden durch die Einwirkung der Luft und die inneren chemischen Vorgänge. Es kam darauf an, bei dieser Schönheitsoperation die künstlerische Einheit des Bildes zu wahren.

Ich arbeitete den ganzen Tag wie ein Besessener. Es war draußen längst dunkel, als ich endlich fertig war.

Das Dekolleté meiner Geliebten war nun wieder makellos. Ich hatte perfekte Arbeit geleistet. Kaum war ich jedoch fertig, kam der Schmerz über Lauras Abreise mit doppelter Kraft zurück. Ich eilte in ihre Wohnung und stieg die Wendeltreppe hoch. Sie hatte ihr Bett frisch gemacht, ehe sie gegangen war. Ich hob die Bettdecke an. Ihr Pyjama kam zum Vorschein, bonbonfarben und kindlich gemustert. Ich berührte ihn sanft und voller Zärtlichkeit. Sollte ich mich zu ihm legen? Doch dann zog ich die Hand zurück und deckte ihn sorgfältig zu. Leise ging ich die Treppe hinunter und machte Feuer. Erst als es richtig brannte, verließ ich die Wohnung.

Lauras Fortsein hatte eine irritierende Wirkung auf mich. Ich begriff ihre Abwesenheit weder seelisch noch physisch; ich nahm sie nur mit dem Verstand zur Kenntnis. Es war, als sei eine Figur fein säuberlich aus der Wirklichkeit herausgeschnitten und nun mit der alten Silhouette, aber als Leerstelle präsent, wie bei Lauras Selbstporträts. Überall sah ich meine Geliebte; ich spürte sie und glaubte, ihren Geruch wahrzunehmen. Sie war da und zugleich fort. Ich lief mehrmals die alte Strecke zu ihrer Wohnung, in der festen Erwartung, sie dort anzutreffen; ich legte mich auf Lauras Bett mit dem Gefühl, sogleich ihre Hände auf mir zu spüren.

In der Zeit von Weihnachten bis Anfang Januar ist unser Museum geschlossen. Ich überlegte, ob ich nicht um eine Sondergenehmigung bitten sollte, in meiner Werkstatt arbeiten zu dürfen. Doch dann hatte ich eine gespenstische Idee: Ich rief meine Frau an und schlug ihr vor, nach Wien zu fahren. Zu meiner Überraschung willigte sie ein. Wir hatten in der letzten Zeit nur selten telefonischen Kontakt gehabt, und meine Frau hatte kühl und distanziert gewirkt.

Nun mit ihr die Reise mit Laura zu wiederholen hieße, von einem Bild eine Kopie anzufertigen. Ich war ein Meister darin. Meine Kopien kamen dem Original sehr nahe, in technischer Hinsicht übertrafen sie es sogar.

Natürlich hatte ich meiner Frau nichts von der Wienreise mit Laura erzählt. Wir waren in den letzten Jahren über Weihnachten immer in Wien gewesen. Für sie schien es schön zu sein, mit dieser Tradition trotz unserer Trennung nicht zu brechen. Oder hoffte sie auf meine Rückkehr?

Ich rief an und bestellte das gleiche Zimmer, das ich mit Laura bewohnt hatte. Als ich es betrat, glaubte ich, Laura im Bett zu sehen, dann vor dem Fenster, vom Vorhang eingehüllt. Ich ging mit meiner Frau all die Wege ab, die ich mit Laura gegangen war. Manchmal wunderte sich meine Frau über meine Ortskenntnisse, über die Sicherheit, mit der ich mich nachts in den schwach beleuchteten Seitenstraßen des Viertels zurechtfand.

Ich besuchte die gleichen Kneipen und Cafés und setzte mich, wenn möglich, auf einen Stuhl, den ich damals benutzt hatte. Ich ging mit meiner Frau in die gleichen Theaterstücke und versuchte, die gleichen Plätze zu bekommen. Wir sahen Schnitzlers Reigen in der gleichen Loge. Ich saß wieder auf dem erhöhten Hocker und blickte in den Logenspiegel. Ich glaubte, Lauras Haare zu sehen. Dabei hatte ich den Eindruck, daß sie die Augen geschlossen hielt. Schlief sie? Dachte sie an mich? Ich berührte sie sanft am Hinterkopf. Es war eine leichte, sehr zärtliche Geste. Sie drehte sich zu mir um und blickte mich an mit den großen blauen Augen meiner Frau.

Nachts lag ich auf der gleichen Seite des Doppelbettes. Meine Frau hatte die Matratzen ein wenig auseinandergezogen, so daß ein kleiner Graben entstand, eine symbolische Handlung, die eine erstaunlich magische Kraft besaß. Ich traute mich kein einziges Mal, den Arm über diesen Graben zu strecken und sie zu berühren.

Meine Frau wurde krank. Eine Virusgrippe, glaubten wir damals. Heute neige ich zu der Ansicht, daß ihre Krankheit die Folge meines Versuchs war, sie zum Bestandteil einer Fälschung zu machen. Sie blieb im Bett und schlief nun auch tagsüber viel. Es gehe ihr nicht schlecht, beteuerte sie immer wieder. Sie sei nur unendlich schwach, und sie genösse es, in diesem Raum krank zu sein. Die Vorhänge blieben zugezogen. Sie hatten das gleiche Grün wie die Vorhänge meines eigenen Zimmers. Im Unterwasserlicht, das den Raum füllte, trieb meine Frau durch ihren Halbschlaf und ihre Träume.

Ich versorgte sie liebevoll, stellte ihr Obst ans Bett, beschaffte ihr Bücher, in denen sie mehr blätterte als las. Dann ging ich fort, allein durch die Straßen, durch die ich mit Laura gegangen war, trank nun allein meine Melange in unseren Cafés auf meinem alten Stuhl, in Lauras imaginärer Gegenwart.

Ich hatte noch einmal mit ihr telefoniert. Es war kurz nach Weihnachten. Laura war, wie ich wußte, für eine Nacht in ihre Wohnung zurückgekehrt auf der Reise von ihren Eltern nach Australien. Während unseres kurzen Gesprächs war mir ihre Stimme fremd vorgekommen. Ich sagte ihr, daß ich sie liebe. Sie nahm es schweigend zur Kenntnis. Dann gab ich ihr die Telefonnummer des Hotels in Wien, und sie versprach, vom anderen Ende der Welt aus anzurufen.

Nun lauerte ich darauf. Sie kann nur heimlich anrufen, überlegte ich. Von einer Telefonzelle aus, frühmorgens, wenn sie einkaufen geht. Ich berechnete die Zeitverschiebung und kam zu dem Schluß, daß später Abend die wahrscheinlichste Tageszeit für eine Kontaktaufnahme war. Ich wartete jeden Abend von zehn bis zwölf. Das Telefon stand auf dem Fensterbrett, halb verdeckt vom Vorhang, der ein wenig ins Zimmer hineinwehte, weil ich auf Wunsch der Kranken das Fenster geöffnet hielt.

Ich saß in einem Ohrensessel und starrte das Telefon an. Ich dachte bald nichts mehr. Auch verlor ich das Zeitgefühl. Es war ein Zustand wie in Trance. Reines Warten, das den Bezug zu seinem Gegenstand genauso verloren hatte wie zu dem Wartenden selbst.

Meine Frau lag im Bett und schlief. Sie hatte die Decke bis zur Nasenspitze hochgezogen. Sie glich einer Toten. Auch in mir war nicht viel Leben, nur dieses Warten, das die Zeit zum Stillstand brachte. Es kam vor, daß ich in meinem Sessel einschlief. Doch meist ging ich nach zwölf noch einmal hinunter in ein nahegelegenes Café. Auch dort hielt die Trance an. Ich blickte über den Rand meiner Halbbrille ins

Lokal, sah die Mäntel wie Schattenwesen des Hades an den Garderobenständern, winkte mit einer müden Handbewegung einen der lautlosen Kellner herbei, sah diese Unterwelt in den großen Spiegeln, in denen alles schräg abwärts geneigt noch einmal vorhanden war, so daß man fürchten konnte, dieses ganze trübe Interieur müßte gleich ins Nichts abrutschen wie von einem ungeschickt gehaltenen Tablett.

Ich trank Bier und Wacholderschnaps und sprach leise mit mir selbst. ›Laura‹, flüsterte ich. ›Warum bist du so weit weg.‹ Ich raschelte mit Zeitungen, ohne sie zu lesen. Wenn ich zahlte, gab ich überhöhte Trinkgelder.

Einmal schrieb ich hier einen Brief an meine Geliebte. Vergeblich suchte ich nach Formulierungen. Schließlich holte ich einen Stapel Zeitungen und suchte in den Artikeln nach passenden Worten. Alles, was ich sagen wollte, war irgendwo in diesen Blättern versteckt. Das Wort Liebe tauchte in jeder Zeitung auf. Ich schrieb ›Laura‹. Als ich mir diesen Namen vorsprach, entdeckte ich, daß es keine Stelle in ihm gab, bei dem die Lippen sich berührten. Der Mund blieb halb geschlossen. Ich mußte an die Gentildonna denken. Vielleicht hatte sie der Maler in dem Augenblick festgehalten, in dem sie ihren Namen sprach.

Schließlich hob ich den Füller gegen das Licht einer dieser Wandlampen mit stockfleckigen Faltenschirmen. Ich beobachtete, wie die Tinte das Sichtfenster je nach Neigung unterschiedlich blau färbte. Meer und Himmel. Der Himmel rann ins Meer hinab, das Meer in den Himmel. Ich träumte, bestellte noch einen Wacholderschnaps. Es roch nach Desinfektionsmitteln aus dem Herrenklo. Dann begann ich zu schreiben:

›Ein Kind versteht die Zusammenhänge der Welt nicht, Laura. Aber es ist selbst ein Zusammenhang. Ein Kind ist daher unfähig zu lügen, auch wenn es nicht die Wahrheit sagt. Ich verstehe nicht, daß du so weit weg bist, Laura. Die

Entfernung zwischen uns ist eine Unwahrheit, für die ich kein Verständnis habe. Ich bin unfähig, dich nicht zu lieben, Laura. Deshalb werde ich mich nicht wehren, wenn du nicht wiederkommst.‹

In der Nähe unseres Hotels gab es ein riesiges, schwarzgraues Gebäude mit vergitterten Fenstern. Irgendwo an seiner langen Fassade war ein Müllbehälter und direkt daneben ein Briefkasten. Dorthin ging ich am folgenden Vormittag. Ich hob die Klappe und sah in den Schlitz. Ich glaubte, den Wind pfeifen zu hören in der Dunkelheit des Kastens. Wind, der durch die Straßen von Wien fuhr und sich in diesem Hohlraum verfing. Für mich war es der Wind über den Ozeanen, die zwischen mir und Laura lagen.

Ich hob den Kopf und sah die Straße entlang. ›Aus und vorbei‹, flüsterte ich, ›aus und vorbei.‹ Ich warf den Brief in den Kasten. Er würde tagelang unterwegs sein. Es tröstete mich, daß er nun nicht mehr aufzuhalten war.

Ich ging ins Hotel, zog mich aus und legte mich in mein Bett. Ich starrte auf die grünen Vorhänge und lauschte auf den Atem meiner Frau. Sie schlief auf der anderen Seite des Matratzengrabens. Es kam mir vor, als befände sie sich weiter entfernt als Laura jenseits des Meeres.

Die Qual des Wartens vor dem Telefon wurde von Tag zu Tag schlimmer. Kurz vor dem Ende der Ferien beschloß ich, aus diesem Käfig auszubrechen. Willkommenen Anlaß dazu bot mir eine Einladung des Restaurators der hiesigen Galerie. Ich hatte ihn angerufen und mich mit ihm für den Abend verabredet.

Er wohnte in einem der äußeren Bezirke in einer kleinen Wohnung, in einem häßlichen Häuserblock gelegen. Die Räume enthielten alle erdenklichen Merkmale kleinbürgerlicher Depressivität. Erstaunlicherweise gab es kein einziges Bild an den Wänden. Ich nahm innerlich erleichtert Platz.

Mein Gastgeber saß an einem billigen Sofatisch und zerstückelte eine Pizza, die er in seinem Mikrogrill heiß gemacht hatte. Er bot mir davon an, ich jedoch hatte keinen Appetit. Ich rauchte und trank Schlehengeist, den er in großen Trinkgläsern servierte. ›Wissen Sie, die Arbeit macht mir keinen Spaß‹, sagte er, ›weil alles, was ich damit verdiene, meine Frau kassiert. Ich lebe, wie Sie bereits wissen, in Scheidung. Sie läßt mein Gehalt pfänden, das Biest. Sie hat überhaupt kein Ehrgefühl.‹

Ich versuchte zu fachsimpeln, erzählte von dem Tafelbild, das ich im Depot gefunden hatte. Er schien wenig interessiert. ›Wissen Sie, gute Bilder gibt es wie Sand am Meer‹, sagte er. ›Das liegt an dieser primitiven Malwut, die die Genies genauso überkommt wie die Stümper. Darin sind sie sich gleich. Die sollten wissen, daß sie uns damit nur Scherereien machen.‹ Er goß Schnaps nach und schnitt mißgelaunt an seiner Pizza herum. ›Pro Jahrhundert gibt es drei Maler, die in ihrem Leben drei Bilder malen, die keine Fälschungen sind. Der Rest ist überflüssig.‹ Er schnaubte wütend und steckte sich eine Zigarette an.

Ich erzählte von Laura. Von ihrer Ähnlichkeit mit dem Bild, von meiner Besessenheit, meiner Liebe zu ihr. ›Postpubertärer Gefühlskitsch‹, sagte er. ›Diese Laura wird genauso ein Biest wie meine Frau, wenn Sie sie erst haben. Ich würde an Ihrer Stelle die Finger davon lassen. Sie ist eine Fälschung Ihrer Triebe. Grundiert haben sie mit Weltschmerz.‹

In diesem Augenblick klingelte das Telefon. Mein Gastgeber genoß es sichtlich, nicht gleich abzuheben. Jedes Läuten schnitt mir ins Herz. Schließlich nahm er ab und reichte mir kurz darauf den Hörer. ›Für Sie. Eine Frau, wenigstens ist es nicht die meine.‹

Es war meine Frau. ›Sie hat eben angerufen‹, sagte sie. ›In einer halben Stunde will sie es noch einmal versuchen.‹

Ich hielt den Hörer wie eine Hantel. Meine Fingerknöchel traten weiß hervor unter seinem Gewicht. Ich erhob mich und stürzte davon. Mein Gastgeber rief mir etwas ins Treppenhaus nach, aber ich hörte nicht hin. Ich rannte auf der Straße und sah nur meine Fußspitzen, wie sie wieder und wieder in eine Dunkelheit stießen, die nicht weichen wollte.

Einige hundert Meter entfernt sah ich den erleuchteten Bus an der Haltestelle. Der Fahrer saß am Steuer und las Zeitung. Ich tastete in der Brusttasche meines Jacketts nach dem Brillenetui. Es war nicht da.

Ich rannte zurück in einer Art Blindheit, wie sie höchste Angst erzeugt. Stolperte die Treppe hoch und riß dem anderen das Etui aus der Hand, das er in Erwartung meiner Rückkehr bereits herbeigeholt hatte. ›Nichtigkeiten, wegen denen man sich echauffiert, machen lächerlich‹, sagte der Restaurator. Dann war ich wieder auf der Straße. Vor mir sah ich den Bus. Der Fahrer hatte die Zeitung beiseite gelegt. Seine Hände lagen auf dem Steuer.

Ich sah, wie er den Zündschlüssel drehte. Ich lief mitten auf dem Asphalt, als könnte ich so den Fahrer zwingen, nicht ohne mich zu fahren. Mit letzter Kraft kämpfte ich gegen die reißende Strömung. Der Bus fuhr an. Aber der Fahrer hatte die Vordertür aufgelassen, und ich sprang hinein. Als ich schweratmend auf meinem Sitz saß, sah ich mich immer noch rennen. Eine kleine, vorgebeugte Gestalt mit rudernden Armen.

Meine Frau erwartete mich. Sie stand im Nachthemd in der Tür und sah mich mit kindlicher Verwunderung an. ›Sie hat angerufen‹, sagte sie. Sie wiederholte diesen Satz mehrmals. Zum erstenmal verspürte ich starke Schuldgefühle. ›Geh bitte wieder ins Bett‹, sagte ich brüsk.

Ich saß im Sessel und starrte das Telefon an.

Als es klingelte, rührte ich mich nicht. Ich war wie paralysiert. Dreimal – viermal – fünfmal dieses schrille Läuten. Mit einer gewaltigen Kraftanstrengung nahm ich den Hörer ab. Zwei Stimmen sprachen englisch. Die eine Stimme war kühl, kommerziell, die andere warm und zärtlich. Es war Laura, die die Beträge der Münzeinwürfe wiederholte, die der Operator vorzählte. Sie wußte nicht, daß ich bereits mithören konnte. Als die Verbindung zustande gekommen war, wurde Lauras Stimme um eine Nuance härter. ›Ich habe Phil alles erzählt‹, sagte sie. ›Es war schlimm. Ich weiß nicht, was ich machen soll. Ich kann ihm doch nicht so weh tun. Am besten, ich verschwinde einfach aus euer beider Leben. Es ist doch furchtbar, sich entscheiden zu müssen. Entscheidungen sind immer dumm und grausam. Was soll ich nur machen?‹

Ich achtete kaum auf das, was sie sagte. Ich konzentrierte mich ganz auf die Melodie ihrer Stimme. ›Laura‹, sagte ich. ›Ich liebe dich so sehr.‹ ›Ich verstehe dich nicht, du mußt lauter reden‹, sagte sie. ›Es ist mir so schwer, daß du bei deinem Mann bist, Laura. So weit weg.‹ ›Du mußt näher am Hörer sprechen. Du bist kaum zu verstehen.‹

Die Stimme des Operators mischte sich ein und kündigte das Ende des Gesprächs an. ›Laura, ich liebe dich‹, sagte ich mitten in das Klicken der Unterbrechung hinein, dem nun das Rauschen einer toten Leitung folgte.

Wir fuhren zurück. Dabei hatte ich das groteske Gefühl, daß wir uns von Australien entfernten. Die meiste Zeit verbrachte ich auf dem Gang und starrte zum Fenster hinaus. Einige Male lief ich durch die Waggons bis zum Zugende, wie um mich Lauras Heimat zu nähern.

Der Abschied von meiner Frau war freundlich. ›Die Reise hat uns gutgetan‹, meinte sie. ›Wir sind uns nicht mehr so fremd.‹

Dann war ich wieder in meinem Zimmer. Ich warf mich aufs Bett und umklammerte Lauras Schlafsack, der dort noch lag. Ich vergrub das Gesicht in ihm und versuchte, ihren Körpergeruch aufzuspüren. Aber es roch nur nach Kunststoff und Zigarettenrauch.

Später ging ich in Lauras Wohnung. Auf dem Tisch lag ein Brief von ihr. Offenbar in großer Eile geschrieben, die Schrift fahrig und auseinandergezogen. ›Ich weiß nicht, was ich machen soll‹, stand da. Es folgten eine ganze Reihe von Konjunktiven. Mitten zwischen den ›Vielleichts‹ und den Einschränkungen stand eine Liebeserklärung. Sie war so banal formuliert, daß ich sie glaubte.

Ich ging die Wendeltreppe hoch, zog mich aus und legte mich in Lauras Bett. Das Bettzeug war klamm, und mir wurde nicht warm. Wie ein Alptraum drängte sich mir eine Vision auf. Ich sah eine endlose Flucht aller leeren Zimmer dieser Welt. Ein riesiges Labyrinth, durch Flure verbunden. Alle Türen standen offen. Nur die hauchdünne Tapete neben mir trennte mich vom Sog dieser Räume.

Laura wachte vielleicht gerade in diesem Augenblick neben ihrem Mann auf. Ich wußte, wie sie aufwachte. Sie hatte die Angewohnheit, sich mit der Wange eine Mulde ins Kissen zu drücken. Dazu bewegte sie mit geschlossenen Augen ihren Kopf hin und her, mit der Genußfähigkeit eines Kindes.

Ich schlief kaum. Am nächsten Morgen ging ich ins Museum hinüber. Der erste, der mir begegnete, war Labisch. ›Da sind Sie ja endlich‹, sagte er. ›Wir haben Sie schon gestern erwartet. Sie sehen gar nicht gut aus. Haben Sie sich nicht erholt?‹ Es kam mir vor, als redeten meine Eltern. ›Wien hat zu viele Ecken‹, sagte ich. ›Was gibt es Neues im Haus?‹

›Der Herr Direktor möchte Sie sprechen. Er scheint von irgend etwas ganz angetan zu sein.‹ Wieder hatte ich ein schlechtes Gewissen. Ich fuhr mit dem Fahrstuhl hoch. Dann saß ich wie ein Angeklagter vor dem Designerschreibtisch. ›Ich muß schon sagen‹, bekam ich zu hören, ›Sie haben ein sicheres Gespür. Ich verstehe Sie vollkommen, auch als Mann übrigens.‹

Es dauerte einen Moment, bis ich begriff, daß er von der Gentildonna sprach. Er hatte sie sich also inzwischen angesehen. Während meiner Abwesenheit. Ich war wütend und verletzt.

›Ich überlege mir ernsthaft‹, fuhr der Chef fort, ›ob wir nicht Platz schaffen sollen für Ihre Schöne. Durch den Neubau wird dies vielleicht möglich sein. Machen Sie jedenfalls weiter mit Ihrer Arbeit daran und sorgen Sie für eine angemessene Rahmung. Aber übertreiben Sie nicht. Sie sehen reichlich abgespannt aus.‹

Eigentlich hätte ich froh sein müssen, denn ich hatte erreicht, was ich wollte. Doch ich war überreizt. Ich ertrug es kaum, mit diesem kritisch besorgten Blick angesehen zu werden.

Nach dem Dienst lief ich oft durch jene Stadtteile, die ich mit Laura entdeckt hatte. Sie wurden mir nicht vertraut, obwohl ich versuchte, mir die Straßennamen zu merken. Es war ein Niemandsland, ich ein Fremder darin, Laura verschollen. ›Australien‹ nannte ich diese Gegend.

Dann mußte ich wieder als Kurier in den Norden reisen, um die drei Expressionisten zu holen. Ich löste eine Umwegkarte und fuhr in Lauras Heimatstadt. Ich war aufgeregt, als sei dies gleichbedeutend mit einem Wiedersehen. Als ich das Bahnhofsportal öffnete, wehte mir feuchte Salzluft entgegen.

Ich war glücklich, denn ich unternahm eine Reise in Lauras Vergangenheit, die meiner eigenen so ähnlich war. Es war, als würde ich ein Bild auf eine Weise rahmen, die seine Wirkung steigerte.

Ich betrat eine Telefonzelle und sah im Telefonbuch unter Lauras Mädchennamen nach. Die Lage der Straße ermittelte ich auf einem Stadtplan hinter Schleiern von Kondenswasser. Dann mietete ich ein Zimmer in einem billigen Hotel. Ich legte mich aufs Bett und machte den Fernseher an.

Regen prasselte gegen die Scheiben. Ich nahm die Fernbedienung und schaltete zwischen Programmen hin und her. Es machte mir Vergnügen, die Scheinwelt zu zerstückeln, eine Liebesszene aus einem amerikanischen Serienfilm durch einen leichten Druck meines Fingers in ein kurzes Nachleuchten eines Kathodenstrahlpunktes zu verwandeln. Ich war erschöpft und fühlte mich zugleich stark wie selten. Liebe war eine einsame Angelegenheit. Sie paßte in dieses häßliche Zimmer.

Als es dämmerte, verließ ich das Hotel. Der Sturm hatte noch zugenommen, und ich mußte mit den Windböen kämpfen. Ich schmeckte Salzluft auf den Lippen und verspürte ein Glücksgefühl wie schon lange nicht mehr. Im Windschatten einer Häuserwand blieb ich stehen und wischte mir die Tränen aus den gereizten Augen. ›Tränen fließen gar so süß, erleichtern mir das Herz‹, sang ich innerlich. Dann sah ich den Deich, hinter dem Lauras Elternhaus lag. Er säumte eine Bucht in einem sanften Bogen, auf dessen konkaver Seite sich das Meer staute. Wellen gischteten über die Steinbefestigung und leckten die Grasnarbe hoch. Hier also war sie als junges Mädchen spazierengegangen, mit dem Hund tagsüber, nachts mit einem ihrer Liebhaber. Auch mit ihrem Mann war sie hier gelaufen. Ich ging nun selber über den Deich, schräg gegen den Wind gelehnt. Wieder verschwamm mein Blick in Tränen, die die beizende Luft hervorriefen. Inmitten unscharf verlaufender Konturen meines Blickfelds glaubte ich, sie vor mir zu sehen. Weit voraus schritt sie, und so gerade, als wehte der Wind durch sie hindurch.

Ich lief die Deichböschung hinunter und setzte mich auf die Steine am Deichfuß. Meine Haut brannte vom Salzwasser, und mir war kalt und heiß zugleich. Ich war durchnäßt und in einem Zustand der Willenlosigkeit. Es dauerte einige Zeit, bis ich aufstand und in eine Gaststätte ging.

Ich nahm an einem der Fenster mit Seeblick Platz. Hier

hatte sie auch schon gesessen und sicher nicht allein. Ich fuhr mit der Hand über die wollene Tischdecke und trank hastig zwei Gläser Grog. Ich war benommen und fühlte, daß ich krank wurde. Dies war mir recht. Eine Krankheit würde alles vereinheitlichen, meine Sehnsucht, meine Eifersucht, meine Liebe, mein Alleinsein. Auch die Entfernungen würden sich verändern. Australien würde näher sein als ein Blumentopf auf der Fensterbank, wenn das Fieber stark genug war.

Dann stand ich vor Lauras Elternhaus. Mein Finger schwebte über dem Klingelknopf. Ich zögerte. Was sollte diese Einmischung! Das Schrillen kam von weit oben. Es dauerte lange, bis die Haustür sich öffnete und Laura erschien.

Sie blickte mich an mit einer Mischung aus Neugier und Mißtrauen. Erkannte sie mich nicht? Ich erkannte sie sehr wohl, und ich erschrak. War so viel Zeit über meinem Warten verstrichen? Laura war um drei Jahrzehnte gealtert. Doch sie sah immer noch schön aus mit ihren grauen Korkenzieherlocken. Sie sieht Ihnen übrigens ähnlich, Madame. Das Craquelé des Alters hat Ihnen beiden gutgetan.

Ich fühlte mich genötigt, ein paar Worte der Erklärung zu sagen: ›Ich bin ein Kollege Ihrer Tochter. Ich bin Lehrer an der Schule, wo sie das Stipendium hat. Ich habe dienstlich in dieser Gegend zu tun. Da dachte ich, ich schau mal vorbei und bestelle Grüße.‹ ›Laura ist in Australien‹, sagte ihre Mutter. Es war, als beschwöre der Ton ihrer Stimme das Ausmaß der Entfernung.

Noch immer versperrte sie den Eingang mit ihrer Gestalt. Sie trug ein blaues Kleid, und unwillkürlich suchte ich nach dem Brandfleck. Dann hörte ich die Stimme eines Mannes. ›Wer ist da?‹ Lauras Mutter wandte den Kopf. ›Ein Herr, ein Bekannter von Laura!‹

Nun endlich wurde ich gebeten hereinzukommen. Ich

folgte ihr die Treppe hoch in die steigende Wärme des Hauses. Auf dem obersten Treppenabsatz empfing mich Lauras Vater. Er schüttelte mir lange und herzlich die Hand. Und dann tauchte ich in ein lauwarmes Wasser der Behaglichkeit, das aus allen Dingen in diesem Wohnzimmer zu fließen schien.

Ich fühlte mich wohl, trotz schlechtem Gewissen, und benahm mich wie ein guter Bekannter, herzlich und zugleich zurückhaltend. Dabei überlegte ich, wie ein so irrlichterndes Wesen wie Laura aus diesem Miniaturweltall harmonisch verteilter Sternbilder aus schmückenden und nützlichen Dingen hervorgegangen sein konnte. Lauras Mutter füllte die Zuckerdose nach. Ein paar weiße Kristalle fielen daneben und blieben auf dem Nußbaumfurnier der Tischplatte liegen. Sie wurden nicht entfernt. Vielleicht war es dies. Vielleicht waren so die Widersprüche in Lauras Wesen entstanden.

Nach dem Tee gab es Wein. Kerzen brannten. Schwerelos trieb ich durch diesen Kosmos, vorbei an Bücherrücken hinter der Glasvitrine, an gehäkelten Deckchen, einer Obstschale voller Clementinen, an Familienfotos, Laura auf dem Roller, Laura am Strand, Laura mit Schultüte, Laura in ihrem ersten Bikini, Laura neben einem Schneemann, Laura bei der Hochzeit. Zum erstenmal sah ich ein Bild ihres Mannes. Er war gutaussehend. Sagt man dies nicht von bestimmten Männern? Gutaussehend.

Schließlich schwemmte mich eine sanfte Strömung von Trunkenheit, beginnendem Fieber und Müdigkeit das Treppenhaus hinab in die kalte Nacht. ›Wir rufen unsere Tochter heute noch an‹, rief der Vater mir nach. ›Wir werden ihr von Ihrem Besuch berichten.‹

Es kam mir vor, als sei der Pazifik ein Goldfischteich im Vorgarten. Der Sturm hatte sich gelegt, am Himmel sah man die Milchstraße, so klar war es. In der halboffenen Haustür sah ich Laura stehen, wie ich sie noch in dreißig Jahren lieben würde.

In der Nacht wachte ich mitten in einer Wolke feinster Partikel auf. Ganz allmählich begriff ich, daß ich hohes Fieber hatte. Ich hörte mich stöhnen wie jemanden, der sterbend im Nebenzimmer liegt. Ich fühlte mich leicht und körperlos. So trieb ich durch eine leuchtende Staubwolke von winzigen Bildern. All die Augenblicke, die mein Gedächtnis bewahrt hatte, eine Schulterlinie, ein Kopfschütteln, ein halbes Lächeln, Laura, wie sie Zwiebeln schnitt, eine Locke, die sie sich aus der Stirn blies, ehe sie mich küßte.«

Sechster Abend

Offenbar hatte Francesco sich so tief in seine Geschichte hineingeredet, daß er in der Nacht Fieber bekam und sich den folgenden Tag mit den Symptomen einer Grippe herumschlagen mußte. Er duldete es zum ersten Mal, daß Madame Régusse ihm sein Frühstück ans Bett brachte. Sie hatte ihm statt des Kaffees einen Tee gemacht und statt des Brotes eine dünne Suppe Haferschleim. Francesco war dankbar. »Ich werde wieder zum Kind«, dachte er.

Am Abend bestand er darauf, seine Erzählung fortzusetzen. Er fühlte sich elend, aber er fürchtete, den Faden zu verlieren, wenn er pausierte. »Ich meine nicht den Faden der Handlung, sondern den, mit dem ich gefesselt bin«, sagte er. Dann fuhr er in sichtlicher Erregung fort: »Es gibt eine tropische Pflanze namens Hypnora. Sie hat weder Blätter noch einen Stengel, noch Wurzeln. Nur eine große, fleischrote Blüte, die auf anderen Pflanzen wächst. Ein Schmarotzer. Sie sieht einer Vulva verblüffend ähnlich. Sie strömt einen betäubenden, unangenehmen Geruch aus, der Käfer anlockt. Die kriechen in den roten Schlund der Blüte und sind gefangen. Feine Härchen und ein klebriger Schleim verhindern, daß sie wieder hinauskönnen. Zwei Tage lang krabbeln die Käfer in ihrem Gefängnis umher und befruchten dabei die Blüte, indem sie den Pollenstaub zu den Stempeln tragen. Dann stirbt die Blüte. Sie hat nur zwei Tage gelebt, nun verwelkt sie innerhalb weniger Stunden, und die Käfer können wieder hinaus.

Auch ich fühlte mich gefangen. Als ich mit meinem Klimakoffer auf der Rückreise im Zug saß, wurde mir klar, daß ich nur die Wahl hatte, mich immer tiefer in die Widersprüche und Halbheiten meiner Liebe zu Laura zu verstricken oder aber mich aus eigener Kraft herauszuziehen. Dies führt zu dem alten Münchhausenproblem: Sich am eigenen Zopf aus dem Sumpf ziehen zu wollen bedeutet, daß Ursache und Wirkung, Helfender und Geholfener ein geschlossenes System bilden, in dem sich Kraft und Gegenkraft zu null aufheben.

Die einzige Möglichkeit, mich auf festen Boden zu retten, schien mir meine Arbeit zu sein. Ich begann zu malen, und ich kümmerte mich intensiver denn je um meine offizielle Tätigkeit. Ich hatte schon oft gemalt, aber noch nie mit solcher Entschlossenheit wie jetzt. Ich begann eine Serie von Akten. Ich stellte die Staffelei neben das Bett, legte die Schubertplatte auf und wartete, bis ich Laura vor mir sah. Ich sah deutlich ihren Körper. Bei der Umsetzung meiner Vision auf die Leinwand ging jedoch die Erotik des Motivs verloren. Was ich zustande brachte, war nicht schlecht. Es war jedoch nur kühle Beherrschung der Farben und Flächen.

Erfolgreicher war ich beim Restaurieren. Ich arbeitete nicht nur an der Gentildonna, sondern auch wieder am Stadtprospekt. Ich hatte inzwischen herausgefunden, daß mein Kollege zwar sehr gründlich und präzise arbeitete, daß ihm aber das Gefühl für die Feinheiten der Retusche abging. Er hatte keinen Farbsinn. Nachdem er auf dem Bild den weiten Rock einer daumengroßen Wäscherin ausgebessert hatte, sah der aus, als käme er soeben aus der chemischen Reinigung.

Auf mein Drängen überließ er mir nun all jene Arbeiten am Bild, bei denen es auf die einfühlsame Nuancierung der Pigmente ankam, während ihm die großflächigen Aufgaben wie die Firnisabnahme und der spätere neue Firnisauftrag überlassen blieben.

Nach Dienstschluß blieb ich meistens in meiner Werkstatt und widmete mich der Gentildonna. Dies fiel mir nicht leicht, da ich auf Lauras Anruf wartete. Aber ich entschied mich für die Hälfte der Person, die mir physisch näher war.

Bislang war ich bei der Restaurierung der Gentildonna sehr unsystematisch und emotional vorgegangen. Nun zwang ich mich, Firnisabnahme, Retusche und konservatorische Maßnahmen so auszuführen, wie es dem Ethos meines Berufs entspricht. Der Riß im Holzträger hatte sich inzwischen erweitert. Ich beschloß, die Gentildonna der Folterung durch die Dröhnerorgel zu unterziehen. Sie sah schrecklich aus als Beute dieses Polypen. Mit dem Finger tastete ich die Ränder des Risses ab, und wie ein Liebhaber fühlte ich die kleinsten Unebenheiten auf der empfindlichen Haut meiner Geliebten.

Als der Leim getrocknet war und ich die Schraubzwingen löste, zeigte sich, daß ich perfekt gearbeitet hatte. Ich mußte nur wenig an der Malschicht korrigieren, um den Eindruck einer vollkommenen Heilung zu erzeugen.

Unterdessen gab ich den Rahmen in Auftrag. Ich wollte einen Sansovinorahmen aus dem Holz der Zirbelkiefer. Sansovino war ein toskanischer Bildhauer aus dem 15. Jahrhundert, dessen Werkstatt stilprägend für die Gestaltung von Rahmen war. Sie wurden schon damals aus der in den Alpen wachsenden Zirbelkiefer geschnitzt. Das Holz dieses Baumes ist ideal, denn es besitzt genug Härte und Stabilität und ist zugleich leicht genug, mit dem Messer bearbeitet zu werden. Rahmen sind mehr als eine optische Begrenzung der Leinwand oder Bildtafel. Sie sollten immer in einer Art Liebesverhältnis zum Bild stehen. Man kann Bilder durch eine falsche Rahmung stark beeinträchtigen. Wilde Barockrahmen können die Klarheit einer Komposition förmlich überfluten, ebenso kann das Understatement zu schlichter Rahmung eine Wirkung provozieren, die die Malerei von außen her überfremdet.

Ich suchte nach Vorbildern. Der Erhalt originaler Rahmung gehört leider zu den höchst seltenen Ausnahmen der Kunstgeschichte. Ich wurde jedoch fündig. Ausgerechnet das erstaunliche Porträt einer ebenso erstaunlichen Dichterin des 15. Jahrhunderts namens Laura Battiferri, gemalt vom größten Genie des Manierismus, Pontormo, war mit einem Originalrahmen versehen, der wie maßgeschneidert zur Gentildonna paßte.

Es war mehr als ein Zufall. Battiferro heißt Schmiedehammer. Dies paßte zu den harten Zügen der großnasigen Laura Battiferri, die ein selbst für die Renaissance extremes Selbstbewußtsein auszeichnete. Die Gentildonna hingegen war kleinnasig, ihre Züge waren weich, sie gehörte zu den Frauen, die auch in der elegantesten Robe nackt aussehen. Physiognomisch war meine Laura das krasse Gegenstück zu jener Poetin. Dennoch verband sie etwas: die geradezu unerhörte Sicherheit, mit der sie sich selbst vertraten, indem sie ihr wahres Innenleben verhüllten.

Jener Sansovinorahmen mit seinem verhaltenen Reichtum an Ornamentik, den sechs Rosetten, den fast schlichten Voluten, der zurückhaltenden Vergoldung und dem rotbraunen Holzton hielt auf ideale Weise die Balance zwischen Schlichtheit und Prunk.

Ich beglückwünschte mich zu dieser Entdeckung und schickte genaue Bauzeichnungen und Fotografien des Rahmens an eine toskanische Werkstatt, die sich auf die Herstellung von Sansovinorahmen spezialisiert hat. Ich war mir im klaren, daß ich die erheblichen Kosten aus eigener Tasche würde zahlen müssen, falls es mir nicht gelänge, meinen Chef von der Notwendigkeit einer derart aufwendigen Rahmung zu überzeugen.

Obwohl ich mich so in die Arbeit stürzte, ging es mir nicht gut in diesen Wochen. Ich kam sehr herunter. Wenn ich nicht in meiner Werkstatt war, war ich in meinem Zimmer. Ich schlief nur noch stundenweise und saß sonst am Fenster und starrte hinaus. Ich versuchte, Laura in meinen Gedanken entgegenzugehen. Ich wartete auch nachts auf ihren Anruf, denn ich ging davon aus, daß sie mir ihre Rückkehr ankündigen würde. Es war kaum denkbar, daß sie ihr Stipendium aufgeben würde, selbst wenn ihr Mann sie bedrängen sollte.

Ich trank und rauchte zu viel und aß kaum. Es kam bald so weit, daß ich Halluzinationen hatte. Häufig begannen sie damit, daß ich klares Wasser vor mir sah. Es strömte und quoll aus sich selbst hervor in einer Durchsichtigkeit, die etwas Bedrohliches an sich hatte. Ich sah es plötzlich aus dem Teppichboden steigen, oder es sickerte aus den Armlehnen meines Sessels. Mit geschlossenen Augen lag ich zurückgelehnt und badete meine Hände in der kühlen Nässe. Die Bilder wurden immer deutlicher. Wie eine Schlange aus flüssigem Kristall wand sich ein Fluß zwischen grün bemoosten Ufern. Rechts und links ragten unbesteigbare, graue Felswände auf. Je weiter ich den schmalen Pfad stromauf lief, desto enger wurde das Tal. Es war kühl und feucht. Immer stärker wurde ein süßlicher Modergeruch.

Am Ende des Weges, wo die Felswände in spitzem Winkel zusammentrafen, entsprang der Fluß zwischen algenbesetzten Steinbrocken und filzigem Gebüsch. An tausend Stellen quoll kristallklares Wasser aus Spalten und Ritzen. Es waren Nebenquellen. Der eigentliche Ausfluß befand sich oberhalb davon, eine ovale Öffnung, die im Schatten einer halbschalig gewölbten Grotte mit glatten Wänden lag. In ihr stand ein Spiegel klaren Wassers. Seine Oberfläche hob und senkte sich kaum, wie die Brust eines Schläfers. Hiervon ging etwas zugleich Anziehendes und Furchterregendes aus.

Sie werden meinen, Madame und Monsieur, daß diese Schilderung meiner damaligen Halluzination allzusehr von dem Ort inspiriert wurde, an dem ich sie Ihnen soeben gegeben habe. Doch bin ich mir sicher, daß sich mein Gedächtnis nicht täuscht. Ich träumte damals in der Tat von diesem Ort, vom ›vallis clausa‹, in das sich Petrarca zurückzog, um Laura auf unkörperliche Weise nahe zu sein. Ich hatte damals bereits einiges über sein Leben gelesen und auch Abbildungen dieses Tales gesehen. Daß meine Vision jedoch dermaßen der Wirklichkeit entspricht, konnte ich unmöglich ahnen.

Es war Anfang Februar, als ich nach einer meiner halb durchwachten Nächte, zerschlagen an Kopf und Gliedern, in meine Werkstatt ging, um einige schriftliche Unterlagen zusammenzustellen. Ich sollte an diesem Tag an einer Rundfunkdiskussion über die unterschiedlichen Konzepte amerikanischer und europäischer Restauratoren im Studio eines süddeutschen Senders teilnehmen. Mein Zug ging um zehn Uhr. Ich hatte noch eine halbe Stunde Zeit, kochte mir einen Kaffee, setzte mich in den alten, zerschlissenen Ledersessel und betrachtete voller Liebe die Gentildonna, die ich wieder auf die Staffelei gestellt hatte. Das Bild glänzte an Stellen, wo ich bereits retuschiert hatte. Andere Partien waren nach der Firnisabnahme stumpf. Genau dies würde das Thema unserer Diskussion sein: Funktion und ästhetische Wirkung von Firnis.

Firnis macht ein Bild tief, macht es dreidimensional. Die Kontraste wirken verstärkt, die Farben frischer, wie neu gemalt. Es wirkt sozusagen veredelt und oft überraschend räumlich. Der naive Betrachter empfindet dies immer als Verbesserung.

Amerikanische Restauratoren pflegen alle Bilder zu firnissen, aus einem Schönheitsideal heraus, das meiner Ansicht nach stark von der Verkäuflichkeit von Gemälden auf

Kunstauktionen bestimmt ist. Dabei kann Firnis die Qualität eines Bildes durchaus herabmindern. Spätestens seit Cézanne, der seine Bilder nicht firnißte, ist die Räumlichkeit eines Motivs nicht mehr immer angestrebtes Ideal. Hier beginnt der Mut zur Zweidimensionalität, zur Fläche. Solche Bilder zu firnissen, wie es die Amerikaner gnadenlos tun, heißt, ihre ästhetische Botschaft verraten.

Ich fragte mich, während ich dasaß, ob nicht die australischen Restauratoren genausolche Banausen wie die amerikanischen seien, als mein Blick zufällig aus dem Fenster fiel. Ich sprang auf. Aus dem Schornstein von Lauras Appartement stieg Rauch. Ich spürte, wie mein Puls raste. Warum hatte sie sich nicht gemeldet? Sie hatte doch meine Privatnummer und meine Durchwahl im Museum! Außerdem wußte sie, wo die Fenster meines Arbeitsraumes lagen. Sie hätte sich zeigen können! Mir blieben nur noch zwanzig Minuten Zeit. Ich ließ alles stehen und liegen und rannte hinüber.

Der Schwall ihrer Haare glitt am Fenster vorbei. Es gab keinen Zweifel mehr, Laura war da! Ich öffnete die Tür und sah sie mitten im Zimmer stehen. Sie war es wirklich, doch war die Wirklichkeit unter dem Druck meiner Gefühle seltsam verformt. Ich näherte mich ihr. Sie legte einen Teller und das Geschirrtuch aus der Hand und lächelte. Auch sie kam jetzt näher. Sie sah nicht aus, wie ich sie in Erinnerung hatte. Augen, Nase, Mund, Haaransatz, alles war ein wenig gegeneinander verschoben, mit Hilfe geometrischer Verschiebungen stilisiert, wie mir schien, einem kubistischen Porträt ähnlich. Jetzt berührten sich unsere Stirnen. Mir schien, daß ihr Mund seitlich davonglitt, aus dem Bild heraus, während sich ihre Augen zu wässrigen Flecken vergrößerten, die sich ausbreiteten und an den Rändern immer mehr verschwammen.

Als wir uns küßten, war es fremder als beim erstenmal. ›Ich muß fort‹, flüsterte ich. ›Ich komme heute abend wieder zurück. Bist du dann da?‹ Sie nickte, ihre Stirn an meiner Stirn. Wir umarmten uns noch einmal und küßten uns ungeschickt. Als ich mich im Hof kurz umdrehte, sah ich, wie sie mit dem Handtuch in der offenen Tür stand und den Teller abtrocknete.

Ich war an diesem Tag neun Stunden fort. Davon saß ich über sechs Stunden im Zug. Ich war glücklich, aber zugleich traurig und verwirrt. Sie war zurückgekommen. Sie war nun Wirklichkeit an einer Stelle der Welt, zu der ich wieder Zugang hatte. Aber war es noch die gleiche Laura, die ich liebte? Ich fand, daß unsere Begrüßung ziemlich kühl gewesen war. Gibt es eine größere Qual, Madame, als nicht zu wissen, was in dem Menschen vorgeht, den man liebt? Jetzt erst fielen mir einzelne Äußerungen ein, Satzfetzen, die Laura gesagt hatte, als wir uns umarmten. ›Ich bin müde, der Jetlag, die Zeitverschiebung.‹ ›Ich bin seit über zwanzig Stunden unterwegs.‹

Immer tiefer redete ich mich in Enttäuschung hinein. Bei der Diskussion im Studio war ich auf eine Weise redselig und aggressiv, die fast den Rahmen der Veranstaltung zu sprengen drohte. Ich sprach über Firnis, als handele es sich um das entscheidende Problem des Daseins. Meine amerikanischen Kontrahenten schüttelten die Köpfe, als ich vom Einfluß der Kosmetikindustrie auf das Kunstverständnis ihres Landes sprach. Mehrmals machte der Moderator mich durch Handbewegungen darauf aufmerksam, den anderen nicht ständig ins Wort zu fallen.

Auf meiner Rückfahrt überwog die Vorfreude. Die vorbeiziehende Landschaft verwandelte sich mehr und mehr in einen locus amoenus, der nur auf den Auftritt meiner Liebe zu warten schien.

Als ich zum zweitenmal an diesem Tag ihre Tür öffnete, saß sie am Tisch. Der Ofen brannte. Zwei Kerzen beleuchteten eine große Schüssel Salat und zwei Gläser Wein.

Ich nahm wie früher ihr gegenüber Platz. Wir sahen uns an mit jenem Blick von Liebenden, die wissen, daß auch Augen berühren können. Wir hoben die Gläser und stießen an.

Es dauerte nicht lange, und wir waren uns näher denn je. Selbst die Alltäglichkeiten hatten an Farbe und Formenreichtum gewonnen. Unsere Berührungen waren intensiver geworden. Dennoch wurde ich das Gefühl nicht los, daß ihr Mann nicht mehr so weit weg war. Etwas von seiner Person mischte sich ständig ein.

Phil rief nun fast jeden Tag an. Es war offensichtlich, daß er Angst hatte. Vielleicht war dies der Grund dafür, daß Laura nicht mehr bei mir übernachtete. Wenn sie mit mir schlafen wollte, kam sie zu mir, manchmal frühmorgens, manchmal abends, fast immer unangekündigt. Zuweilen holte sie mich auch. Machte sie eine Konzession an ihre Ehe? Ich begann, sie auszufragen. Obwohl sie meistens ausweichend antwortete, bekam ich nach und nach ein ungefähres Bild ihres Australienaufenthaltes. Es war von Laura retuschiert und enthielt sicher einige Pentimente. Doch der Gesamteindruck schien zu stimmen. Sie hatte ihren Ehebruch gleich zu Anfang gebeichtet. Sie hatte ihn als einmaliges Ereignis dargestellt, das sich nicht fortgesetzt hätte. Schlimme Tage und Nächte waren gekommen. Verletztheit, Schuldgefühle, Heulereien, Liebesbeweise. ›Dann waren wir wandern‹, sagte Laura, ›wir waren bei den Tasmanischen Teufeln.‹ Ich ließ mir erklären, was tasmanische Teufel seien.

›Es gibt sie nur auf Tasmanien. Sie sehen aus wie Ratten, sind aber groß wie Hunde. Es sind Aasfresser. Jedes tote Tier vertilgen sie samt Haut und Knochen in wenigen Minuten mit ihren starken Kiefern. Man hört sie nachts schnauben und husten. Es sind schreckliche Tiere, wahre Teufel. Ich hatte Angst, aber Phil liebt solche Exkursionen.‹ ›Wie lebt ihr dort‹, fragte ich. ›Wir haben ein großes Haus mit einer weißen Veranda.‹

Ich sah sie vor mir, wie sie auf der Veranda saßen und frühstückten. Laura trug ein helles Sommerkleid. Das Bild machte mich wahnsinnig vor Eifersucht. ›Du bist lieber bei ihm als bei mir‹, brüllte ich. Ich hatte getrunken. ›Das ist nicht wahr‹, sagte sie. ›Ich habe mich nie so mit jemandem gefühlt wie mit dir.‹ ›Und warum schläfst du dann mit Phil?‹ ›Er ist mein Mann. Außerdem liebe ich ihn. Wenn ich diesmal mit ihm zusammen war, habe ich immer dich vor mir gesehen. Dein Gesicht.‹ ›Das will ich nicht‹, schrie ich. ›Das ist eine Übermalung. Ein doppelter Betrug. An ihm und an mir!‹ ›Ich habe Angst vor dir, wenn du so betrunken bist‹, sagte sie ruhig. ›Ich kann doch nicht über meine Phantasie bestimmen. Ich kann nicht verhindern, daß ich dich sehe, wenn ich mit Phil schlafe.‹ Jedes Wort tat mir weh. ›Wie soll es weitergehen mit uns‹, fragte ich mit einer Verzweiflung in der Stimme, die sie anrührte. ›Ich weiß es nicht, aber ich werde es bald wissen.‹ Bald? Ich glaube nicht, daß Laura den Sinn dieses Wortes kannte.

Ich gab mehr und mehr meine sozialen Kontakte auf. Selbst Labisch mied ich jetzt. Bis auf die wenigen Stunden der zweiten Nachthälfte, in denen ich in meiner Wohnung, bei laufendem Radio, Schlaf zu finden suchte, waren wir außerhalb meiner Dienstzeit fast ständig zusammen. Wir versuchten, gesünder zu leben, rauchten und tranken weniger.

Ich arbeitete mit Hochdruck an der Restaurierung der Gentildonna, während Laura Serien von gesichtslosen Haarporträts zeichnete. Es gelang ihr immer besser, imaginäre Strukturen in das weiße Oval ihres Gesichtes zu zaubern.

Als ich den letzten Firnis auftrug – ich sorgte für eine besonders dicke Schicht, um eventuellen Säureattacken vorzubeugen –, kam der Rahmen an. Er war meisterhaft gearbeitet, und ich beizte ihn rötlichbraun mit einer Nußbeize, die ich selber aus in Salmiak eingelegten frischen Walnußschalen hergestellt hatte.

Dann kam ein Abend, an dem ich zum erstenmal ein Treffen mit Laura absagte. Sie schien sich nicht zu wundern, sondern eher froh zu sein. ›Es tut mir gut, mal einen Abend allein zu sein und zu lesen‹, sagte sie. ›Was hast du vor?‹ ›Ich muß noch arbeiten. Es wird bestimmt spät.‹

Dies stimmte nur halb, denn es ging um weit mehr als um Arbeit. Ich wollte die Gentildonna rahmen. Dazu schloß ich mich in meiner Werkstatt ein.

Alles war bereit. Der Firnis war trocken. Ebenso die letzten Pinselstriche Goldbronze, mit denen ich dem Holz die richtige Patina verliehen hatte.

Ich schob die Leinwand in den Rahmen, fixierte sie. Dann richtete ich einen kleinen Strahler auf das Bild und setzte mich in den Sessel. Es war unglaublich, wie das Bild zu leben begann. Die Rahmung wirkte Wunder. Nun sah man tief in die Landschaft hinein, die hinter dem Fenster nach Süden lag. Auch Laura war weitaus plastischer und lebendiger geworden. Sie schien sich zu bewegen, zu atmen, der Mund wirklich zu lächeln mit kaum merklich zitternden Lippen. Es war, als teilten sich die Wirbel und Kurven des Zirbelkieferholzes der Bildfläche mit und lösten ihre Statik auf.

Lange, lange saß ich da und starrte sie an. Ihre Augen sahen an mir vorbei und erfaßten mich dennoch prüfend. Ich glaubte, in ihrem Lächeln einen Hauch von Ironie, von Mitleid fast zu bemerken. Dann sah ich, daß die kosmetische Operation, mit der ich die Halswunde beseitigt hatte, nicht vollkommen gelungen war. Im leichten Streiflicht des Spots ließ sich der Halbkreis ahnen, der einst eine Narbe gewesen war.

Nun tat ich etwas für einen Restaurator Unerhörtes. Ich holte die Röntgenaufnahmen herbei, auf der die ehemalige Perlenkette aufgrund ihres hohen Bleiweißanteils gut zu erkennen war, und rekonstruierte sie auf dem Bild. Ich arbeitete schnell und mit großer Sicherheit. Mir gelang eine perfekte Fälschung, die vom getilgten Original nicht zu unterscheiden war. Und dennoch war es eine Fälschung. Es waren sozusagen unechte Perlen höchster Qualität. Und ich hatte gegen das Gesetz moderner Restauratorenmoral verstoßen: niemals Bildteile ergänzen, die zuvor vollkommen getilgt worden waren.

Ich ging in dieser Nacht nicht mehr nach Hause, sondern blieb in meinem Sessel und schlief dort irgendwann gegen Morgen ein.

Ich erwachte, als es bereits hell war. Die Sonne schien schräg in meine staubigen Fenster. Mich hatte ein Geräusch geweckt. Es war Laura, die gegen die Scheiben klopfte.

Mit einer Handbewegung bedeutete ich ihr zu warten. Dann ging ich hinaus, um sie zu holen. Zuvor hatte ich ein Stück Stoff über die Gentildonna gebreitet.

›Möchtest du einen Kaffee‹, fragte ich, als sie in meinem Werkstattsessel saß. Sie nickte. Sie sah frisch und gut aus wie selten. ›Ich habe wunderbar geschlafen und lange‹, sagte sie.

Ich überhörte den kleinen Vorwurf und brachte den Kaffee. Dann stellte ich mich neben die Staffelei. ›Laura‹, sagte ich. ›Auf diesen Moment habe ich gewartet. Ich möchte dich mit einer Freundin bekannt machen.‹

Als ob ein Torero die Capa zur Seite reißt, zog ich das Tuch mit einer schnellen Bewegung von der Staffelei.

Laura starrte die Gentildonna an. Die Gentildonna starrte Laura an.

Ich war mir nie sicher gewesen, wie Laura auf das Bild reagieren würde. Doch was nun geschah, hatte ich nicht erwartet. Laura erhob sich und stand mit verschränkten Armen da. Ihr Gesicht war eine Maske. Eine Weile sagte sie nichts. Dann schüttelte sie den Kopf. ›Ich glaube dir nicht, daß dies noch das Original ist. Du hast nachgeholfen.‹ Ihre Stimme war kühl. ›Mein Gesicht geht die Leute nichts an.

Ich billige nicht, was du getan hast. Es sind meine Augen. Es ist mein Mund. Warum hast du das gemacht? Du mußt es wieder ändern.‹

Ich stritt ab, daß ich bei der Retusche nachgeholfen hätte. ›Die Ähnlichkeit besteht wirklich‹, sagte ich. ›Vielleicht ist es passend, daß du doppelt bist. Du hast ja schließlich auch zwei Männer.‹ Ich versuchte zu lächeln. Laura aber begann zu weinen. Dann drehte sie sich brüsk um und ging.

Ich setzte mich in den Sessel und sah die Gentildonna an. ›Es ist gut so‹, flüsterte ich. ›Es geht so nicht mehr weiter. Ich muß Schluß machen mit ihr. Vielleicht hilfst du mir dabei.‹ Dann begann ich Laura zu suchen. Ich fand sie erst spät am Abend in einem Lokal. Sie war betrunken und weinte.

Sie ließ sich von mir nach Hause bringen. In meine Wohnung. Sie schlief sofort ein. Als ich im Morgengrauen erwachte, beugte sie sich über mich. ›Verzeih mir‹, flüsterte sie. ›Ich komme mir wirklich gespalten vor. Du weißt, daß ich bald noch einmal nach Hause muß. Ich darf es mir nicht zu leicht machen. Ich habe Phil nie eine echte Chance gegeben. Eigentlich wollte ich erst später fahren, aber ich glaube, es ist besser, ich fahre schon Ende des Monats.‹

Ich setzte mich im Bett auf und zündete eine Zigarette an. ›Ich darf es mir nicht zu leicht machen‹, wiederholte sie, wobei sie mir mit kreisenden Bewegungen den Rücken streichelte. ›Ich liebe Phil, aber dich liebe ich mehr. Liebst du eigentlich dein Bild mehr als mich?‹ Ich schüttelte den Kopf und klopfte die Asche in eine leere Bierflasche. Dann drehte ich mich um und sah Laura an, als sei sie eines jener Fabelwesen, die die Phantasien früherer Epochen mit ihrem Kindersinn für das Groteske ersonnen hatten. Ein Bein mit einem Kopf dran. Ein Rüsseltier mit Flügeln. Ein Bauch mit einem roten Mund. Laura war schön, doch in diesem Augenblick kam mir ihr nackter Leib wie eine monströse Erfindung vor.

›Ich glaube nicht, daß man Gefühle wie unsere teilen kann‹, sagte ich mit belegter Stimme. ›In einer der beiden Richtungen macht man sich etwas vor. Manchmal vielleicht sogar in beide. Glaubst du nicht, daß du einen Teil deiner Liebe für mich einfach mitnimmst und deinem Mann zugute kommen läßt?‹

Nun schüttelte sie den Kopf, was mir gefiel, da es ihre Locken bewegte. ›Er ist so anders als du. Man kann euch nicht vergleichen! Mit dir macht alles so viel mehr Spaß. Warum eigentlich? Kannst du mir eine Zigarette drehen?‹

Ich gab es auf, über das Thema, das mich quälte, weiterzureden. Laura war stärker als ich. Sie war fähig, aus einer Bewegung des Ausweichens eine Liebkosung zu machen.

›Sei nicht so ungeduldig‹, sagte sie. ›Bald sind wir für immer zusammen. Wahrscheinlich wirst du das bald bereuen. Ich bin nicht sehr nett.‹

In der letzten verbleibenden Woche schlief Laura jede Nacht bei mir. Wollte sie Vorsorge treffen? Ich lag meist wach und mit klopfendem Herzen neben ihr, die selig schlief, und versuchte, in Gedanken ihren Körper zu modellieren, der bald auf und davon sein würde. Dies war meine Weise, Vorsorge zu treffen.

Und ich tat noch etwas anderes. Als das Licht hell genug war, bat ich sie, im Bett zu bleiben und für einen Rückenakt Modell zu liegen. Ich holte Staffelei, Leinwand und Farbe. Ich arbeitete schnell und wie besessen. Es war das Beste, was mir seit langem gelungen war. Ich zerstörte diesmal nicht die Erotik ihres Körpers, was so leicht durch kleinste Ungenauigkeiten passiert. Sogar Laura war zufrieden. ›Das darfst aber nur du angucken‹, sagte sie, während sie sich anzog. ›So hat mich noch keiner gesehen.‹

Dann war Laura fort. Ich lag im Bett und umschlang den Schlafsack, unter dem sie die Nächte der letzten Woche gelegen hatte.

Wir hatten verabredet, daß sie mich diesmal häufiger anrufen würde. Sie hielt sich daran. Das Telefon schrillte fast jede Nacht.

Ich lebte in leeren Wartekorridoren auf diesen Moment zu. Die Gespräche waren kurz. Laura teilte mit, daß es ihr ernst mit mir sei. Ihr Mann gebe sich alle Mühe, es sei nicht leicht für sie, sich zu entscheiden.

Das Wort ›Mühe‹ bekam in diesem Zusammenhang für mich etwas von einer schrecklichen Penetranz, ja Dummheit. Wie ging diese Frau eigentlich mit uns um? Zweifellos war sie egoistisch und berechnend. Und zweifellos wurden beide Männer von diesen Eigenschaften nicht abgestoßen, sondern betört.

Es war eine schlimme Zeit. Ich kam mir leer vor wie eine Hülse. Das war auch während unserer ersten Trennung so gewesen, aber da hatte in die Hülse noch etwas hineingepaßt, meine Trauer zum Beispiel. Diesmal paßte nichts mehr hinein, weil sie zu groß und zu klein zugleich war.

Ich rief in die Sprechmuschel hinein, ob Phil denn nichts merken würde. ›Das wundert mich auch‹, sagte die Hörmuschel. Also gab es keinen Grund für ihren Mann, etwas zu merken. Ich preßte den Hörer, als wollte ich ihn erwürgen. ›Konntet ihr nicht reden?‹ brüllte ich. ›Es hat überhaupt keinen Zweck. Ich zeichne und lese viel und denke an dich.‹

Die Stimme des Operators mischte sich ein. Dann klickte es, und die Stürme des Ozeans begannen in der Hörmuschel zu rauschen.

Ich habe wenig Erinnerungen an die folgenden Wochen, in denen ich allein war und meiner Tätigkeit nachging. Ich muß sie in einem Zustand verbracht haben, in dem mich weder ein Geschehen noch ein Gedanke innerlich berühren konnten.

Mitte April wurde der Anbau fertig, ein scheußlicher, weißer Kasten aus Marmor. Postmoderner Prunk mit der Ausstrahlung einer Gefriertruhe.

Der Direktor verglich den Neubau in seiner Eröffnungsrede mit einem Schiff, das mit einer Ladung voller Phantasie und Farben im Wind des Zeitgeistes dahinglitt, und uns verglich er mit seiner Mannschaft, wobei er mir die Rolle des zweiten Offiziers zuwies. Der zweite Offizier ist bekanntlich der Arzt an Bord, zuständig für die Blessuren der Mannschaft.

Dann gab es Sekt, und alle strömten in die Ausstellung. Die Gentildonna hing in der Eingangshalle neben dem restaurierten Stadtprospekt. Zweifellos erregte sie Aufsehen, und mehr als das. Ich beobachtete das Publikum von einer Marmorsäule aus, die mich halb verbarg. Es war wie damals in der Kirche, als ich Laura zum erstenmal gesehen hatte. Nur waren diesmal viele Beobachter da, und sie blickten lüstern auf ihre Reize, auf ihre Schönheit, deren Wesen ich plötzlich unter dem Blick all dieser Spanner begriff.

Laura war nicht eigentlich schön, sie war jedoch auf eine Weise anziehend, die die Wirkung bloßen Ebenmaßes bei weitem übertrifft. Es ist wohl eine Frage der Bewegung, der Mimik, der kleinen Unstimmigkeiten in den Proportionen, der Stimme, des Blicks. Ach, all dies reicht nicht aus als Erklärung.

Frauen, die mit dieser Aura der Nacktheit versehen sind, haben es schwer. Sie erregen die Besitzgier der Männer und zuweilen auch der Frauen. Sie sind Objekt einer Lüsternheit, die Menschen haben, denen es an eigenem Leben fehlt.

Ich beobachtete, wie die Männer vor dem Bild der Gentildonna verharrten, wie Finger nach ihr tasteten. Ja, man betatschte sie, mit den Augen und sogar mit den Händen.

Ich hatte darauf bestanden, die Gentildonna nicht hinter Glas einzusperren. Der Gedanke war mir unerträglich, daß ihre Lippen sich an eine Glasscheibe pressen müßten. Um die Gefahren eines Säureattentats zu verringern, hatte ich, wie gesagt, das Bild mit einem extra dicken Firnis versehen.

Auch gegen Berührungen mit menschlicher Haut, die mit einem leicht ätzenden Film bedeckt ist, bot dieser Überzug aus mehreren Lagen Dammafirnis genügend Schutz.

Doch jetzt sah ich, daß dergleichen mechanische und chemische Attacken nicht die einzige Bedrohung für meine Dame waren. Es waren viel mehr die Blicke selbst, die voyeuristischen Phantasien, denen die Gentildonna in der Öffentlichkeit unweigerlich ausgesetzt war. Und ich erkannte, daß es ein Fehler gewesen war, sie herzugeben. Sie hätte im Depot oder in meiner Werkstatt bleiben müssen.

Doch nun war es zu spät. Sie war inzwischen eine Attraktion des Museums. Die Fachleute waren sich einig über die hervorragende Qualität des Bildes und meiner Restaurierung.

Am Tag nach der Eröffnung des Neubauflügels nahm ich Urlaub. Da ich nach der Fertigstellung der Stadtansicht nicht mehr viel zu tun hatte, gewährte man ihn mir. Außerdem würde der Zweitrestaurator als Urlaubsvertretung bleiben. Ich fuhr nach Südfrankreich mit der Einstellung eines Fremden, der diese Landschaft für ein typisches Reiseziel für Maler hält. Ich mietete mich ein und ging jeden Tag mit meiner Reisestaffelei in die Felder. Ich brachte nichts zustande. Das Licht der Provence ist keineswegs so, daß es einem den Pinsel führt.

Im Grunde verwartete ich meine Zeit in den Bars. Jeden Tag rief ich in Lauras Wohnung an, in der Hoffnung, daß sie inzwischen zurück sei. Schließlich fuhr ich. Laura kam einen Tag nach mir aus Australien zurück.

Wir nahmen unser altes Leben wieder auf. Es gab so viel Vertrautsein, gemischt mit so viel tagtäglich Neuem, daß ich wieder an mein Glück zu glauben begann.

Doch in Wahrheit war nichts geschehen. Laura hatte sich nicht entschieden. Vielleicht wußte sie innerlich überhaupt nicht, was eine Entscheidung ist.

Wir verlebten einen schönen Sommer, machten kleine Reisen, gaben uns wie ein frisch verheiratetes Paar. Ich hätte zufrieden sein müssen, wenn ich fähig gewesen wäre, mir den Wunsch zu verbieten, Laura ganz besitzen zu wollen.

Als das Stipendium abgelaufen war, fuhr meine Freundin nach Australien zurück. Ihre Sachen, Bilder, Kleidung, die Staffelei, Bücher, stellte sie bei mir unter. ›Ich komme wieder‹, sagte sie, ›ich werde dich einfach nicht los.‹ Sie machte ihr Versprechen wahr.

Sechs Wochen lang hatte ich nichts mehr von ihr gehört. Ich war betäubt von der Situation. Ich war verrückt bis zur Schmerzunempfindlichkeit.

Ich frage Sie, Monsieur Bazin, gibt es einen Namen für diese Krankheit? Sie, Madame, wage ich nicht zu fragen, da ich vermute, daß sie Frauen nicht oder jedenfalls nicht in dieser Intensität befällt.

Eines Tages rief Laura an und gab mir die Flugnummer durch, damit ich sie vom Flughafen abholen konnte. Stunden vor Ankunft des Fluges war ich dort. Das Auf- und Zuschnappen der automatischen Tür, durch die die Passagiere von der Paßkontrolle kamen, glich der Bewegung einer Guillotine, die jedesmal das Leben von Minuten des Wartens beendete.

Schließlich sah ich Laura.

Sie überragte die meisten der Ankömmlinge. Wir fielen uns in die Arme. Es war ein Gefühl wie auf dem Kettenkarussell.

Da Laura keine Wohnung mehr hatte, zog sie zu mir. Tagsüber ging sie in die Kunsthochschule zum Arbeiten. Wir waren sehr verliebt und sehr verheiratet. ›Nun ist doch noch alles gut geworden‹, sagte ich mir eines Abends, als ich mit einem liebevoll gekochten Essen auf Laura wartete. Ich lächelte vermutlich dabei, wie nur Schwachsinnige lächeln können. Am gleichen Abend eröffnete mir Laura, daß ihr

Mann nächste Woche käme. Er habe in der Hochschule angerufen. Sie könne es ihm nicht verweigern. Es sei schließlich ihr Mann. ›Ich habe ihm beim letzten Mal alles erzählt. Er weiß nun über uns Bescheid. Er hat mir verziehen. Er hat versprochen, sich zu ändern. Ich weiß nicht, was ich machen soll. Vielleicht ist es ein Fehler, daß er kommt.‹ Ich aß keinen Bissen. Mir war schlecht. Laura war liebevoll. Sie war mütterlich. ›So könnte es ewig weitergehen‹, sagte sie.

Drei Tage später verschwand sie mit einem großen Koffer. ›Ich rufe dich an. Ich komm' vorbei‹, sagte sie. ›Phil muß das akzeptieren.‹ ›Wo wollt ihr wohnen?‹ ›Ich kann das Appartement eines Kommilitonen haben, für ein paar Wochen. Es ist winzig, aber es wird gehen.‹

‚Jeder Satz war ein vergifteter Dolch. ›Ist das Bett auch groß genug?‹ ›Es gibt zwei Betten, mein Lieber.‹

Ich sah ihr vom Fenster aus nach, wie sie wie immer sehr aufrecht davonschritt. Dann legte ich die Platte auf. ›Tränen fließen gar so süß, erleichtern mir das Herz.‹ Diesmal empfand ich die Zeile als Hohn.

Laura machte ihr Versprechen wahr. Sie rief jeden Tag an oder kam für ein, zwei Stunden vorbei. Manchmal schlief sie mit mir. Sie weinte viel. ›Er will es nicht einsehen, daß es aus ist. Ich kann ihn doch nicht wegjagen wie einen Hund.‹ ›Kann ich mit ihm reden?‹ ›Er will dich nicht sehen. Ich darf nicht mal deinen Namen erwähnen. Er würde dich totschlagen. Dafür gehe ich gerne ins Gefängnis, hat er gesagt.‹ ›Wo wohnt ihr?‹ ›In der Gegend, die du ›Australien‹ nennst. Es ist ziemlich deprimierend. So klein. Man sieht nur auf Brandmauern.‹

Ich begann, meine Wanderungen durch diesen Stadtteil wiederaufzunehmen. Ich hoffte, Laura und Phil zu begegnen. Manchmal ging ich während der Dienstzeit los, manchmal schon vor Morgengrauen, weil ich nicht schlafen konnte. Ich blieb an Trinkhallen stehen, trank Bier und Schnaps an zugigen Ecken und beobachtete Menschen. Ich kannte schließlich jeden Bordstein, jede Fassade, jeden Baum dieser Gegend, ohne daß sich an ihrer Fremdheit auch nur das geringste änderte. Es war wie in einem Alptraum, in dem sich lauter bekannte Details zu einem Labyrinth des Unbekannten fügen.

Laura stellte das Leben mit Phil in düsteren Farben dar. ›Er sitzt die ganze Zeit da, trinkt und hält mich vom Arbeiten ab.‹ Ich war nur zu bereit, ihr Glauben zu schenken. Ich bat sie um die Telefonnummer der Wohnung, aber vergeblich. ›Es ist ein Anrufbeantworter. Ich kann nicht damit umgehen.‹ O Laura, dachte ich, bist du eine Ausrede auf das Leben oder auf den Tod?

Einmal kam sie ungewöhnlich früh am Morgen zu mir. Sie setzte sich auf den Rand meines Bettes und sagte. ›Wir schlafen wieder zusammen.‹ Im ersten Moment bezog ich die Äußerung auf uns. Erst gestern abend hatten wir uns geliebt. Dann begriff ich. Heiße Wut kam über mich. Ich sprang aus dem Bett und packte ein Messer. Mit einem einzigen blinden Schwung der Klinge schlitzte ich ihren Leib auf vom Hals bis zum Bauch. Die Leinwand klaffte. Es war das Aktbild, das immer noch auf der Staffelei stand.

Laura setzte sich in den Sessel. Sie war ganz ruhig, während ich hysterisch zu weinen begann. ›Schade um das Bild‹, sagte sie. ›Es war dumm von mir, dir das zu sagen. Aber ich will, daß es wenigstens zwischen uns ehrlich bleibt.‹

Wieder einmal ging sie als Siegerin. Ich blieb zurück, betrank mich und versäumte meinen Dienst. Ich kam noch mehr herunter.

Mir entging nicht, daß man mich im Institut zu meiden begann oder mir besorgte Blicke schenkte. Ich hatte Ausfälle bei der Arbeit. Meine Hände zitterten zu sehr für feinste Detailarbeiten. Mein Schweizer Kollege versuchte, mich in Gespräche zu ziehen. ›Kann ich Ihnen irgendwie helfen?‹ fragte er in seinem grauenhaften Akzent. Ich verließ den Raum. Mehr und mehr gewöhnte ich mir diese Reaktion an. Sobald mir jemand zu nahe kam, ging ich ohne Begründung.

Auch Labisch versuchte es mit mir. ›Mir scheint, Sie haben sich da ein wenig verrannt‹, sagte er. ›Sie sollten einfach wieder mehr leben.‹ ›Wenn ich dann noch lebe‹, sagte ich und ging. Sieben Wochen später stand Laura mit ihrem Koffer vor meiner Tür. ›Phil ist fort‹, sagte sie. ›Es war ein hartes Stück Arbeit.‹

›Was willst du jetzt tun?‹ fragte ich. ›Mit dir leben. Ich werde mich erst um eine Arbeit kümmern. Und dann um eine Wohnung. Ich bin mir jetzt sicher, daß ich mit dir leben will.‹ Wieder glaubte ich Laura aufs Wort.

Unsere Idylle dauerte vier Wochen. Laura verstand es nach wie vor meisterhaft, bei allen Schwierigkeiten mit mir kleine Inseln des Glücks zu bewohnen. Vielleicht war das eines der Geheimnisse ihrer Wirkung auf mich. Ich kam nie dazu, in einer Stimmung zu bleiben. Immer kippte etwas um, ein Gefühl, ein Glas, ein Moment, die Bedeutung eines Wortes. Dann eröffnete mir Laura, daß sie noch einmal nach Australien müsse, um ihre Sachen zu holen, dort alles aufzulösen, die Konten, die Verträge. Die Scheidung einleiten. Sie fuhr, und ich hörte nichts mehr von ihr. Sie rief auch nicht an. Mir blieben nur ihre Kleider, auf die ich überall stieß, wenn ich einen Schrank öffnete oder eine Schublade. Auf meinem Nachttisch stand ein Paar Schuhe von ihr.

Diesmal vergingen Monate.

Die Qual des Wartens war so groß, daß ich Kunstgriffe anwandte, um sie zu lindern. So hatte ich es mir angewöhnt, immer den kommenden Tag für den heutigen zu halten. Wenn Donnerstag war, war für mich Freitag. So blieb ich im Sog des Zeitvergehens. Ich trug die falschen Daten auch auf meinen Protokollen ein. Man kann fast sagen, daß ich ein wenig besser zu funktionieren begann, seit mein Wahnsinn sich perfektionierte. Allerdings benahm ich mich für einen Restaurator nach wie vor reichlich seltsam. So war ich oft im Neubau und vertrieb Betrachter, die sich vor der Gentildonna eingefunden hatten.

Dann machte ich einen verzweifelten Schritt. Ich überwand mich und rief Lauras Eltern an. ›Wichtige Post für Ihre Tochter ist angekommen‹, log ich. ›Wir von der Kunstschule brauchen ihre Adresse.‹

Sie sei in Tasmanien, hieß es. Wo genau, wisse er nicht, meinte Lauras Vater. Wahrscheinlich in Hobart, der Hauptstadt. Sie wollten wohl von dort aus eine Wanderung machen. ›Zu den Tasmanischen Teufeln‹, dachte ich. ›Ich bin auch ein tasmanischer Teufel.‹ Wie unter einem posthypnotischen Auftrag ging ich zur Bank und hob all mein Geld ab. Ich wechselte es in Travellerschecks, in australische Pfund, und ich kaufte ein Flugticket.

So stark hatte ich mich schon lange nicht mehr gefühlt, selbst mein Gang veränderte sich. Abends rief ich Labisch an und bat ihn, dem Chef und den Kollegen mitzuteilen, daß ich wegen eines Trauerfalles dringend verreisen müßte. Ich würde mich melden. ›Wenn Sie dann noch leben‹, sagte er und lachte.

Dann saß ich in meinem Sessel. Ich war so aufgeregt, daß ich unmöglich schlafen konnte. Gegen zwei Uhr morgens klingelte das Telefon. Ich hörte es klicken, dann Lauras Stimme. ›Wie geht es dir? Ich komme bald‹, sagte sie. ›Ich denke jede Sekunde an dich.‹ ›Ich fliege morgen nach Tasmanien. Wo kann ich dich finden?‹ Laura schwieg. Die Entfernung rauschte in zahllosen Wellen an mein Ohr. Dann sagte sie: ›Bitte komm nicht. Es hat keinen Sinn. Ich bin fast schon auf der Rückreise. Ich meld' mich wieder. Bis bald, mein Lieber.‹

Mein Lieber sagte sie immer, wenn sie ihre Gefühle zu mir besonders rein und ehrlich ausdrücken wollte.

Ich kam mir vor wie ein Segelschiff ohne Wind. Nun trieb

ich steuerlos in meinem Zimmer. Auch wenn ich sie nicht in Hobart oder Tasmanien gefunden hätte, ich wäre in Bewegung gewesen, und zwar in der richtigen Richtung. Nun hatte ich mich hoffnungslos verfangen. Was sollte ich noch ernst nehmen! Es entsteht keine Wahrheit, wenn eine Lüge sich als Lüge entpuppt. Meine Welt der Oxymora brach zusammen. Wo waren die Gegensätze, wo war heiß und kalt, wo Tod und Leben, wo Nähe, wo Ferne? Ich entsinne mich, daß ich Mühe hatte, mein Glas zu halten.

Um neun Uhr war ich im Reisebüro und buchte nach Avignon um. Alles Geld tauschte ich in französische Währung um. Dann fuhr ich zum Flughafen.

Am Abend desselben Tages kam ich hier an, in Fontaine de Vaucluse. Ich suchte ein Zimmer. In der Bar Tabac fragte ich nach einer Adresse. Zufällig geriet ich dabei an Sie, Monsieur, und Sie verwiesen mich an Sie, Madame.

Sie kennen jetzt meine Geschichte oder das, was ich für wichtig an ihr halte. Es hat mir gutgetan, mich erleichtert, davon zu reden.«

Francesco erhob sich erschöpft.

Die beiden hakten sich rechts und links bei ihm ein. So gingen sie zurück in den Ort, am Ufer der Sorgue entlang. Die Nacht war schön, und man hörte deutlich die Frösche und Zikaden und das Murmeln des klaren Wassers. »Ob klares Wasser anders klingt als trübes?« dachte Francesco.

»Wir sehen uns morgen in der Bar«, sagte Monsieur Bazin, als sie sich vor der Tür seines Hauses trennten. »Ich denke, ich kann Ihnen einiges erklären.«

Als Francesco in seinem Zimmer war, fühlte er sich zum erstenmal seit langer Zeit müde und entspannt. Er ging zu Bett und starrte den Frauenkopf mit den Zeigern an. Sie schienen sich endlich normal zu bewegen. Nicht zu langsam, nicht zu schnell.

Es hatte vielleicht schon eine Weile geklopft, ehe er das Geräusch wahrnahm und darauf reagierte. Er stand auf und öffnete. Madame Régusse erschien mit einem Tablett und zwei großen Gläsern Pastis, 51er, den er am liebsten mochte. »Legen Sie sich nur wieder hin«, sagte Madame Régusse. Er schlüpfte unter die Decke, und sie setzte sich auf den Bettrand, so wie Laura es oft getan hatte. Sie hoben die Gläser und stießen an. Schweigend leerten sie sie. Dann sagte Madame Régusse: »Sie sind nicht zu beneiden, aber auch nicht zu bedauern, Francesco. Denn wem wird schon eine Liebesgeschichte zuteil.« Dann fuhr sie ihm übers Haar, nahm Gläser und Tablett und verschwand mit einem Lächeln, das er noch vor sich sah, als die Tür bereits ins Schloß gefallen war.

III. Acedia

Das Knabenalter schwindet, die Knabenart bleibt zurück.« Monsieur Bazin ließ sich diesen Satz auf der Zunge zergehen. Sie saßen im gläsernen Vorraum der Bar zwischen lauter dominospielenden Einheimischen und tranken Pastis. Draußen, auf dem von Platanen beschatteten Platz, strömten die Besucher vorbei auf dem Weg zur Quelle der Sorgue.

Bazin hatte sich feingemacht. Er trug einen hellen Anzug mit überdimensionalem Revers. Statt seiner Baskenmütze hatte er einen hellen Strohhut dabei, der auf dem leeren Stuhl neben ihm lag. Bazin sah aus wie ein alt gewordener Dorfcasanova. Und noch etwas war verändert: Er duzte sein Gegenüber. Francesco freute sich darüber.

Bazin beugte sich vor und senkte die Stimme: »›Das Knabenalter schwindet, die Knabenart bleibt zurück‹. Dieser kluge Satz ist leider nicht von mir. Es ist ein Zitat. Niemand anderes als der große Petrarca gebraucht ihn in einem seiner Dialoge. Fürwahr, er hatte einen klaren Blick für seine eigenen Krankheiten. Es gab deren mindestens zwei. Die eine ist diese lebenslängliche Sucht, aus dem Unglück etwas zu ziehen, das er ›die falsche Süßigkeit‹ nennt. Leiden war für ihn das, was der Nektar für die Biene ist. Er sammelte ihn und machte daraus den Honig seiner Gedichte. Die andere Krankheit ist die lebenslängliche Unfähigkeit, sein körperliches und sein seelisches Alter in Einklang miteinander zu bringen. Kurz gesagt: Petrarca litt an Senilojuvenilismus. Ich habe mir erlaubt, der Krankheit diesen wissenschaftlichen Namen zu geben. Bei von ihr Befallenen tritt die Knabenart um so deutlicher hervor, je älter sie werden. Du kennst diesen mageren, ledrigen Typ mit den flackernden Augen, Francesco. So haben wir uns den Meister vorzustellen.«

Francesco mußte lächeln, denn Bazin zeichnete sich selbst mit großer Treffsicherheit. »Am Ende sind es Greise mit einem Kindergemüt und einem mumifizierten Körper«, fuhr Bazin fort. »Ich denke mir nun, und das scheint mir ein nicht unwichtiger Gedanke zu sein, unsere beiden Krankheiten hängen zusammen. Vermutlich wirkt die perverse Fähigkeit, aus Leiden Lust zu ziehen, wie ein Jungbrunnen. Gewiß, sie bekommen graue Haare und eine faltige Haut, aber Seele und Gefühl sind am Ende glatt und seidig wie die Haut eines Neugeborenen.« Bazin trank, schnalzte mit der Zunge und ließ seinen Blick lange auf seinem Gegenüber ruhen. Dann sagte er mit leicht erhobener Stimme: »Du, lieber Francesco, teilst diese beiden Krankheiten mit deinem Namensvetter. Was dir jedoch noch fehlt, ist sein Einverständnis mit den Bedingungen, die sich daraus für das wirkliche Leben ergeben.«

Bazin legte seine Hand auf Francescos Unterarm.

Der Druck war fest und, wie diesem schien, liebevoll und ermahnend zugleich. »Du muß es noch lernen, Francesco. Du mußt dich zu deinem Senilojuvenilismus bekennen. Ich bin überzeugt, genau diese Disposition ist es, die dich für deine Laura anziehend machte. Warum stürzte sie dich unentwegt in diese schmerzlichen Wechselbäder? Sie wollte dich so, wie du immer noch nicht ausreichend bist. Übrigens seid ihr beiden euch noch in einer dritten Krankheit ähnlich, du und Petrarca. Ich bin mir noch nicht ganz sicher, ob sie mit den beiden anderen im Zusammenhang steht. Es gibt Hinweise darauf. So ist die Acedia ebenfalls eine Krankheit, die durch nichts geheilt werden kann. Wen sie einmal befallen hat, den verläßt sie nie. Petrarca befiel sie schon als Jüngling. Im Laufe des Lebens wird die Acedia immer schlimmer. Schließlich stirbt man an ihr, jedoch erst sehr spät. Leute mit Acedia können sehr alt werden, denn es ist eine Krankheit, die schleichend ist. Sie befällt schließlich das Herz, nachdem sie zuerst den Verstand und dann den Leib befallen hat. Das Herz hört einfach auf zu schlagen. So war es bei Petrarca, so wird es vielleicht auch bei dir sein, mein lieber Francesco, aber bis dahin mußt du noch lange an deiner Acedia leiden. Es ist tröstlich, daß die Acedia ihre eigenen Symptome schwächt.«

Er wollte fragen, was Acedia heißt. Aber er schloß nur die Augen und hörte die Geräusche des Raumes, dieses strömende Gewässer von Klängen, von Ausrufen und Sprachfetzen der Spieler. Es war unerträglich heiß, doch jetzt genoß er diese Hitze. Am liebsten wäre er hier für immer versunken. Jetzt durchdrang wieder die Stimme Bazins den Kneipenlärm.

»Ich habe noch nie einen Menschen gesehen, der so oft auf seine Armbanduhr schaut wie du, Francesco. Das ist für den Menschenkenner ein untrügliches Anzeichen von Acedia. Es ist die Despotie des Wartens, nachdem man den Gegenstand seiner Ungeduld vergessen hat. Acedia ist eine besondere Form der Apathie, die erstaunlicherweise mit den Eigenschaften höchster Aufgeregtheit verbunden ist. Man hat das Wort mit Lebensüberdruß übersetzt. Das ist ungenau. Es handelt sich eigentlich sogar um das genaue Gegenteil. Äußerste Lebensgier, besessenes Glücksverlangen. Der Eindruck von Überdruß, von Apathie, entsteht nur dadurch, daß der Patient erkannt hat, daß sein Glücksverlangen prinzipiell unstillbar ist in diesem irdischen Dasein. Er wartet zwar immer noch, aber mit einer Hoffnungslosigkeit, die schließlich die Eigenschaften einer seelischen Lähmung annimmt.«

Francesco öffnete die Augen und sah Monsieur Bazin an. Dieser wirkte geistesabwesend. Er sah zur Decke und schien nur noch mit sich selbst zu reden.

»Als Donna Laura starb, 1348 an der schwarzen Pest, die damals auch in Avignon wütete, war ihr Geliebter fern. Er war vor dieser Geißel der Menschheit nach Italien geflohen. An Acedia Leidende haben einen ausgeprägten Sinn für den Erhalt ihres von ihnen so wenig geschätzten Lebens. Dies gehört auch zu den Oxymora, den Doppelempfindungen, die diese Herrschaften so lieben. Es sind die lebenslustigsten Selbstmordkandidaten, die man sich denken kann.«

Er senkte jetzt den Blick und sah seinem Gegenüber fest in die Augen. »Auch wenn du es nicht vermutest, Francesco, ich weiß, wovon ich rede. Auch ich habe einmal ohne Hoffnung geliebt.«

Er trank hastig sein Glas aus. Francesco schoß ein verhältnismäßig klarer Gedanke durch den Kopf. Er sah sich und Bazin wie aus weiter Ferne in diesem verrauchten und überhitzten Raum sitzen, der eine dramatisch redend, der andere ebenso dramatisch schweigend, und er erkannte, daß sie beide eigentlich nichts anderes waren als einsame alte Spinner, denen das Leben mit der Zeit davonlief und die sich an ihrer unstillbaren Sehnsucht betranken. Bekanntlich setzt man sich, wenn man von einem schnelleren Läufer überholt wird, für einen Moment selber in Bewegung, bis einem die Sinnlosigkeit dieses Reflexes bewußt wird. Dann läßt man sich wieder am Straßenrand nieder und begnügt sich damit, dem anderen nachzusehen.

Bazin stand auf und ging zur Theke. Vielleicht lag es an seinem Anzug, daß er sich jugendlicher bewegte als sonst. Er hielt sich sehr gerade, als er mit zwei neuen Gläsern Pastis zurückkam. Dann setzte er sich so, daß er dem Freund sein Profil zeigte. Er sah zu den Fenstern hinaus auf den schattigen Platz. »Wir werden noch einiges zu bereden haben,

Francesco. Dies war erst der Anfang. Wir werden uns Zeit nehmen, denn davon haben wir mehr als genug.«

Am nächsten Morgen, als Francesco mit seinem Kaffee auf der Gartenbank saß und den runden Rücken Monsieur Bazins betrachtete, geschah etwas Ungewöhnliches: Madame Régusse erschien. Das war noch nie vorgekommen, seit er hier wohnte. Aus irgendeinem ihm unbekannten Grund vermied sie es, den kleinen Garten hinter dem Haus zu betreten.

Jetzt kam sie auf ihn zu und setzte sich auf die Bank neben ihn. »Es hat den Anschein, daß es Ihnen bei mir gefällt. Ich finde, Sie sind ein sehr angenehmer Mieter.«

Sie legte ihre Hand auf seine. Sie war stark geädert, wie es bei alten Menschen üblich ist. Ihre Innenfläche war kühl und weich. Ein sanfter Druck ging von ihr aus, der ihn erregte. Es war eine unerwartete Zärtlichkeit. Doch er erschrak nicht. Die Berührung besaß eine Selbstverständlichkeit, die ihr alles Falsche nahm. Dann zog Madame Régusse ihre Hand zurück, keinen Augenblick zu früh und keinen Augenblick zu spät. Sie nickte ihm zu und ging wieder ins Haus.

Als er den Kopf wandte und zum Nachbargarten hinübersah, war Monsieur Bazin verschwunden. Dies kam ihm ebenfalls merkwürdig vor, denn nie war sein Freund bisher ohne einen Gruß gegangen.

Abends ging er in die Bar. Monsieur Bazin war da. Aber er wirkte verändert. Er war schweigsam und in sich gekehrt. Francesco setzte sich zu ihm.

Als er das Gespräch auf Madame Régusse bringen wollte, stand Monsieur Bazin abrupt auf und ging. Das Pastisglas vor ihm war umgefallen, und ein dünner Faden der gelben Flüssigkeit rann über die Tischkante.

Endlich begriff Francesco. Madame Régusse war die Laura von Monsieur Bazin. Deshalb zupfte er mit dieser sinnlosen Energie Unkraut im Nachbargarten. Er wollte einen Vorwand haben, in ihrer Nähe zu sein. Wie viele Jahre mochte es schon so gehen!

War es ein Trost, daß es noch andere auf der Welt gab, die von der gleichen Krankheit befallen waren? Nein, dies war kein Trost. Es machte die Sache fast noch schlimmer, denn es nahm ihr auch noch den Glanz der Einmaligkeit.

Er beschloß, Monsieur Bazin einen Besuch abzustatten. Als er vor dessen Haustür stand, zog er die Schelle und lauschte. Schritte kamen näher. Sie waren schwer und unregelmäßig, als schleppe jemand sein Bein nach, trage jemand an einer schrecklichen Last, die ihn niederdrückte.

Dann öffnete sich die Tür. Monsieur Bazin war kaum wiederzuerkennen. So hatte er ihn noch nie gesehen. Sein Gesicht war entstellt von einem Ausdruck des Erschreckens, der kindlich wirkte. Seine dünnen Haare waren schweißverklebt. Der halboffene Mund gab ein leises Stöhnen von sich. Am schlimmsten war es mit den Augen. Sie blickten nicht. Sie waren tot wie die Glasaugen eines ausgestopften Tieres.

»Was ist geschehen?« fragte Francesco.

Monsieur Bazin sagte kein Wort. Er gab ihm auch nicht die Hand; er drehte sich einfach um und schlurfte durch den Gang zurück. Er torkelte dabei und stieß manchmal mit der Schulter gegen die Wand. Offenbar war Monsieur Bazin betrunken.

Sein Zimmer sah schlimm aus. Es waren nicht nur die Unordnung und der Dreck, die Zeitungen auf dem Boden, die verstaubten leeren Flaschen überall, die schmutzige Wäsche, die in den Ecken lag. Es war auch der scharfe Totengeruch eines alten Mannes, der sich nicht regelmäßig wusch.

Monsieur Bazin deutete auf einen Sessel, in dessen Lehnen an manchen Stellen die Sprungfedern gebrochen waren. Er selbst setzte sich auf einen Hocker und stützte den Kopf in die Hände. Er schaukelte wie ein Kind hin und her, das seinen Schmerz bekämpft. Tränen flossen ihm über die Wangen. Und es war, als schwemmte mit ihnen die Blindheit aus seinen Augen.

Auch Francesco begann zu weinen. Zwischendurch nippte er an einem Glas Rotwein, das Monsieur Bazin ihm hingestellt hatte.

Allmählich beruhigten sie sich. Sie sahen sich mit großer Zuneigung an. Dann sagte Francesco:

»Wie lange schon?«

»Dreißig Jahre. Ein wenig mehr, als deine sechzehn Monate!«

Francesco schwieg schuldbewußt.

»Ich war dreißig Jahre alt, als ich sie kennenlernte. Nun bin ich sechzig. Die erste Hälfte meines Lebens ist aus Glas. Durchsichtig und klar wie das Wasser der Sorgue. Die zweite Hälfte ist aus Silber. Undurchsichtig und reflektierend. Zusammen ergeben sie einen Spiegel, in dem ich mich sehe. Es ist kein schöner Anblick. Sie jedoch hat nichts von ihrer Schönheit verloren. Gewiß, sie hat graue Haare. Doch ist dies nicht die Asche eines Vulkans, der immer noch tätig ist?«

Monsieur Bazin seufzte und verdrehte die Augen.

»Ich weiß, wovon ich rede«, fuhr er fort. »Ein ganzes Jahr habe ich diesen Vulkan bewohnt, Francesco. Ich habe an seinem Kraterrand gelebt, und die Glut aus seiner Tiefe hat mich…, hat mich…«

Er bot einen komischen Anblick, wie er dasaß, sich die wenigen Haare raufte und nach Worten suchte. Francesco war jedoch nicht nach Lachen zumute. Er stand auf und näherte sich Bazin. Er legte ihm schwer die Hand auf die Schulter und sagte mit allem Nachdruck: »Um mit Seneca zu reden: ›Wer die Liebe abschütteln will, muß jede Erinnerung an den geliebten Gegenstand vermeiden, weil sich nichts so leicht wieder erzeugt wie Liebe.‹«

Monsieur Bazin sah ihn mit einem langen und ruhigen Blick an.

Er wirkte erleichtert, und es war deutlich, daß er sich von Sekunde zu Sekunde zu entspannen begann. »Du hat es natürlich gelesen, dieses verflixte Buch, diese Fibel für den Liebeskranken, die bis heute nichts von ihrer Aktualität verloren hat?«

»Petrarcas Bekenntnisse! Ein Buch voller Widersprüche.«

»Weil der Widerspruch die Seele der Liebe ist. Entsinnst du dich an den Satz, von dem gesagt wird, daß er für alle Liebenden gilt: ›Sie wissen nicht, was sie wollen?‹«

»Ich entsinne mich. Sie wissen, was sie tun, aber sie wissen nicht, was sie wollen. Sie sind sich ihrer Sache so sicher, daß es keine Ziele mehr für sie gibt. Sie wirken auf eine verwirrende Weise orientierungslos. Sie haben alles, was sie brauchen, aber sie wissen einfach nicht mehr, was sie wollen. Das unterscheidet sie von allen Menschen, die nicht von der Krankheit der Liebe befallen sind.«

Monsieur Bazin hatte die ganze Zeit über genickt. Nun seufzte er tief und hob zugleich wie ein Prediger beschwörend die Hand:

»Hier aber kannst du nicht genesen! Wo du so viele Spuren deiner Wunden siehst, durch ihren Anblick und die Erinnerung an die Vergangenheit verfolgt wirst! Habe ich richtig zitiert? Und wundert es dich darum nicht, daß ich nach so vielen Jahren immer noch in ihrer Nähe bin und Unkraut zupfe, als seien es Ableger des Glücks, das mir mit ihr entgangen ist?«

»Ja, dies wundert mich. Ist es nicht so, daß Augustinus dem Francesco in den Bekenntnissen empfiehlt, durch die räumliche Trennung von der Geliebten Genesung zu finden? Eine solche Stelle hast du doch gerade zitiert!«

»Das ist völlig richtig. Aber du hast eine kleine, jedoch entscheidende Nuance vergessen. Eine Reise allein bringt keine Heilung, sagt Augustin. Und er fährt mit den Worten fort: ›Wie der kranke Körper zur Aufnahme der Arznei erst vorbereitet werden muß, so mußt du im Geist den alten Eindruck zu verwischen suchen, ehe du ihm neue zuführst.‹«

»Dies ist doch wirklich eine verwirrende Empfehlung. Damit es möglich sein soll, den Geist durch Flucht von seiner Krankheit zu heilen, muß ich ihn schon vorher geheilt haben? Das gibt doch wahrlich keinen Sinn!«

»Ja. So argumentiert Francesco Petrarca auch. Er benutzt fast deine Worte. Und Augustinus antwortet ihm folgendermaßen: ›Ich sagte nicht, daß du den Geist vorher heilen, sondern ihn zur Heilung vorbereiten sollst. Ist dies geschehen, wird dir die Reise volle Genesung bringen, geschieht es aber nicht, so wird sie dir nur Anreiz zu neuem Schmerz bringen.‹ Sieh dich doch selber an. Ich habe dich in all den Wochen beobachtet. Du wirktest zwar ruhig, vielleicht sogar allzu ruhig; du machtest den Eindruck, dein seelisches Gleichgewicht gefunden zu haben, jedoch konnte dieser Eindruck mich nicht täuschen. Du bist in Wirklichkeit unruhiger denn je. Du hast dich zwar mit Sonne und Wind betäubt, und mit Rotwein und Pastis obendrein, doch in dir lauert das Verlangen, deine Geliebte wiederzusehen, stärker denn je. Ich sage dir, du hast es versäumt, deinen Geist auf die Heilung vorzubereiten.«

Einen Augenblick überlegte Francesco, ob Monsieur Bazin ihn aus Eifersucht loswerden wollte, weil er die Geste von Madame Régusse beobachtet hatte. Doch Bazin fiel ihm mit folgenden Worten in seine Gedanken: »Ich empfehle dir, entweder für immer hier zu bleiben und als zusätzliches Mittel einige kleine Liebschaften einzugehen, ganz wie es Augustinus ebenfalls dem Petrarca empfiehlt. Die alte Liebe durch eine oder mehrere neue schwächen, so wie der gewaltige Ganges vom König der Perser in unzählige und dadurch unscheinbare Flüßchen zerteilt worden ist. Oder aber du fährst bald zurück und machst es wie ich. Du hältst dich in ihrer Nähe auf, bis der dauernde Schmerz die Wunde der Erinnerung heilt. Wenn ein Schmerz vollkommen ist, spürt man ihn nicht mehr. Es fehlen dann die Vergleiche.«

Bazin erhob sich und begann, im Zimmer auf und ab zu gehen. In der Dunkelheit glich er einem Schatten, der übriggeblieben war, nachdem man das Licht fortgenommen hatte.

»Und das Geheimnis?« fragte Francesco.

Monsieur Bazin blieb stehen. Der Schatten zerfloß an den Rändern, löste sich auf. Dann brannte eine Kerze.

»Dort«, sagte Bazin. »In diesem Schrank.«

»Kann ich es sehen?«

Monsieur Bazin schüttelte den Kopf. »Nicht heute. Aber vermutlich bald. Du mußt erst entscheiden, was du tun willst.«

An den folgenden Tagen ging es Francesco weder gut noch schlecht. Er war in einem Zustand melancholischer Fühllosigkeit. Er ging viel spazieren, wanderte an den Sorgueufern entlang, kletterte in die Felsen oder saß stundenlang auf der kleinen Gartenbank und dachte nach auf eine unkonzentrierte Weise, die seinen Gedanken die Eigenschaften von im Wasser treibenden Blättern verlieh. Sie zogen langsam vorüber, halb eingesunken und dazu bestimmt, bald zu verfaulen.

»Ich soll mich entscheiden?« dachte er. »Entscheidungen sind immer lächerlich, sie betrügen immer die eine oder die andere Seite. Entscheidungen sind primitiv, gefräßig und fruchtbar. Eine Entscheidung zieht zwei neue nach sich, diese vier und so fort. Ich will mich nicht entscheiden. Ich will mich geistig vorbereiten.«

Er stand auf und setzte sich gleich wieder. Als drücke ihn auch in diesem Fall die Last einer Entscheidung. »Geistig vorbereiten zur Heilung«, flüsterte er. »Wenn ich sie wiedersehe, muß ich geistig vorbereitet sein. Sie darf keine Macht mehr über mich haben. Jedenfalls nicht mehr so vollkommen. Aber wie soll ich mich geistig vorbereiten? Ich weiß nicht, ob sich mein Körper geistig vorbereiten läßt. Schon wenn ich nur ihr Bild vor Augen habe, wenn ich sie mir nur vorstelle, habe ich Sehnsucht nach ihr. Daran hat sich nichts geändert durch die lange Zeit der Trennung.«

Er gab sich einen Ruck und stand auf. Es ging nicht ohne Entscheidungen. Eine bittere Wahrheit, die sich nur durch die Hoffnung versüßen ließ, die bestmögliche Wahl getroffen zu haben.

Er ging die Straße hinab zum Bäcker. Wie immer war der Laden um diese Zeit voll. Der Bäcker stand vor dem Ofen und holte die Weißbrote mit seiner langen Brotschaufel heraus. Ihr Stiel fuhr wie eine Lanze zwischen die Kunden und zwang sie immer wieder zu Ausweichbewegungen.

Er war froh, daß der Laden so voll war. Nicht nur liebte er die kleinen Dialoge, die im Raum entstanden und vergingen. Er liebte auch den Teiggeruch, die Ofenwärme, die mit der Sonnenwärme kämpfte, und er schätzte es zu warten, um die Bäckerin in Muße betrachten zu können.

Sie bediente am Tresen, griff die Brotstangen aus Körben und Regalen, warf Münzen in die Kasse, bedachte jeden Kunden mit einem Abschiedsgruß und blickte dem nächsten erwartungsvoll in die Augen. Sie war hübsch und für einheimische Verhältnisse mit städtischem Schick gekleidet. Auf dem beigefarbenen Hosenrock waren einige Mehlspuren. Doch die braune Seidenbluse war makellos; in ihrem Ausschnitt pendelte eine winzige rote Koralle an einem Silberkettchen.

Francesco hatte sich in die Bäckerin verliebt. Jedenfalls kam es ihm selbst so vor. Neuerdings ging er auch nachmittags hin und kaufte Kuchenstückchen mit angekohltem Boden und einer fetten, gelben Creme. Er schenkte sie regelmäßig Madame Régusse. »Wie kann so ein hübsches, zierliches Mädchen nur so einen alten, schwabbeligen Kerl heiraten«, dachte er. Er meinte den Bäcker, der sicher um die zehn Jahre jünger war als Francesco.

An den Wochenenden war der Andrang so groß, daß man die Baguettes besser bestellte. Dazu mußte man seinen Namen in eine Liste eintragen lassen. Ihm schien, daß die Bäckerin auf ihn aufmerksam geworden war, denn sie kannte seinen für französische Ohren schwierigen Namen bald auswendig und sprach ihn auch ziemlich richtig aus, wenn sie ihn begrüßte, weil er an der Reihe war.

Sie sah ihn offen an mit ihren dunkelbraunen Augen und wies ihre makellosen Zähne mit einem Lächeln vor, das er augenblicks auf sich persönlich bezog. So, glaubte er, lächelte sie bei den anderen nicht. Er blickte sie an, während er zahlte. Jemand hinter ihm räusperte sich. War er nicht bereit zu gehen? Warum konnte er nicht hier bleiben und diese Augen und dieses Lächeln ansehen, ohne daß die Zeit verging? Die Stange des Bäckers traf ihn am Oberarm. Er zuckte zusammen, senkte den Blick und stammelte sein »Au revoir« beim Verlassen des Ladens.

Er ging zu Monsieur Bazin ins Museum. Schon oft hatte er hier die Bilder betrachtet, in denen sich die Vorstellung vom großen Liebespaar dem jeweiligen Zeitgeschmack unterwarf. Auf manchen Darstellungen sah Petrarca aus wie ein Geschäftsmann, dessen Geschäfte nicht liefen, auf anderen erinnerte er an einen drogensüchtigen Hippie. Die Darstellungen von Laura variierten weniger stark. Immer diese hohe runde Stirn, dieses in ein Netz eingeschlungenen Haare, dieser Blick zur Seite, der ein wenig fromm und schamhaft und zugleich kokett wirken sollte. Allesamt erinnerten sie an das Porträt der Gentildonna, nur wirkten sie wie stümperhafte Kopien.

In einer der Vitrinen lag ein Stück Stoff. Es war brüchig, und die Farben waren blaß. »Kopfbedeckung einer Frau aus dem 14. Jahrhundert«, stand unter dem Objekt.

Francesco sah es lange an. Es war der einzige Gegenstand im ganzen Raum, der eine Aura hatte. Monsieur Bazin war hinter ihn getreten. Er sah ihm über die Schulter. »Die Webart ist besonders fein. Es ist die einer vermögenden Dame. Muster und Farben verraten dem Kenner, daß es sich um eine verheiratete Dame handelt.«

»Und sie lebte zu Lauras Zeiten?«

»Ja. Das ist gewiß«, sagte Bazin.

»In der Gegend? In Avignon?«

»Auch das ist gesicherter Tatbestand.«

»Hat man die Dame identifiziert? Kennt man ihren Namen?«

»Ja. Man hat ihn identifiziert. Meine Wenigkeit sozusagen. Es ist die Kopfbedeckung Donna Lauras.«

»Da ist ja grandios! Und warum steht das nicht dabei?«

»Es gibt Zweifel an meiner These. Historiker, die phantasieloser sind, als es je eine Wirklichkeit war. Man hat mir nicht geglaubt. Dabei habe ich Beweise. Die Kopfbedeckung wurde hier gefunden. Donna Laura hat sie bei einem ihrer heimlichen Treffen mit ihrem Geliebten zurückgelassen. Als Andenken vielleicht. Oder Francesco hat sie ihr geraubt wie die anderen Dinge auch. Übrigens, hast du dich entschieden?«

»Ja«, sagte Francesco. »Ich habe mich entschieden. Ich habe mich innerlich vorbereitet. Ende der Woche fahre ich zurück.«

»Dann komm heute abend zu mir. Ich werde dir mein Geheimnis zeigen.«

Den Nachmittag über saß er auf der Gartenbank und beobachtete das Ungeziefer, das hier sein Eigenleben führte in seiner unermeßlich großen Welt. Zum erstenmal seit geraumer Zeit fühlte er sich fast leicht. Ein Gefühl, das ihm so selten und kostbar vorkam, daß es ihn wie guter Sekt berauschte. Als es dunkel geworden war, ging er zu seiner Verabredung.

Monsieur Bazin hatte aufgeräumt und saubergemacht.

Die Atmosphäre war beinahe feierlich. Dies wurde durch eine Reihe brennender Kerzen bewirkt und auch durch die Miene und die gemessenen Bewegungen des Gastgebers, der ihn mit einer würdevollen Geste zum Sitzen einlud. »Voilà«, sagte Monsieur Bazin.

Er nahm im Sessel Platz, dessen schadhafte Stellen nun eine gehäkelte Decke kaschierte. Jetzt erst, in der rasch hereinbrechenden Dämmerung, bemerkte er, daß der Raum mit seiner gewölbten Decke und den tiefen Fensterschächten fast einer Kapelle glich.

Monsieur Bazin blieb stehen. Er hob beide Arme und breitete sie aus, als wolle er etwas segnen. »Voilà«, wiederholte er. »Alles auf der Welt ist verrückt. Nur die Liebenden nicht. Sie sind normal. Da sie jedoch die Ausnahme sind, erklärt jeder, der nicht liebend ist, sie für verrückt.«

Bazin machte eine Pause. Sie war kunstvoll. Sie diente dazu, die Aufmerksamkeit der Gemeinde zu erhöhen.

Monsieur entzündete ein Räucherhütchen. Der betäubend süße Duft kämpfte nur kurz mit dem Modergeruch der Wohnung, dann hatte er gesiegt. »Es gibt nur eine Sorte Menschen«, fuhr Bazin fort, »die noch normaler sind als die Liebenden. Das sind die hoffnungslos Liebenden. Sie erleben die Zeit, wie sie wirklich ist. Sie retten sich nicht ans Ufer, sie kämpfen nicht gegen ihre Strömung an, sie lassen sich einfach treiben. Sie lassen sich treiben wie ein Hölzchen, der Mündung zu und hinaus ins freie Meer. Ich möchte sagen, bis in den Tod hinaus, der darin besteht, daß man keine Küste mehr sieht, daß alles ringsum graue Endlosigkeit wird. Dann erst erlischt die Liebe, dann erst darf man die Quelle vergessen.«

Bazin zelebrierte nun eine beinahe noch kunstvollere Pause, in der er nichts weiter tat, als in einer Art verzückter Trauer vor sich hinzustarren. Schließlich begannen seine Augen feucht zu schimmern. Dies schien ihn mit Zufriedenheit zu erfüllen; seine Mimik nahm den Ausdruck der Genugtuung an.

Er streifte sich eine Träne mit einer ruhigen und bedachten Bewegung ab, so wie etwa ein Juwelier eine Perle von ihrer Samtunterlage nimmt. Dann fuhr er fort: »Es gibt auf dieser Erde nur zwei Landschaften, Francesco, in der der Mensch zu diesem einzigartigen Gedanken fähig war: Unerfüllbarkeit ist das großartig schlagende Herz der Liebe. Dort, wo man es klopfen hört, kann man sich auf die Wahrhaftigkeit eines Gefühls verlassen. Nur dort, Francesco. Alles andere ist Trug, ist Handel, ist gewöhnliche Verrücktheit der einzelnen, die sich zusammentun, um mit ihren Körpern, ihren Reizen und Süchten ihre Geschäfte abzuwickeln. Weißt du, welche Landschaften ich meine? Beide berühren sie das Meer, beide sind sie zuweilen von einem eigenartig flirrenden Licht erfüllt, das zu allen Zeiten die Maler zu höchsten Leistungen inspirierte, beide bringen sie das schwere Blut roten Weines hervor, beide sind sie von einer betörend lächelnden Melancholie. Du wirst es erraten haben, Francesco, ich spreche von der Toskana und der Provence. Gott muß schwermütig gewesen sein, als er ihre Berge und Ebenen schuf, und er muß zugleich dabei gelächelt haben, vielleicht, weil er ausnehmend zufrieden war mit diesem Teil seiner Schöpfung. Er ahnte wohl, daß es hier einst Menschen geben würde, die von der gleichen göttlichen Stimmung befallen sein würden, zu trauern und dabei vergnügt zu sein, zu lieben und dabei auf die Erfüllung ihrer Liebe mit Wollust zu verzichten. Sie bewohnen ein Leben lang ihre Sehnsucht wie ein lichtes Zimmer mit zwei Fenstern, einem kühlen nach Norden mit Blick auf ewiges Eis, einem warmen nach Süden mit Blick auf blühende Gärten. Fliehe, Francesco, gehe weg von hier, oder du wirst das schmerzliche Lächeln der Provence nicht mehr los. Was macht übrigens deine Liebelei mit der Bäckerin?«

Monsieur Bazin wirkte wie verwandelt. Er hatte offenbar den unsichtbaren Talar wieder abgelegt und saß nun da in seinem schäbigen Aufzug und war so spöttisch und aufgekratzt, wie Francesco ihn gewöhnlich kannte.

»Es ist nichts. Natürlich ist es nichts. Ich weiß nicht einmal mehr, wie man sich verlieben soll.« »Das ist ein klassisches Symptom des Liebenden, Francesco. Die Verliebtheit ist wie ein Duft, den Liebenden interessiert nur die Blume selbst. Weißt du, als ich meine Stelle in diesem lächerlichen, seines Gegenstandes unwürdigen Museums antrat, dachte ich noch anders über Petrarca. Ich glaubte, wie alle Welt, diese dumme Geschichte von seiner platonischen Liebe zu Donna Laura. Natürlich war sie am Ende platonisch. Doch zuvor durchlief sie alle üblichen Stationen von der Verliebtheit bis zur Leidenschaft. Wäre es anders, wäre es wahrhaftig kein Kunststück gewesen, im Verzicht die eigentliche Erfüllung zu suchen. Nein, nein. Nur Philister können auf eine solche Idee kommen. Ich sage dir, wir beide wissen nur zu gut, daß die Reinheit einer großen Liebe aus der Quelle der Unreinheit sprudelt. Er hat sie in seinen Armen gehabt, viele Male, er hat mit der größten Heftigkeit begehrt und geliebt. So und nicht anders war es. Ich habe den Beweis.«

Monsieur Bazin ging zu dem großen Schrank, der die eine ganze Schmalseite des Raumes einnahm. Er fuhr mit den Fingern über die Intarsien und die Schnitzereien. Jetzt erst sah Francesco, daß es sich um ein ganz erlesenes Möbelstück handelte.

»Frührenaissance«, sagte Bazin mit seiner Aufseherstimme. »Ein seltenes Stück. Es müßte aufgearbeitet werden. Was für den Menschen gilt und die Kunst, das gilt auch für die Möbel: Etwas Ungeheuerliches geschah damals. Man muß sich nur klarmachen, daß die Gotik Schränke noch fest mit dem Mauerwerk verband. Auch sahen sie wie kleine Kathedralen aus. Jetzt aber, in der Mitte des 14. Jahrhunderts, gibt es eine Revolution. Eine Revolution des Gefühls, des Geschmacks, des Denkens. War die Gotik vertikal orientiert – alles ließ sie von oben nach unten oder von unten nach oben streben, die Seelen, die Bauwerke, die Blicke, die Gedanken, Himmel und Hölle, Sünde und Liebe –, so kam mit der Renaissance ein horizontales Weltbild auf. Es war flächig und wohlgestalt wie dieser Schrank mit seinen klaren Verzierungen. Es war, als ob der Höllen- und Himmelfahrt der Gotik im wahrsten Sinne des Wortes ein Strich durch die Rechnung gemacht wurde. Es war jener Strich, der Blaues vom Blauen trennt, Himmel vom Meer. Odysseus sah ihn und andere Götter der Antike, auch den Helden war er vertraut wie den einfachen Fischern und den Liebenden am Strand. Petrarca liebte diese feine Linie, die man an klaren Tagen vom Strand aus sieht, den Meereshorizont. Er ist das Symbol der Wiedergeburt. Er zieht den Blick an, lenkt ihn vom Himmel herab oder von der Hölle herauf und geleitet ihn in eine Weite, die den Kopf weder in Demut sich senken noch in Hybris oder Anbetung heben läßt. Nein, der Dichter und der Seemann, der Maler, die Liebenden und der Fischer, sie alle stehen nun aufrecht mit gerade gehaltenem Kopf. Es sind neue Menschen. Sie blicken zum Horizont, und ihre Blicke kehren von dort zurück und treffen auf das Antlitz der natürlichen Menschen und zeigen ihnen zum erstenmal sein wirkliches Gesicht. Sie sehen, daß sie weder eine Höllenfratze noch das verklärte Gesicht eines Engels haben.«

Monsieur Bazin machte die entsprechenden Gesichter oder versuchte es doch, und da es eine komische Wirkung hatte, die ihm wohl bewußt war, begann er selbst zu lachen.

»Francesco«, rief er, »nimm es mir nicht übel, ich bin kein großer Theoretiker und höchstens ein mittelmäßiger Clown. Alles, was ich sagen wollte, ist, wäre damals das Neue Testament geschrieben worden, damals, als Petrarca lebte, wäre Jesus wahrscheinlich nicht zum Himmel gefahren, sondern am Meer spazierengegangen. Stammt nicht deine Laura wie du vom Meer? Ich entsinne mich, daß du es so erzählt hast. Dann gnade euch Gott. Ihr seid in eurer Kindheit vom gleichen vertikalen Pfeil getroffen worden. Ihr seid Horizontmenschen. Es wird nicht einfach sein, euch auseinanderzubringen.«

Bazin hielt inne und kratzte sich die Kopfhaut. »Ich wollte eigentlich gar nicht so viele Worte machen. Ich wollte dir etwas zeigen. Aber du mußt verstehen, daß es mir nicht ganz leicht fällt, mein Geheimnis zu lüften, auch vor einem Freund, einem Gleichgesinnten nicht. Es könnte schließlich sein, daß du zweifelst, und davor habe ich Angst, verstehst du, obwohl es lächerlich ist. Denn ich weiß ja, daß ich recht habe, ich brauche keine Bestätigung. Ich weiß, daß ich recht habe mit meiner Deutung. Es bedarf keiner Beweise, die einen Historiker überzeugen. Man muß nur eines kennen, die leidvoll süße Erfahrung einer vergeblichen Liebe.«

Bazin schwieg und holte einen großen Schlüssel aus der Tasche. Lange verharrte er regungslos vor der Schranktür. Er schien mit sich zu kämpfen. Plötzlich schob er den Schlüssel ins Schloß und riß die Tür auf.

Zuerst sah es für Francesco so aus, als fiele Kerzenschein in lauter leere Regale. Dann sah er, wie Bazins Hände in den Schrank glitten und daß es dort im Halbschatten einige Gegenstände gab. Sein Freund holte sie hervor und legte sie auf den Tisch. Ein Hemd aus feinstem Nessel, Sandalen mit zerrissenen Bändern, ein kleines Kästchen, das Bazin nun mit zitternden Fingern öffnete. Eine Locke von rotblondem Haar und eine Perlenkette kamen zum Vorschein.

»Voilà«, sagte Bazin. »Die Dessous von Donna Laura, ihre Haare, eine Kette, die einst ihren Hals schmückte oder ihr Dekolleté; je nachdem, ob sie sie einfach oder doppelt trug.«

»Wieso bist du so sicher, daß diese Sachen Laura gehörten?« Die Frage kam Francesco wie eine Störung, ja, fast wie eine Beleidigung vor. »Hier, sein Zeichen, seine Botschaft.« Bazin schob etwas über die Tischplatte auf Francesco zu. Es raschelte wie trockenes Laub. Jetzt sah er graue, unansehnliche Schnipsel, die die Hand Monsieur Bazins auf dem Tisch zu einem Häufchen zusammenkehrte. »Sie riechen nicht mehr. Es sind jedoch eindeutig Bruchstücke von Lorbeerblättern. Ich habe sie von einem Botaniker bestimmen lassen. Und sie waren in der Truhe bei den anderen Dingen. Natürlich willst du wissen, wo ich sie gefunden habe. Höre also gut zu. Oberhalb der Quelle gibt es, wie du inzwischen weißt, in den Kalkfelsen einige Höhlen. Sie waren in grauer Vorzeit einmal bewohnt. Man hat sie natürlich untersucht und auch einiges an Gerätschaften, Tongefäßen, Kämmen aus Elfenbein und dergleichen gefunden. Vor Jahren untersuchte ich einige der Höhlen auf eigene Faust. Ich erwartete nichts Neues, aber es machte mir viel Freude, dort oben herumzuklettern und tief unter mir den Fluß zu sehen, der, wie du ebenfalls weißt, so klar ist, daß man ihn nur mittels der Spiegelungen auf seiner Oberfläche wahrnimmt. Ich fand einige Weinflaschen, Zigarettenschachteln und anderen Müll aus unserer Zeit.

Eine der Höhlen faszinierte mich besonders, da man von ihr direkt in den Schlund der Quelle sehen kann. Die Saugkraft des wässrigen Mundes dort unten schien bis hier oben seine Wirkung auszuüben. Ich hielt mich fest, um nicht zu springen.«

»Die Höhle, in der ich meine Geschichte erzählt habe!« warf Francesco in großer Erregung ein. »So ist es«, sagte Bazin. Er genoß offensichtlich die Aufregung seines Freundes, und, wie um sie noch zu steigern, fuhr er mit betont gelassener Stimme fort: »Ich bewegte mich ungeschickt und trat Geröll los, das polternd in die Tiefe fiel. Ich wollte mich schon auf den Rückweg machen, als ich in dem nun kleiner gewordenen Steinhaufen am Rande der Höhle einen dunklen

Gegenstand entdeckte. Ich legte ihn mit meinen Händen frei. Es war eine Art Truhe. Sie zerfiel, als ich sie bewegen wollte, und all das kam zum Vorschein, was du jetzt vor dir auf dem Tisch siehst. Ich brachte die Sachen hinunter, wobei ich mich mühte, sie so vorsichtig wie möglich anzufassen, so zart, wie es nur ein Liebender vermag. Mir war klar, daß ich den heimlichen Treffpunkt Petrarcas und seiner geliebten Laura gefunden hatte. Ihren locus amoenus direkt über dem Mund der Sorgue.«

Bazin starrte verzückt und geistesabwesend vor sich hin. Im flackernden Kerzenlicht sah er aus wie eine antike Faunsgestalt mit spitzen Ohren und Bocksgesicht. Seine Hände streichelten behutsam das Nesselhemd und breiteten es auf dem Tisch in ganzer Länge aus. Oben, bei der Halsöffnung, drapierte Bazin nun die Kette, wobei er sie zu einem Doppelkreis schlang. Unterhalb des Hemdes plazierte er die beiden Sandaletten. Zum Schluß legte er die Haarlocke an eine Stelle, die einer möglichen natürlichen Position entsprach. So waren auf der langen Tischplatte die bruchstückhaften Umrisse einer auf dem Rücken liegenden Frau entstanden.

»Die Haube fehlt«, sagte Bazin. »Man hat sie leider ins Museum verfrachtet. Mit ihr war es mir ursprünglich möglich, auch einen gewissen Eindruck von Lauras Antlitz und Kopfhaltung zu vermitteln. Doch auch so wirst du sie sehen können, wenn du die Phantasie eines Liebhabers hast.«

Monsieur erhob sich und blies die Kerzenflammen aus. Nur eine einzige ließ er brennen. Ihr schwankendes Licht fiel so, daß sich die Gegenstände auf dem Tisch an ihren Schattenrändern ein wenig zu bewegen schienen. Francesco starrte wie gebannt darauf, und wirklich, sie schienen sich mit Körperlichkeit zu füllen, als schlüpfte ein Mensch hinein. Bazin saß ihm gegenüber und rezitierte mit monotoner Stimme:

Ich sah ein junges Weib beim grünen Lorbeer,
das weißer war und kälter als der Winter,
von Sonne unberührt viel-viele Jahre;
ihr Sprechen und das Antlitz und die Locken
gefielen mir so sehr, daß sie vor Augen
mir schwebt und schweben wird auf Berg und Ufer.

Erst dann gelangt mein Sehnen an ein Ufer,
wenn sich kein grünes Blatt mehr zeigt am Lorbeer;
wenn still das Herz ist, trocken sind die Augen,
gefriert das Feuer und es brennt der Winter;
nicht hab ich so viel Haar in diesen Locken
wie zur Erwartung jenes Tages Jahre.

Wiewohl die Zeit fliegt und es fliehn die Jahre,
bis man jäh landet an des Todes Ufer,
sei es mit braunen oder weißen Locken,
folg ich dem Schatten dieses süßen Lorbeers
bei überheißer Sonne und im Winter,
bis mir der letzte Abend schließt die Augen.

Noch niemals sah man je so schöne Augen,
zu unserer Zeit nicht noch zu frühern Jahren,
die mich zerschmelzen wie die Sonn den Winter,
woraus ein Tränenfluß entspringt, des Ufer
Amor zum Fuße lenkt des harten Lorbeers
mit Diamantgezweig und goldnen Locken.

Eh wandeln sich mir Angesicht und Locken,
bevor mir mitleidvoll zukehrt die Augen
mein Lieb, gemeißelt in lebendigen Lorbeer.
Verzähle ich mich nicht, sinds sieben Jahre,
die geseufzt von Ufer hin zu Ufer
die Nacht, den Tag, bei Hitze und im Winter.

Innen nur Glut, außen schneeweißer Winter,
mit diesen Sorgen nur, mit anderen Locken
geh weinend ich entlang an jenem Ufer,
Mitleid hervorzurufen in den Augen
derer, die nach uns leben tausend Jahre,
lebt denn so lange gut gehegter Lorbeer.

Gold und Topas bei Sonnenschein im Winter
besiegt der Locken Blond beidseits der Augen
die meine Jahre früh hinführn zum Ufer.

Bei den letzten Versen griff Monsieur Bazin mit spitzen Fingern in das Häufchen Lorbeer und ließ die Reste wie Asche über die auf dem Tisch ausgestreckte Laura rieseln. Dann blies er auch die letzte Kerze aus. Francesco schien es nun, daß sich eine Frau aus Fleisch und Blut aus dem Nachbild erhob. Sie glitt vom Tisch herab, nickte ihm zu, lächelnd und geheimnisvoll, wie er es an ihr kannte, und verschwand zur Tür hinaus in den langen, finsteren Gang.

Bazin stand auf und legte beide Hände auf Francescos Schultern. Dann sagte er: »Ich möchte, daß du die Gentildonna holst. Sie gehört in kein Museum. Sie gehört hierher. Nach allem, was du mir erzählt hast, bin ich mir sicher, daß es sich um das einzige authentische Porträt der Donna Laura handelt. Du mußt einen Weg finden, das Bild zu entführen.«

Bazin machte den Eindruck eines Besessenen. Er bewegte sich fahrig und trank Glas nach Glas. Francesco war es unheimlich, und er wollte gehen. Bazin hielt ihn jedoch mit einem schmerzhaften Griff am Oberarm fest.

»Und noch etwas, Francesco. Ist dir noch nicht der Gedanke gekommen, daß Petrarca versucht hat, seine Geliebte umzubringen? Denk an die Narbe. Schließlich hat sie ihn tödlich verletzt durch ihre Weigerung, ihn zu heiraten. Er muß wahnsinnig gelitten haben. Seine ganze Philosophie der Enthaltsamkeit ist dem Schmerz abgepreßt. Ich sage dir, er hat das Bild der Gentildonna Laura auf seine Kosten malen lassen. Es hat ihn viel Geld gekostet, denn er mußte neben dem Kunstwerk auch das Schweigen des Malers über den Auftraggeber kaufen. Vielleicht war der Gatte Donna Lauras verreist, und Petrarca hatte so die Möglichkeit, bei der Entstehung des Bildes selbst anwesend zu sein. Vielleicht ist es sein Daumenabdruck, den du auf dem Rand der Leinwand entdeckt hast. Verkleidet kam er als Schüler oder Gehilfe des Malers. Und er hatte, wie ich deinem Bericht über jene Pentimente entnehme, offenbar die groteske Idee, sich zunächst vor dem nördlichen Fenster malen zu lassen, um sozusagen die Grundierung für seine Geliebte abzugeben. Wahrhaftig, eine seltsame Art der Kohabitation.«

Bazin gab sich dem Rausch seiner Phantasien hin. Sie hielten offenbar Schritt mit dem Rausch seines Körpers.

»Ich kann mir sogar denken, Francesco, wenn ich mich in diesen grandiosen und konsequenten Liebhaber hineinzuversetzen wage, daß er später in einem Anfall von Liebesschmerz das Bild mit dem Messer attackierte, um die Dargestellte symbolisch umzubringen, wie Eingeborene es mit Puppen von Feinden tun, in die sie Nadeln stechen.«

Francesco machte sich gewaltsam frei und ging. Es tat gut, draußen zu sein, und die Erregung fiel von ihm ab. Der Himmel war klar und voller Sterne. Morgen würde es Mistral geben. Als er in seinem Bett lag, dachte er über Monsieur Bazins Vorschlag nach, und er mußte zugeben, daß er ihm nicht schlecht gefiel.

Er entschloß sich zur Reise.

Als er sich verabschieden wollte, war Bazin nirgends auffindbar. Vielleicht ertrug er Abschiede nicht.

Der Abschied von Madame Régusse bestand in einer langen Umarmung. Sie waren beide ungefähr gleich groß, und als er die Arme um sie legte, spürte er ihren Körper von oben bis unten. Sie legten die Stirnen aneinander. Ihre grauen Haarsträhnen fielen über seine Augen. Eine ihrer Hände lag sanft auf seiner Hüfte, die andere fuhr seine Wirbelsäule auf und ab. »Sie muß eine erfahrene und begehrenswerte Liebhaberin gewesen sein, und sie ist es wahrscheinlich immer noch«, dachte Francesco.

Dann saß er im Bus, der nach Avignon fuhr. Es war unerträglich heiß. Er aß ein Baguette, das er kurz vor der Abfahrt noch bei der schönen Bäckerin gekauft hatte. Auch dies war ein besonderer Abschied gewesen. Ihr Blick, ihr Lächeln, die Art, wie sie versuchte, seinen Namen richtig auszusprechen, all das deutete seiner Meinung nach auf ihr Interesse an ihm. Auch, daß sich ihre Hände kurz berührten, als er ihr die Geldstücke gab. Doch es war ein Interesse ohne Gewicht. Es war leicht und schwebte wie der Mehlstaub im Raum, der sich im Verlauf eines Arbeitstages auf alles hier niederließ.

In Avignon verbrachte er den Nachmittag in einer Kneipe in der Nähe des Bahnhofs. Es war laut und dreckig. Damen und Herren der Halbwelt schienen hier zu verkehren. Ihm schenkte niemand Beachtung. Er saß da und starrte vor sich hin. In größeren Zeitabständen ließ er den Blick jedoch durch den Raum schweifen, als wolle er so das Reisen üben. Es war immer das gleiche Bild. Die überschminkten Gesichter der Prostituierten an der Theke im Spiegel hinter der Bar zwischen lauter Flaschen wie schädellose Gummimasken. Auf den Bänken fast nur Männer in allen Stadien der Trunkenheit. Viele Stimmen laut und aggressiv, aber das störte ihn nicht. Er fühlte sich geborgen in seiner selbsterschaffenen Leere.

Sie hielt auch an, als er im Nachtzug saß. Er war in einem nicht unangenehmen Zustand zwischen Schlafen und Wachen.

Um die Mittagszeit des nächsten Tages kam er an. Das Gefühl, durch die Stadt zu laufen, einen Ort, den er noch am ehesten mit Heimat bezeichnen würde, war sehr merkwürdig.

Er machte einen Umweg über Australien. Zufällig kam er durch den Park mit Hermes und Aphrodite. Einen Augenblick lang ließ er sich mit klopfendem Herzen auf der Bank nieder.

Sollte er zuerst nach Hause oder in Lauras Wohnung gehen? Es war die alte Frage, und sie war lebenswichtig, wie ihm schien. Dann fiel ihm ein, daß Laura ja kein Stipendium mehr hatte und auch kein Wohnrecht mehr in dem Appartement. Wie konnte er das nur vergessen!

Er stellte seine Reisetasche ab und setzte sich auf einen niedrigen Mauersims. Es war bei dem kleinen Laden, wo Laura und er früher einzukaufen pflegten. Hier, auf dem Mäuerchen, saßen auch die Penner und holten ab und zu neue Flaschen aus dem Laden, die zu leeren für sie der einzig verbliebene Garant dafür war, daß die Zeit noch verstrich. Sie begrüßten ihn freundlich, nickten ihm zu mit ihren roten Alkoholikergesichtern. Einer reichte ihm die Bierflasche, die er an den Mund setzte, ohne sie vorher mit dem Ärmel abzuwischen. Hatte er sich so verändert, daß sie ihn bereits als einen der ihren ansahen? Es stimmte, er hatte die Gesichtsfarbe eines Menschen, der kein Obdach hat.

Er bedankte sich und legte die letzten Schritte zu seiner Wohnung zurück. Er ging langsam die Treppe hoch und schloß auf. Es roch muffig, wie in der Wohnung von Bazin. Altmännergeruch, Sterbezimmer, dachte er. Er öffnete die Fensterflügel weit und lehnte sich hinaus. Der Himmel war grau. Alles wirkte seltsam bedrückt und bleiern. Es war genauso ein Wetter wie damals an dem Tag, an dem er Laura zum erstenmal gesehen hatte.

Er griff zum Telefon. Sollte er anrufen? So tun, als riefe er aus dem Ausland an? Er wählte die Nummer seiner Frau.

»Ich komme gerade aus der Schule«, sagte sie, »und koche mir eine Kleinigkeit.« Es war, als wäre nie etwas geschehen. Diesen Satz hatte sie früher immer gesagt, wenn er um diese Zeit anrief. »Wie geht es dir?« fragte er. »Nicht schlecht. Ich habe einen Freund. Nichts für ewig, aber es tut gut. Und du?« »Ach«, sagte er und legte auf.

Er ging hinüber in den Park der Kunstschule. Die Fenster zu seiner Werkstatt kamen ihm noch blinder vor von Staub. Das Unkraut zwischen den Verbundsteinen des Innenhofes war gewachsen. »Ein gutes Revier für Bazin«, dachte er. Dann sah er, daß sich die Tür des Appartements öffnete. Wie in einem Traum erschien sie mit einem Stuhl in der Hand. Sie setzte sich in die Nähe der Mülltonnen und begann, in einem Buch zu lesen. Sie trug eine kurzärmlige Bluse mit aufgedruckten Rosen. Ihre Haare waren länger geworden. Er sah, wie sie sich beim Umblättern bewegte. Er sah, wie sehr er sie immer noch liebte.

Als sie ihn bemerkte, erhob sie sich und kam zu ihm. Langsam, wie ihm schien, und vollkommen unaufgeregt. Sie legte das Buch ab und schlang ihre Arme um seinen Hals. Sie legte ihre Stirn gegen seine und flüsterte: »Es gibt merkwürdige Dinge auf der Welt.« Sie preßte den Kopf zurück und sah ihn lächelnd an. »Was meinst du damit, Laura? Was meinst du mit merkwürdigen Dingen?«

»Zum Beispiel die Welt selbst.«

Er blickte sie unsicher und ein wenig mißtrauisch an, während er sie vorsichtig und unbeholfen streichelte. Wie immer war es ihm unmöglich, ihren Gesichtsausdruck zu deuten. Scherzte sie? Meinte sie es ernst? Gab es diesen Unterschied überhaupt für sie?

»Laura, das klingt hübsch, was du sagst. Aber die Welt ist kein Ding, das auf der Welt ist. Sie ist die Welt selbst.«

Sie näherte wieder ihre Stirn und verstärkte den Druck ihrer Arme in seinem Nacken. »Es gibt noch andere merkwürdige Dinge auf der Welt außer der Welt«, fuhr sie fort. »Zum Beispiel, daß du so lange weg warst und dennoch die ganze Zeit bei mir. Du warst immer in mir, auch wenn ich nicht wußte, wo du in Wirklichkeit warst.«

»Wieso wohnst du wieder hier?«

»Sie haben keinen neuen Stipendiaten. Knoop hat es für mich durchgesetzt. Ich zahle Miete, und ich bekomme wahrscheinlich einen Lehrauftrag für Zeichnen. Du siehst, es nimmt alles Formen an.«

Sie nahm ihn bei der Hand und zog ihn in ihre Wohnung. Dort war es dunkel und kühl wie immer. Ewiger Winter war hier, und es roch, wie es ihm vertraut war, nach verbranntem Holz und nach Asche. Sie legten sich aufs Bett und streichelten sich, neugierig und behutsam wie frisch Verliebte.

»Gehst du nach Australien zurück?« fragte er. »Frühestens in drei Monaten. Wir haben viel Zeit.« »Drei Monate sind drei Sekunden«, sagte er und nahm drei ihrer Finger und knickte sie in den Gelenken ab. Dann bog er sie wieder gerade. »Und Phil. Was ist mit ihm?« »Ich weiß es nicht. Wir telefonieren kaum mehr miteinander. Ich hab' ihn lieb. Aber nicht so wie dich. Ich glaube, es wird alles gut.«

Sie bohrte einen ihrer Finger in sein Ohr. Dann legte sie sich halb auf ihn und begann, sein Hemd aufzuknöpfen.

Er schob sie zur Seite und stand auf. »Laura«, sagte er leise, ohne verhindern zu können, daß es wie ein Stöhnen klang. »Es hat keinen Zweck mehr. Wir müssen Schluß machen. Ich ertrage dieses ewige Hin und Her nicht mehr.«

Sie lag auf dem Rücken und starrte zur Decke. Tränen rollten über ihre Wangen. Er ging mit kleinen, abgemessenen Bewegungen die Wendeltreppe hinab. Sein Stolz war längst windelweich geworden. Ihm war übel.

Als er in seinem Zimmer angekommen war, setzte er sich ans Fenster und blickte in die Wolken, aus denen es gerade zu regnen begann. »Tränen fließen gar so süß, erleichtern mir das Herz«, sagte er laut, als wünschte er, daß Laura es höre.

Das Telefon klingelte. »Kannst du kommen« flehte sie mit einer Stimme, die äußerste Not verriet. »Mir geht es so schlecht. Ich brauch' dich. Halt mich fest. Ich muß dir etwas sagen.« »Bis gleich«, sagte er mit einer Stimme, die ihm fremd vorkam.

Dann ging er ein paar Schritte im Zimmer auf und ab. Hätte er sich sehen können, hätte er sich bestimmt gewundert, wie traurig und hoffnungslos ein Mensch zu lächeln vermag.

Die Tür war angelehnt. Der Ofen brannte, obwohl es ein warmer Frühsommertag war. Auch die Kerzen brannten. Es war, als sei die Zeit in diesem ewigen Winter stehengeblieben.

Wieder war es so, daß Laura ihn bei der Hand nahm und wie ein Spielzeug hinter sich her zog, die Wendeltreppe empor.

Sie zogen sich wortlos aus und schliefen miteinander. Es kam ihm vor, als ob er sich noch nie so aufgelöst hätte. Alles war weich und nahm die gleiche Farbe an, ein rötliches Braun wie Walnußbeize.

»Ich habe vor, mehr zu malen«, sagte Laura. »Ich glaube, ich sehe inzwischen ganz anders. Vielleicht können wir heute nachmittag am Fluß spazierengehen?«

Er nickte, zog sich an und ging hinüber in seine Werkstatt. Niemand achtete auf ihn. Auch der Pförtner nicht. Hatte er sich so verändert?

In seiner Werkstatt herrschte peinliche Ordnung. Nur die Muschelpalette stand an einer falschen Stelle. Auf seinem Schreibtisch lag ein großes weißes Kuvert. Er öffnete es und las das Kündigungsschreiben. Es erinnerte ihn an ein Sonett von Petrarca, voller Widersprüche und Oxymora. Er sei ein außergewöhnlich fähiger Restaurator, schrieb der Direktor, jedoch für das Museum nicht tragbar. Er sei zu sehr Künstler, um sich einem geregelten Arbeitsleben unterordnen zu können. Im Grunde sei dies ein Vorzug, nicht jedoch für die Institution. In drei Monaten sei deshalb sein Arbeitsverhältnis offiziell beendet. Inoffiziell habe er sich ja bereits von seinem Arbeitsplatz entfernt.

Plötzlich stand Labisch neben ihm. Wie Pluto der Höllenhund, der unterirdische Zeus, war er mit Hilfe seiner Tarnkappe, die ihm die Zyklopen gearbeitet haben, unbemerkt hereingekommen. In der Tat erfüllte ein so vertrautes Gesicht sehr gut die Funktion eines Werkzeugs der Unsichtbarkeit. Labisch war der Herrscher über diesen Tartarus. Er war konsequent. Von der Außenwelt ließ er nur die Straßenecken gelten. Pluto, der sich durch keine Bitten erweichen läßt, wenn man von Orpheus absieht, dem es bekanntlich gelang, den Herrscher der Unterwelt durch seinen betörenden Gesang zur Herausgabe von Eurydike zu bewegen. Sollte er Labisch vielleicht das Schubertlied vorsingen? Tränen fließen gar so süß? Auch jene Liebesgeschichte war unglücklich ausgegangen. Orpheus hatte sich aus Liebe zu Eurydike umgedreht. Er wollte seine Geliebte sehen und verstieß damit gegen die Bedingung, unter der Pluto Eurydike freigegeben hatte. So ist es: Hören, fühlen, ertasten darf man seine Liebe, aber niemals ansehen. Das Bild ist das Verbotene. Die Augen sind Werkzeuge des Scheiterns.

»Einerseits tut es mir leid für Sie«, begann Labisch. »Andererseits auch nicht. Sie stehen jetzt an einer besonderen Ecke. Sie wechseln die Richtung, und alles wird anders. Solche Ecken sind äußerst selten auf dieser Welt. Ich beneide Sie. Ich wünsche Ihnen alles Gute für die Zukunft.« Labisch reichte ihm seine weiche Hand. »Wenn ich dann noch lebe«, sagte Francesco. Labischs Miene war so herzlich wie noch nie gewesen. Nun streifte er seine Tarnkappe über und verschwand.

In Francesco kam eine Betriebsamkeit, die genauso unauffällig wie effektiv war. Einige Sachen räumte er in seine Tasche, die Muschelpalette und den Inhalt der blauen Schublade ›Meer‹. Dann füllte er Alkohol in eine Porzellanschale und gelierte ihn mit Celluloseäther zu einer kleisterartigen Substanz. Ein sanftes Mittel. Es würde den Firnis nur oberflächlich angreifen, aber durch die Konsistenz der viskösen Masse würde das Bild schrecklich verunstaltet aussehen.

Kurz vor dem Ende der Öffnungszeit ging er mit seiner Tasche hinüber in den Neubau. Niemand bemerkte ihn. Es waren auch keine Besucher mehr da. Er versteckte sich hinter einigen Stellwänden. Als das Licht ausging, legte er sich auf den Boden und schlief lange und tief. Gegen halb zehn wachte er auf. Er ging zur Gentildonna und kippte ihr die Substanz geradewegs ins Gesicht. Die Tropfen rannen langsam zum Dekolleté herab. Auf dem Inkarnat entstanden blasig verquollene Streifen.

Es gelang ihm, unbemerkt aus dem Gebäude zu kommen. In seiner Wohnung setzte er sich in den Sessel am Fenster und wartete. Gegen elf klingelte das Telefon. »Warum hast du dich nicht gemeldet?« sagte Laura. »Ist etwas los? Ist es dir zuviel geworden mit mir?« »Nein«, sagte er. »Ich komme später vorbei.« »Wir machen was Schönes«, sagte sie und legte auf.

Wieder klingelte es. Es war Labisch. »Kommen Sie sofort rüber in den Neubau. Ein Säureattentat auf ihre geliebte Gentildonna. Retten Sie, was zu retten ist.«

Man hatte das Bild bereits in seine Werkstatt gebracht und auf den Rücken gelegt, um weiteres Fließen der Säure zu verhindern.

Er schickte alle hinaus. »Ich muß mich jetzt konzentrieren«, sagte er.

Als er allein war, nahm er einen Lappen und wischte die Masse ab. Der Firnis war stumpf geworden. Die Gentildonna sah ein wenig trübe und ermattet aus, sonst aber war ihr nichts geschehen.

Er rief in der Zentrale an und sagte, er wolle bis auf weiteres nicht gestört werden, es sei eine heikle Arbeit.

Dennoch erhielt er einen Anruf. Es war der Direktor. »Kommen Sie morgen zu mir«, sagte er. »Wir wollen noch einmal über die ganze Angelegenheit reden. Vielleicht sieht jetzt alles wieder anders aus. Aber tun Sie erst einmal ihre ärztliche Pflicht.«

Er holte einen passenden Klimakoffer und legte die Gentildonna hinein. Den Rahmen mußte er leider zurücklassen. In der Mittagspause gelang es ihm, durch einen Seitenausgang des labyrinthischen Baus unbemerkt ins Freie zu kommen. Er ging am Fluß entlang zum Bahnhof, die Reisetasche in der einen, den Koffer in der anderen Hand. Es war alles ganz einfach, viel einfacher als die Liebe.

Er nahm den nächstbesten Zug nach Basel. Später, im Liegewagen, geriet er in Panik. Nach dem Gesetz war er ein Straftäter. Außerdem fuhr er von Laura weg. Und was würde aus ihm werden in Fontaine? Bazin war ein Spinner, eine Plaudertasche. Er würde den Diebstahl nie für sich behalten.

In Avignon ging er in die Kneipe am Bahnhof. Er hätte schwören können, daß die Zeit hier stillstand, denn es waren genau die gleichen Maskengesichter wie damals. Er setzte sich mit seinem Gepäck in eine Ecke und bestellte einen Espresso. Dann begann er nachzudenken.

Zum erstenmal seit vielleicht sechzehn Monaten dachte er wirklich nach. Was war eigentlich mit ihm geschehen? Er hatte sich verliebt. Das passiert ständig und vielen. Es ist nichts Besonderes. Er hatte sich von einer Frau getrennt. Auch das war ein ganz normaler und sehr verbreiteter Vorgang. Er hatte ein hervorragendes Bild gefunden und restauriert. Dies war schon eher ungewöhnlich, jedoch keineswegs so sensationell, daß er deshalb sein Leben ändern mußte.

Was sollte er bei Bazin und Madame Régusse? Er würde dort immer ein Fremder bleiben, so schön es war in diesem kargen Zimmer und in der Glasveranda der Bar Tabac, so gerne er sich auch dort über die Liebe und Petrarca unterhielt. Und Laura? Sie schien zu den Menschen zu gehören, die sich ewig zwischen Entscheidungen in der Schwebe halten müssen wie ein Vogel, der zum Fliegen zwei Flügel braucht. Es war wohl blanker Unsinn, sich eine bürgerliche Zukunft mit ihr auszumalen. Es würde in einer Katastrophe enden. Sie würden sich erfolgreich belauern, weil sie sich so ähnlich waren. Oder waren sie in Wirklichkeit zu verschieden? Francesco erwog zum erstenmal den Gedanken ernsthaft, daß Lauras Unentschlossenheit weniger mit ihrer inneren Person zu tun hatte als mit dem Verhalten der Männer ihr gegenüber. War sie Opfer oder Täter oder beides zugleich? Hinderte sie die Liebe, oder hinderte die Liebe sie? Vielleicht war Laura normaler, als er gedacht hatte. Vielleicht spaltete sie nur die Art, wie Männer sie sahen.

Francesco überlegte auch, ob es Sinn hatte, zu seiner Frau zurückzukehren. Doch verwarf er diesen Gedanken schnell. Selbst wenn seine Frau ihn wieder aufnehmen würde, wäre es ein Fehler. Das Pendel, das einmal vor langer Zeit in ihm angestoßen worden war, würde nie zur Ruhe kommen.

Was also dann? Sollte er vielleicht nach Tasmanien gehen? Zu den tasmanischen Teufeln? Dort ein neues Leben beginnen? Vielleicht als Zeichenlehrer an einer Schule? Er war sich im klaren, daß er in Gefahr war aufzuwachen. All die Sensationen der Gefühle, all die schönen Augenblicke der letzten Monate standen auf dem Spiel, wenn er jetzt einen Fehler machte.

Vielleicht sollte er ernsthaft anfangen zu malen, und zwar nicht im Licht der Provence, sondern dem eines Ateliers in seiner Heimatstadt. Um malen zu können, mußte er endlich lernen, richtig zu sehen. Es war keine Frage des Lichtes, auch keine der Farben und der Leinwand. Das Auge war es. Es mußte begreifen lernen. Nicht immer nur sehen, was es sehen wollte.

Hatte er sich nicht zuerst in Lauras Bildnis und dann in die lebendige Laura verliebt? Francesco sah darin plötzlich einen Wink des Schicksals. Der Maler von Petrarcas Laura hatte sehen können, wie sie wirklich war.

Er zahlte und ging zum Bahnhof zurück.

Am Abend des nächsten Tages war er wieder in seinem Zimmer. Er stellte fest, daß er vergessen hatte, das Fenster zu schließen vor seiner Flucht. Es war angenehm kühl und roch nicht mehr nach Altersheim. Er schlief erstaunlich gut.

Am nächsten Morgen ging er in die Werkstatt und firnißte das stumpf gewordene Bild. Dann rief er den Direktor an und bat ihn zu sich. »Phantastisch. Es sieht wie vorher aus«, sagte der Chef. »Wo waren Sie übrigens so lange? Das Bild war auch nicht da!« »Ich habe es mitgenommen und einem Experten gezeigt. Er glaubt, daß es eine Darstellung der Donna Laura Petrarcas ist.« »Was für ein Experte?« Francesco schwieg. Er wollte Bazins Namen und Adresse auf keinen Fall preisgeben. »Sie geben mir Rätsel auf. Wie ist es also, würden Sie bei uns weiterarbeiten? Auf Probe natürlich zunächst, und zu einem etwas geringeren Salär.«

»Nein. Ich habe hier aufgehört.«

Francesco ging grußlos und mit einem Lächeln, das er selbst nicht verstand. Er ging zu Laura hinüber. Sie saß am Tisch und sah ihn aus ihren grauen Augen an. »Ich weiß, du kannst nicht mehr«, sagte sie. »Ich habe alles verdorben.« »Du hast nichts verdorben, Laura«, sagte Francesco. Er strich ihr übers Haar. Zum erstenmal spürte er sie dabei nicht. Auch sie verließ er ohne Gruß.

Er ging noch einmal in seine Wohnung zurück und packte. Diesmal für immer, wie er sich einzureden versuchte. Neben ein paar Kleidungsstücken und Waschutensilien tat er die Muschelpalette, Pinsel, Tuben, Malmittel, Reisestaffelei, Tuschkasten, Aquarellpinsel, einen Naturschwamm, mehrere kleine Leinwände und einen Block Aquarellpapier, Bleistifte und einen Radiergummi in den Koffer.

Er lehnte sich noch einmal aus dem Fenster. Er kam sich vor wie ein Kapitän, der von der Schiffsbrücke aus die Fahrtroute nach Untiefen absucht. Es war einer der typischen wetterlosen Tage dieser Stadt. Der Himmel weder bewölkt noch klar. Es war auch weder warm noch kalt. Es war ein einziges trostloses Einerlei, schattenlos, ohne stärkere Luftbewegungen, Es gab eine Außenwelt, aber das Draußen hatte viel von der Atmosphäre eines gelüfteten Zimmers.

Er ging in Richtung Australien. Irgendwann kam er über den Platz mit Hermes und Aphrodite. Er ruhte sich ein wenig auf der Bank aus. Dann setzte er seine Reise fort. Die Häuserfassaden glichen sich. Bald wußte er nicht mehr, wo er war.

Schließlich fand er, was er suchte. Eines dieser belanglosen, grauen Häuser hatte ein Hotel-Schild. »Zur Sonne«, stand darauf. Er betrat die Rezeption und mietete ein Zimmer. Es entsprach vollkommen seinem Bedürfnis nach Trostlosigkeit. Ein Raum völlig ohne Atmosphäre. Er hatte nicht einmal die Exotik des Verfalls wie jenes Hotelzimmer in Wien.

Er war nicht weit gekommen, vielleicht nur tausend Meter. Aber er hatte das Gefühl, daß seine Wohnung, das Museum, Laura, die Gentildonna zu den Antipoden gehörten am anderen Ende der Welt. Er sah sie jetzt so, wie man sie aus diesem Blickwinkel sehen würde: sehr klein und auf den Kopf gestellt.

Er ruhte sich ein wenig aus. Dann begann er zu arbeiten. Er schaltete die Deckenlampe an. Sie gab ein ziemlich trübes Licht. Er befeuchtete einen Bogen Aquarellpapier und ließ ihn trocknen. Dies wiederholte er dreimal, eine Prozedur, die die Saugkraft der Papierfasern erhöht und die Farben leuchtkräftiger werden läßt.

Er begann zu malen. Ein Fenster entstand. Ein Fenster nach Süden. Er arbeitete schnell, so, wie es Aquarelle verlangen. Als er fertig war, wußte er, daß ihm sein erstes wirkliches Bild gelungen war. Man glaubte, die Luft zu riechen, die durch das geöffnete Fenster drang. Er schloß die Augen und spürte, wie er lächelte. Das Bild lag vor ihm auf dem Tisch. Er beugte sich mit immer noch geschlossenen Augen darüber und atmete tief durch.

Nachwort

DER ERSTE MODERNE MENSCH

Zäsuren, qualitative Sprünge in der Entwicklung der Menschheit und in ihrem geistigen und kulturellen Selbstverständnis dingfest zu machen ist schwierig. Allzu fließend sind zumeist die Übergänge und Veränderungen, so daß die Bestimmung von Epochen etwas Künstliches an sich hat. Eine der seltenen, relativ deutlichen Zäsuren eines Epochenbeginns wird mit dem Stichwort ›Renaissance‹ bezeichnet.

Prägend für die literarische Seite der neuen Epoche ist ein Triumvirat von Poeten, deren Namen bis heute Allgemeinbildungsgut sind und deren Schreibart zumindest in einem Fall bis heute nachwirkt. Drei Männer, die stilbildend für drei Gattungen wurden: Dante für das Epos, Petrarca für die Lyrik, Boccaccio für die Novelle bzw. Erzählung. Ihre Lebensdaten umreißen die Phase der Frührenaissance: Dante 1265 bis 1321, Petrarca 1302–1374, Boccaccio 1313–1375. Alle drei sind florentinischer Herkunft. Hier in der Toskana beginnt jene Wiedergeburt des Menschen, die man besser als Neugeburt bezeichnen könnte.

Man hat Petrarca den ersten modernen Menschen genannt. Um den Wahrheitskern dieser griffigen Übertreibung freizulegen, muß man zunächst einen Blick auf die ideologischen und sozialen Verhältnisse der Zeit werfen, in die jenes Triumvirat hineingeboren wird. Es ist Spätmittelalter. In der Politik dominiert der Kampf zwischen weltlicher und geistlicher Macht um die Vorherrschaft. Die Päpste von Rom maßen sich an, Könige und Kaiser zu ihren Vasallen zu machen. Dies entspricht ganz den Verhältnissen in der Philosophie. Der Glauben dominiert das Wissen. Die Philosophie ist der Vasall der Theologie. Die an allen Universitäten alleinherrschende Scholastik hat nichts anderes zu tun, als die aus der Antike übernommenen Ideen den Dogmen anzupassen. Hierzu entwickelt sie ein Argumentationsrepertoire höchster Spitzfindigkeit. Deutlich wird dies im sogenannten Universalienstreit, bei dem es um die Rolle der allgemeinen Wahrheiten geht. Sie sind nach der offiziellen Lehrmeinung die eigentliche Realität. Das wirkliche Leben ist nur das Abgeleitete. Es ist von minderem Realitätsgrad. Auch das Individuum, der einzelne, hat weniger Realität als das Allgemeine, die Kirche, die Gesellschaft.

Immer wieder gab es leisen Protest gegen solche Tyrannei des Allgemeinen, in der Stoa zum Beispiel. Jedoch erst im vierzehnten Jahrhundert, eben zur Zeit der Frührenaissance, entwickelt sich eine andere Auffassung der Universalien, die die Position der Scholastik aufzubrechen beginnt, schließlich zu ihrem Untergang führt und dadurch zur Emanzipation des Subjekts beiträgt. Die allgemeinen Wahrheiten, z. B. der Begriff des Menschen, sind nichts anderes als Wörter, als Nomen, als Projektionen der Individualität, die sie sozusagen als Blindenstock nützt, um sich im dunklen Weltall zurechtzufinden. Dies ist die Position des Nominalismus. Sie tritt gegen den Realismus an und macht schließlich den Weg frei zur modernen Philosophie, bis hin zur Sprachtheorie eines Wittgenstein.

Überall spiegelt sich dieser Umbruch. Die Dichtung zum Beispiel findet aus den Mönchszellen der Klöster heraus. Die höfischen Rituale, die auch den Stil beeinflußten, werden gelockert. Die gnostische Vorstellung, daß jeder Mensch durch seine Geburt an eine bestimmte Stelle des gnostischen Dreiecks der Gesellschaft gepflanzt wird, die er nie verlassen kann – der Papst an der Spitze des Dreiecks, der Unfreie ganz unten –, diese das ganze Mittelalter hindurch herrschende Sozialtheorie, gerät ins Wanken. Es gibt plötzlich auch eine Aufsteigermentalität. Dies erlaubt zum Beispiel dem Poeten, sich eine neue soziale Würde beizulegen. Er ist nicht einfach mehr nur Hofdichter, nur Untergebener und Lieferant schmückender oder lobpreisender Texte. Er kann es bis zu einer Art König der Sprache bringen: Die Dichterkrönung mit dem Lorbeerkranz kommt auf. Das wenn auch nur allmähliche Zerbrechen der alten, starren Strukturen, führt zu einem Zustand, der höchst labil ist. Politisch wie kulturell. Die Päpste unterliegen im Kampf gegen die weltliche Macht. Sie müssen nach Avignon ins Exil und unter den Schutz der französischen Krone. Für Petrarcas Entwicklung wird dies wichtig. Sein Vater, der Notar Ser Petracco da Parenzo, wird, ebenso wie sein Freund Dante, Opfer der in den oberitalienischen Städten tobenden Parteikämpfe zwischen den kaisertreuen Ghibellinen und den papsttreuen Guelfen.

Diese blutigen Auseinandersetzungen spiegeln jenen grundsätzlichen Konflikt zwischen geistlicher und weltlicher Macht, die das Spätmittelalter charakterisiert. Die Ghibellinen unterliegen, und Dante wie Petrarcas Vater werden 1302 in die Verbannung geschickt.

Petracco geht 75 km den Arno aufwärts nach Arezzo. Hier bekommt seine Frau am 20. Juli 1304 den Sohn Francesco. Am gleichen Tag findet vor den Mauern von Florenz eine neue Schlacht der verfeindeten Parteien statt, die »Weißen« verlieren erneut gegen die papistischen »Schwarzen«. Es besteht Lebensgefahr für die nach Arezzo verbannten Anhänger der »Weißen«. Dante beginnt sein unstetes Wanderleben. Ser Petracco flieht ebenfalls und läßt seine Familie in Arezzo zurück. Sieben Jahre wächst Francesco vaterlos auf. Dann holt der Vater Frau und Söhne nach Pisa. Gemeinsam gehen sie nach Avignon, wo sich seit 1305 der päpstliche Hof aufhielt und sich als Arbeitgeber für Juristen wie Ser Petracco anbot. Wieder schickt der Vater seine Familie weg. Diesmal in das 20 Kilometer entfernte Städtchen Carpentras, nördlich der Vaucluse und im Angesicht des Mont Ventoux gelegen.

Francesco erhält einen intensiven Lateinunterricht bei einem mit dem Vater befreundeten Notar und Rhetoriklehrer, einem Landsmann und Sonderling, der eng mit der Kurie verknüpft ist. Der kleine Francesco befindet sich offenbar in einem vom Vater enggeknüpften Erziehungsnetz. Schon als Zwölfjähriger muß er nach Montpellier, um die Rechte zu studieren. Als Sechzehnjähriger wird er, zusammen mit seinem Bruder, nach Bologna geschickt, dem Mekka der Rechtsgelehrten, um seine Studien fortzusetzen. Es wird eine Art Befreiung für Francesco gewesen sein, denn in dieser modischen Stadt herrscht ein ganz anderer geistiger Wind. Francesco vernachlässigt seine Studien. Er wird zum Stutzer, zum Dandy, der seinem hübschen Aussehen nun die angemessenen Surrogate von eleganter Kleidung und galanten Sitten verleiht. Außerdem renaturiert er sich als Italiener, ein wichtiges Zwischenspiel für einen Exilanten.

Der Tod des Vaters 1326 befreit ihn vom Zwang, Jurist zu werden. Er kehrt nach Avignon zurück und empfängt, wie es dem Zeitgeist entspricht, die niederen Weihen. Doch ist dies nur die Eintrittskarte in den Zirkel der Kurie, deren beste Köpfe glänzend gebildete, altrömische Familien sind. Francesco hat schon in Bologna mit einem ihrer Mitglieder Freundschaft geschlossen. Er verkehrt jetzt im Hause der Colonna. Systematisch vergrößert er sein philologisches Wissen. Er beginnt, sich eine hervorragende Bibliothek zuzulegen. Er sammelt Handschriften, wird zum Livius-Experten. Seine Gönner finanzieren ihn. Sein Weg ist vorgezeichnet: Er wird zum Philologen-Dichter. Wissen und Inspiration bilden eine Einheit. Dies ist das neue Ideal.

Francesco macht eine Entdeckung, die revolutionär ist: Handschriften sind nicht immer autorisiert. Es gibt Fehler, Fälschungen, verdorbene Stellen. Man muß, um der Wahrheit des Textes nahe zu kommen, mehrere Quellen kollationieren, muß Konjekturen anbringen, den Urtext restaurieren durch sorgfältigen Vergleich. Diese Skepsis ist neu gegenüber dem kindlichen Vertrauen der Zeit in schriftliche Zeugnisse. Petrarca ist der Erfinder der modernen Textkritik.

Auch seine eigene Poesie beginnt zu sprudeln. Am 6. April 1327 findet jene Begegnung mit Donna Laura de Sade in der Kirche der Clarissinnen zu Avignon statt, die die Initialzündung seines lyrischen Werkes wird. Man hat schon zu Lebzeiten Petrarcas die Authentizität dieser ›Liebe auf den ersten Blick‹ angezweifelt. Petrarca hat ein Geheimnis daraus gemacht. Er hat es verstanden, eine gigantische Mystifizierung in zahllosen Sonetten und Kanzonen zu betreiben, die ungeahnte Folgen für die Literaturgeschichte haben sollte. Es ist müßig, die historischen Fakten recherchieren zu wollen. Es gibt endlose Theorien: Hat er sie leiblich geliebt oder nicht, hatte Donna Laura eine Stupsnase (ich neige aus privaten Gründen zu dieser Annahme), hat er sie durch einen Geheimgang besucht, den man in seinem vermeintlichen Haus in Vaucluse entdeckt zu haben glaubte?

Derartige Spekulationen sind deshalb müßig, weil Phantasie und Realität vollkommen beabsichtigt eine Ehe eingehen im Werk des Dichters, die einzig um der Kinder willen interessiert. In Bologna hatte Petrarca mit dem ›dolce stil nuovo‹, dem ›süßen Stil‹, Bekanntschaft gemacht, den vor allem Dante gegen die erstarrte höfische Literatur entwickelte. Mystik, Antikes, Erotik, Christentum mischten sich in ihm. Petrarca verfeinert nun diesen Ton, indem er die Einflüsse der provençalischen Troubadours hinzunimmt und vor allem eine äußerst starre und präzise Form ergänzt: das Sonnett, das ihm seine bis heute übliche Struktur verdankt.

Entscheidend an dieser Neuerung ist, daß nun eine Synthese möglich ist aus dem privaten Erleben starker Gefühle und der Klarheit antiker Form.

Renaissance heißt nicht nur Wiedergeburt antiken Geistes, es heißt Neugeburt eines von der eigenen Gefühlsintensität überraschten Individuums, das, um nicht zu zerfließen, sich der Strenge poetischer Gesetze überantwortet. Hieraus entsteht jene seltsame Spannung, die Dichtung von Rang bis heute vermittelt. Die eigene Fremdheit der eigenen Nähe gegenüber. Petrarca wird zum Meister der artikulierten Doppelempfindungen, die er in zahllosen Oxymora beschwört.

Er ist selbst ein wandelndes Oxymoron. Er ist fromm und zugleich agnostizistisch. Er pflegt eine große, zur Religion der Enthaltsamkeit überhöhte Liebe und hat zugleich seine kleinen praktischen Liebschaften. Er bringt Jahre in der Einsamkeit von Fontaine de Vaucluse zu, und er ist dennoch städtisch orientiert. Er verachtet den Ruhm, und er läßt sich 1341 auf dem Capitol in Rom zum Dichter krönen. Er ist Philologe und Poet. Er ist Bücherwurm, und er entdeckt die Faszination des Bergsteigens. Reisen nach Frankreich, Deutschland, Flandern, nach Prag kombiniert er mit dem Eremitentum seiner Zurückgezogenheit. Fast wirkt er ein wenig schizophren und somit von einer für die Moderne typischen seelischen Krankheit befallen.

Man kann das Mittelalter als enge, familiäre Zelle sehen, in der jeder auf Gedeih und Verderb seinen Platz hatte. Der Ausbruch aus dieser Zelle führt unweigerlich zur Spaltung der Persönlichkeit in einer Doppelexistenz, in der die neugewonnene Freiheit und die Fixierung an die alte Geborgenheit miteinander konkurrieren. Von nun an gibt es den Zerrissenen. Hamlet, Werther sind Exponenten. Petrarca ist der Prototyp.

Auch als Literat ist Petrarca ein Oxymoron. Seinen zeitgenössischen Ruhm verdankt er vor allem seiner lateinischen

Dichtung. Die italienischen Laura-Gedichte erleben ihren Boom erst später. Im 15. und 16. Jahrhundert setzen sie sich auf inflationäre Weise durch als Petrarkismus. Von nun an scheint es kaum einen Poeten mehr zu geben, der nicht in Doppelempfindungen oder Doppelformulierungen schwelgt. Shakespeare macht sich darüber lustig und ist zugleich einer der besten Adepten dieser Technik. Bis hin zu Celans »schwarzer Milch der Frühe« und darüber hinaus kann sich kaum ein Schreibender dem Oxymoron versagen. Auch der Surrealismus lebt im wesentlichen von der Vereinigung der Gegensätze, der Begegnung einer Nähmaschine und eines Regenschirms auf einem Operationstisch, wie Lautréamont sagt.

Von der Einheit von Lust und Leid, wie Petrarca sie fast religiös zelebriert, ist es kein allzu weiter Weg bis zur Camus'schen Absurdität. Es gibt nichts ganz und gar Eindeutiges mehr. Synästhesien werden entdeckt, fließende Übergänge zwischen Farben, Gerüchen und Geräuschen. Auch hier ist Petrarca in seiner Liebesmetaphorik ein Protagonist. Durch solche zwielichtigen Uneindeutigkeiten erkauft sich offenbar der moderne Mensch die halbe Freiheit, die ihm aus seiner Ichbezogenheit gegenüber Natur, Staat und Religion erwächst. Es ist der Schritt aus der Kindheit in die Pubertät, der damals in der Frührenaissance gewagt wird. Schwermut und Leichtigkeit gehen von nun an eine globale Partnerschaft ein. Dantes Beatrice war noch die Führerin durch die Stadien auf dem Lebensweg. Laura hingegen ist Verführerin. Verführerin zur Illusion, zur eingebildeten Liebe. Prousts Odette aus ›Eine Liebe von Swann‹ ist hier vorgeprägt: Man liebt eine Frau am besten aus der Perspektive der getarnten Seele, so wie man das Wild am besten vom Hochstand aus belauert.

Seit Petrarca ist Schluß mit der ungemütlichen Gemütlichkeit der eindeutigen Strukturen. Nun wird die Angelegenheit des Lebens verteufelt offen. Schizophrenie ist die typische Strafe für den Verlust der fatalen Eindeutigkeit eines Zwangssystems. Acedia, nur unvollkommen mit Weltschmerz oder Ennui zu übersetzen, ist die Krankheit der Orientierungslosigkeit. Insofern hängt sie mit Schizophrenie zusammen. Schwermut, Larmoyanz, Weltschmerz, Lebensüberdruß, Acedia sind die Seelenzustände eines auf Wanderschaft befindlichen Ichs, das sich als einsam erfährt und zugleich, weil es sich eben bewegt, und das ohne Ziel, sehr viel erlebt und daher anders und eigentlich schöner einsam ist als der Eingesperrte. Auch der Wanderer der Winterreise von Schubert/Müller hat die Acedia, auch er spricht in petrarkischen Oxymora: »Es brennt mir unter beiden Sohlen / Tret' ich auch schon auf Eis und Schnee.«

Von 1337 bis 1353 lebt Petrarca mit einigen Unterbrechungen in Vaucluse. Hier entstehen die meisten Laura-Gedichte. Er beginnt diesen großen Zyklus der »Canzoniere« im Geburtsjahr seiner Tochter Francesca im Jahre 1343. Die Mutter, vermutlich eine ›einfache Frau aus dem Volk‹, bleibt genauso im dunkeln, wie Laura im hellen Licht seiner Verse erscheint. Auch dies ist eine kleine Nebenpointe. Es ist das vielleicht erste literarische Großprojekt, in dem eine private Lebenserfahrung, sei sie nun fingiert oder real erlebt, zu einem Sprachkosmos ausgestaltet wird. Die Topoi, die Stereotypen, die sich in den vielen Beschreibungen der körperlichen und geistigen Schönheit der Geliebten und des eigenen Liebesleids (auch ein Oxymoron!) finden, sind die Pfeiler und Verstrebungen dieses literarischen Gebäudes. Ein Werk wie Prousts »Suche nach der verlorenen Zeit« gehorcht letztlich ähnlichen Konstruktionsprinzipien. Eingebildete und erlebte Erfahrung, Dichtung und Wahrheit verschmelzen so, daß sie ein neues Metall ergeben, ein Amalgam, das nicht mehr scheidbar ist.

Laura stirbt angeblich am gleichen Tag, dem 6. April, an

dem sie sich kennenlernten. Es ist das Jahr der schwarzen Pest: 1348. Petrarca ist rechtzeitig vor ihr geflohen. In seinem Gefühlsleben bildet Lauras Tod keine Zäsur. Er hat sie längst in seiner Sprache entmaterialisiert. Aber zur Unterteilung seines Zyklus von 366 Gedichten in »Laura, lebend« – »Laura, tot«, reicht es immerhin, auch wenn wohl nicht ganz sicher ist, ob Petrarca die in der Handschrift zwischen diesen beiden Teilen klaffende Lücke nicht auch noch schließen wollte. Dies wäre nur konsequent. Laura kann gar nicht mehr sterben, da sie in seiner Sprache lebt.

Petrarca hat scheinbar seine lateinische Dichtung dem »Canzoniere« weit vorgezogen. Er äußert sich verächtlich über seine italienischen Gesänge, die er als Jugendtorheiten, als »Kleinigkeiten«, apostrophiert. Allein die Tatsache, daß er bis zum Schluß an ihnen gearbeitet hat, beweist, daß auch dies zur Fiktion, zur Literarisierung des Projektes gehört. Die Größe des gesungenen Schmerzes zeigt die Figur des »Urhebers« mitsamt ihrem Urteil im verringerten Maßstab, weit weg am Horizont seines privaten Lebens. Vermutlich wußte Petrarca, daß seine »Canzoniere« erst später in ihrer Bedeutung erkennbar sein würden, und daher fiel ihm die Attitüde der Bescheidenheit leicht. Es gab keine Zeitgenossen zu überreden.

1353 wird Petrarca von den Visconti an den Mailänder Hof eingeladen. Er bleibt acht Jahre als Gast. Alles wird ihm bezahlt. Die Fürstenhöfe reißen sich um den Gelehrten. Mehrmals wird ihm der Posten eines päpstlichen Sekretärs angeboten. Er lehnt ab. Florenz will den berühmten Sohn zurückholen und verspricht ihm einen gut dotierten Posten an der Universität. Petrarca verweigert sich. Schließlich geht er nach Venedig, um in der Nähe seiner Tochter zu leben. In dieser sehr irdisch-geschäftstüchtigen Stadt hält er es fünf Jahre aus. Er wird hier nicht recht gewürdigt. Also geht er, dreiundsechzigjährig und nach damaligen Maßstäben ein

Greis, nach Padua zu einem der vielen norditalienischen Tyrannen, Francesco da Carrara. Dieser scheint den Alten wie einen Vater zu lieben. Er schenkt ihm ein kleines Landgut in Arqua, in der in der Nähe von Padua gelegenen lieblichen Gebirgslandschaft, den »Colli Euganei«. Hier arbeitet Petrarca weiter. Schließlich erfüllt sich, zumindest der Legende nach, sein letzter Wunsch: über seinen Büchern sanft zu entschlafen, so als sterbe er seinen Tod in ein literarisches Grab hinein. Am 18. Juli 1374 in der Frühe erliegt Petrarca einem Herzschlag. Als die Bedienten ihn finden, ruht sein Kopf angeblich auf seinen Papieren.

Dantes »Göttliche Komödie« und Boccaccios »Decamerone« sind in den Kanon der großen Weltliteratur eingegangen. Petrarcas Gedichte werden kaum mehr gelesen. Dennoch ist sein Einfluß bis heute der bedeutendere. Es ist der Bau seiner Sprache, es ist die systematische Verquickung von Fiktion und Realität, es ist die Psychologie der Zerrissenheit und Doppelempfindung, die ihn zu einem der wichtigsten Neuerer und Inspiratoren der Kulturgeschichte macht. Mit ihm beginnt die Geschichte der sanften Resignation, die bis in unsere Generationen nicht aufgehört hat zu versuchen, Glück und Schmerz, Euphorien und Depressionen mit der Eleganz einzukleiden, die solche Gefühlsausschläge ansehnlich macht.

Deutschsprachige Autoren bei btb

Arnold Stadler
Ein hinreissender
Schrotthändler
Roman
btb 72678

Aus Freude am Lesen

Arnold Stadler

Ein junger, gutaussehender Schrotthändler mischt eine schal gewordenen Ehe auf und konfrontiert ein gut situiertes Mittelstands-Paar mit seiner Lebenslüge.

Ausgezeichnet mit dem Georg-Büchner-Preis.

Jens Sparschuh
Der Zimmer-
springbrunnen
Roman
btb 72070

Aus Freude am Lesen

Jens Sparschuh

Brillant und witzig, schlitzohrig und selbstbewusst nimmt Jens Sparschuh in diesem burlesken Gegenwartsroman deutsche Befindlichkeit aufs Korn. » *Der Zimmerspringbrunnen* bereitet schier grenzenloses Lesevergnügen.«
Der Spiegel

Ebenso von Jens Sparschuh bei btb: Lavaters Maske (72681)